KB232304

금성여인숲

구두리×극단미인 희곡집

서문

      2023년, 할머니가 돌아가셨습니다. '거의 인간'
이라는 희곡을 완성한 뒤 광주 아시아문화전당에서 낭독공연
을 준비하던 때였습니다. 할머니의 유품을 정리하던 중 (아마도
사망증명서로 기억하는데) 할머니의 성함에 한자 표기가 따로 있다
는 걸 알게 되었습니다.

  할머니 성함은 구 두 자 리 자셨습니다. 머리 두(頭) 자에 이
로울 리(利). 이게 우리 할머니 이름이구나. 어부였던 할아버지
는 공판장에 생선을 내놓을 때면 꼭 할머니 이름이 쓰인 '다라
이'를 사용하셨는데, 그걸 보면서 자랐으면서도 그 이름을 새삼
스럽게 감각한 건 그때가 처음이었습니다.

  2007년에 처음으로 공연 연출의 기회를 얻었습니다. 오랫동
안 알고 지낸 극작을 전공한 후배와 공연을 준비하기 시작했습
니다. 하지만 어느 날, 후배는 글쓰기가 힘들다는 쪽지 한 장 남
기고 연락을 끊어버렸습니다. 저는 어떻게든 공연이 하고 싶었
습니다. 마음이 급해진 저는 제 가족 얘기를 엮어 정말 일기와
도 다를 바 없는 내용으로 휘뚜루마뚜루 공연을 올렸습니다.
아, 이게 되는구나. 공연이 끝난 후 아쉬움도 있었지만, 더 해볼

수 있겠다는 용기가 생겼습니다.

운 좋게도 다음 해 또 한 번 연출의 기회가 찾아왔습니다. 저는 희곡을 찾아야 했습니다만 별 볼 일 없는 풋내기 연출이 극작가를 만나는 것은 너무나 막막한 일이었습니다. 저는 노트북을 들고 무작정 거제 할머니 댁으로 갔습니다. 말만 한 처자가 방구석에 처박혀 노트북 키보드나 두드리지 않으면 늘어져 자고 밥만 축내었는데, 할머니는 늘 이렇다 하는 말씀 없이 고구마를 찌거나 티밥을 챙겨주셨습니다. 저는 그게 좋아 뭐라도 써야 할 일이 생기면 득달같이 할머니 댁을 찾아갔습니다.

2011년 혜화동1번지 연출가5기 동인 활동을 하면서부터는 창작극 만들기가 더 빈번해졌습니다. 저는 1년 중 두 달은 꼭 할머니 댁에 머물며 동네 어르신들의 걱정과 근심을 한 몸에 받았습니다. 그래도 할머니는 한결같이 말린 감이며 누룽지를 내주시고는 말없이 자리를 비워주셨습니다.

할머니 장례를 치르고 광주로 돌아와 낭독극을 올리기 직전 PD님에게 '구두리'라는 필명을 쓰고 싶다는 뜻을 전했습니다. 그리고 각오하고 용기 낸 것에 비하면 너무나 쉽게 포스터에 그 이름을 올렸습니다. 그때부터 구두리라는 이름을 사용하기 시작했습니다.

돌이켜보면 할머니의 그 한결같음은 저를 작가로 인정해준 최초의 환대가 아니었나 생각합니다. 그 조용한 돌봄이 없었다면 저는 쉬이 지쳐 스스로를 부정하거나 자학했을 것이며 끝내 글쓰기를 포기해버렸을 것입니다. 빈둥거리며 게으르게 굴면서도 희곡의 마지막 장에 마침표를 찍었다는 사실에 만족하며 내 할 일을 다한 거라 생각했고, 그것이 쌓이다 보니 어느새 작은 완성에 와 있었던 것 같습니다.

말이 길어집니다.

희곡집을 낸다는 것이 아직도 어색하기만 합니다. 하지만 할머니가 저를 응원해주셨듯이 '작가'라는 제 또 다른 정체성도 이제는 조금 예뻐해보려 합니다. 앞으로도 열심히 쓰며 마침표를 찍어보겠습니다.

가족들, 친구들, 그동안 함께한 동료들 정말 감사합니다. 희곡집이 나올 수 있도록 노력해준 이정은 실장님, 고맙습니다.

무엇보다 이 책을 읽어주실 독자분들께 송구하고 고마운 마음입니다. 고맙습니다.

작가 구두리

수록작 초연 기록

* 연극 〈금성여인숙〉은 2023년 7월 14일부터 23일까지 대학로예술극장 소극장에서 공연했다. 강해진, 남권아, 박진호, 백익남, 성여진, 우미화, 유병훈, 이은정, 이혜영, 장시현, 조주현이 출연했다.

* 연극 〈수성다방〉은 2025년 5월 10일부터 18일까지 대학로예술극장 대극장 무대에 올랐다. 배우 길덕호, 남권아, 백익남, 안병찬, 이승헌, 이진경, 임형택, 전재홍, 정제이, 홍성경이 함께했다.

* 연극 〈화성골 소녀〉는 2024년 12월 6일부터 15일까지 연극실험실 혜화동1번지에서 초연했다. 김민혜, 김은석, 김정은, 윤현길이 출연했다.

* 세 작품 모두 극단 미인 대표인 김수희가 연출했다.

차례

멈춤의 집

등장인물   유순희   69세, 독거노인

강부민   84세, 여인숙 주인

박두홍   55세, 일용직 노동자

장용남   55세, 소방위원회 위원장

이지숙   76세, 전직 마담

황진수   33세, 드래그 아티스트

김수현   35세, 송이 캐는 사람

최태훈   41세, 유순희의 아들

박주영   41세, 유순희의 며느리

최명제   나이 알 수 없음, 시인

기사   고속버스 운전기사

시간   수요일부터 그 주 토요일까지 그리고 가까운 미래

공간   강원도 인제의 작은 여인숙

* 조왕신, 터주신, 성주신으로 불리는 배우들이 무대를 설명하거나 음향을 들려주는 역할을 한다. 특히, 이들은 매 장마다 차려지는 음식을 관장하는 일을 담당한다. 이들의 지문 형식 대사는 이탤릭체로 구분하였다. 그 외는 모두 희곡의 지문이다.

프롤로그

조왕신, 터주신, 성주신이 무대에 등장한다.

세 명은 사방으로 자연스럽게 흩어진다.

조왕신 안녕하세요? 배우 ○○○입니다. 〈금성여인숙〉 공연을 보러 와주셔서 감사합니다. 저는 머리를 묶은 마른 체형의 오십대 중년 여성입니다. 검은색 바지에 검은색 상의를 입고 있습니다. 저는 금성여인숙의 부엌을 관장하는 조왕신을 맡았습니다.

터주신 배우 ○○○입니다. 저는 까무잡잡한 피부에 꽤 통통한 몸매를 가지고 있습니다. 저 역시 검은 의상을 입고 있습니다. 저는 금성여인숙의 집터와 그 땅을 지키는 터주신을 맡았습니다.

성주신 배우 ○○○입니다. 저는 쌍꺼풀이 없는 눈과 작은 입을 가지고 있습니다. 마찬가지로 검은색 의상을 입고 있습니다. 저는 금성여인숙 건물을 수호하는 성주신을 맡았습니다.

조왕신 저희 세 명은 관객 여러분께 공연을 읽어드리려고 합니다. 잘 부탁드립니다.

터주신　　　이제 곧 공연이 시작될 텐데요. 저희 무대는 동서
남북, 앞뒤 좌우가 정해지지 않은 사면 객석의 형
태로 한가운데가 비어 있습니다. 마치 마당극처
럼 등·퇴장을 자유롭게 설정했고, 극장의 특성
에 따라 원이 아니라 네모 모양으로 빙 둘러 관객
분들의 자리를 놓았습니다.

성주신　　　관객분들의 발치 앞쪽에 소품이 놓여 있고 장면
장면마다 활용합니다. 발을 쭉 뻗으셔도 소품은
닿지 않는 거리에 놓여 있습니다.

조왕신　　　공연 중간중간 음향과 음악을 사용합니다. 가장
큰 소리가 날 때의 음악을 들어보시겠습니다. 귀
에 거슬리는 정도는 아니고 신나는 정도 크기의
음향이실 거예요. 음악 주세요.

노래 '담배가게 아가씨'가 들린다.

터주신　　　그럼 저희 외에 역할을 맡은 배우들을 소개해드
리도록 하겠습니다.

배우들이 한 명, 한 명 등장한다.

유순희　　　배우 ○○○입니다. 저는 동그란 눈에 동그란 얼
굴형을 가지고 있습니다. 남색 바지에 무늬가 있
는 하얀 상의를 입고 있습니다. 69세 독거노인인
유순희를 맡았습니다

강부민　　　배우 ○○○입니다. 보통 키에 마른 편입니다. 저

는 짧은 흰머리에 파란색 슬리퍼를 신고 있습니다. 84세구요, 강부민을 맡았어요. 여, 금성여인숙 주인이래요.

이지숙　　배우 ○○○입니다. 저는 흰 피부에 단발머리를 하고 있고 화려하지만 약간은 촌스러운 장신구를 하고 있습니다. 저는 76세. 전직 마담인 이지숙을 맡았습니다.

장용남　　안녕들 하세요. 배우 ○○○입니다. 전 하얀 피부에 팔이 긴 편입니다. 저는 검정색 여름 잠바에 격자무늬 밤색 바지를 입고 있습니다. 55세 장용남 소방안전위원회 위원장을 맡았습니다.

박두홍　　배우 ○○○입니다. 저는 숱 많은 새까만 눈썹에 수염이 나 있고 넓고 강해 보이는 어깨에 다부진 몸을 가지고 있습니다. 저는 트레이닝 바지에 흰색과 파랑색이 섞인 상의를 입고 있습니다. 55세 일용직 노동자인 박두홍을 맡았습니다.

김수현　　배우 ○○○입니다. 저는 삼십대 중후반의 나이에, 어깨를 살짝 넘는 중단발의 머리를 질끈 묶어 올렸습니다. 저는 목수건에 카키색 티를 입고 있습니다. 35세 송이 캐는 사람, 김수현을 맡았습니다.

황진수　　배우 ○○○입니다. 저는 쌍꺼풀이 없는 눈에 날렵한 코, 작은 얼굴을 가지고 있습니다. 저는 검은 진에 무지개색 티셔츠와 흰 남방을 입고 있습니다. 33세 드래그 아티스트 수 프란체스카 황을 맡았습니다.

터주신   배우분들도 관객과 마찬가지로 객석 양쪽 끝에
자리해주셨습니다.

배우들, 객석 끝의 배우 자리에 앉는다.

터주신   그 외 중요하고 다양한 역할들은 조왕신과 터주
신, 성주신을 맡은 저희가 맡아 적절히 관장하며
열연을 펼치도록 하겠습니다. 모두 준비되셨습니
까? 그럼 〈금성여인숙〉 공연을 시작하겠습니다.

1장

조왕신   1장. 2021년 9월 29일 수요일 새벽. 고속도로 휴게소다. 고속버스 운전기사가 들어온다. 유순희가 따라 들어온다.

유순희   기사 양반. 이 차 자리 비었어요?

기사   네, 그런데…… 무슨 일이시래요?

유순희   내가 앞의 버스를 놓쳤어요. 좀 타고 가게.

기사   앞의 차를요? 짐은요? 몇 시 차 탔어요? 이게 첫 찬데…….

유순희   짐은 이 지갑이 전부예요. 지금 출발이죠?

기사   그렇긴 한데…….

유순희   그럼 좀 탑시다.

기사   이거 인제 가는 버슨데 인제 차 맞아요?

유순희   인제? 응, 맞아요. 인제. 갑시다, 기사 양반.

조왕신   유순희는 고속버스에 오른다. 운전기사는 시동을 건다. 버스가 달린다. 차가 멈춘다. 기사가 유순희를 깨운다.

기사　　할머니! 할머니! 빨리 인나요. 다 왔어요.

유순희　여기가 어디예요?

기사　　어디긴요. 인제예요.

유순희　아, 인제구나.

기사　　아, 내리셔야 저도 주차를 하지요.

유순희　저기, 기사 양반. 여기 묵을 만한 깨끗한 모텔 같
　　　　　은 데 없어요?

기사　　모텔이요? 그런 데는 못 가실 텐데…….

유순희　못 가다니?

기사　　여가 군사지역이래요. 군인이 얼마나 많은데요.
　　　　　모텔 장사라는 게 그런 거라서. 어르신 가시면 불
　　　　　편하실걸요. 여기 정류장 위가 바로 호텔이에요.
　　　　　인제 시내의 유일한 하늘내린호텔. 여 묵으실래
　　　　　요?

유순희　숙박비가 얼마래요?

기사　　아이구, 그거야 저도 모르죠.

유순희　여기 맨날 오는 사람이 그것도 몰라요?

기사　　여기 집이 있는데 제가 호텔에 갈 일이 뭐 있어요,
　　　　　어르신. 호텔이니 뭐…… 못해도 6, 7만 원은 하
　　　　　지 않을까요?

유순희　됐고 그럼 딴 데 추천해봐요. 좀 싼 데로.

기사　　그럼 금성여인숙 가시죠.

유순희　여인숙을 가라고?

기사　　인제 사람들은 다 알아요. 거가 웬만한 모텔보다
　　　　　깨끗하고요. 또 싸요, 어르신.

유순희　요새 누가 여인숙에서 자요? 여인숙이 아직도 있

다는 게 신기하네.
기사　　　그럼 내 추천했어요.

조왕신　　　*잠시 사이.*

기사　　　안 내리실 거예요?
유순희　　　내려요!
기사　　　일 있어 오신 거 맞아요?
유순희　　　알 거 없잖아요.

조왕신　　　*유순희가 버스에서 내린다.*

잠시 사이.

2장

조왕신   *2장. 2021년 9월 29일 수요일 아침. 금성여인숙 이다.*

터주신   *여인숙의 입구 새시 현관을 지나면 사방이 둘러싸인 네모난 가옥 구조의 건물을 만나게 된다. 한가운데는 우물 자리였으나 지금은 개량을 해 수도가 연결되어 있다. 1층에서 봤을 때도 움푹 들어간 모양새다. 빨래를 위한 대야와 빨래판과 빨랫비누 외에도 작은 장독과 생활용품 들이 다양하고 너저분하게 한편 가지런히 널브러져 있다. 수돗가로 내려가는 두 계단 바로 위에 공동 정수기가 놓여 있다. 숙박객은 여기서 물을 받아 객실로 들어간다. 1층에는 공동 화장실과 공동 샤워실이 있고 네 개의 방이 보인다. 문은 나무문이며 문 앞에는 색색의 발이 쳐져 있고 환기를 위해 반쯤 열어두었다. 벽에는 오래된 사진과 지역 행사 관련 메달 및 커다란 달력이 걸려 있다.*

성주신   *2층으로 올라가는 계단 난간은 나무로 만들어져*

있으며 주인장이 기르는 다육식물들이 다 자란
철쭉나무 정도의 높이로 2층 복도를 따라 놓여
있다. 복도를 따라 다섯 개의 객실이 있으며 2층
객실 옆으로는 작은 마당이 있어 빨래를 널거나
호박, 고추 등을 말리고 양파나 마늘 등을 보관
한다. 3층으로 올라가는 계단을 따라 나가면 바
로 옥상이다. 가운데가 뚫린 지붕은 비가 들이치
지 않도록 투명한 아크릴로 덮여 있어 해가, 수도
가 있는 마당까지 쨍하게 들어온다. 전체적으로
덕지덕지라는 인상을 지울 수 없는 것이 기존 건
물에 1층의 방을 추가하고 다시 2층이 올라간 설
계라 개보수가 계속 진행됐음을 만듦새에서 금
방 알아챌 수 있다.

조왕신   강부민이 보인다. 건물 곳곳을 쓸고 닦고 있다.
               유순희는 여인숙 입구에서 서성인다. 검은 봉지
               를 든 박두홍이 들어온다.

박두홍   들어가실 거예요?
유순희   아, 아니요.

유순희, 황급히 퇴장한다.

강부민   박씨래요? 오늘 허탕인가 보네.
박두홍   뭐 앞에 줄줄이 불려 가고 나만 남았어요.
강부민   일을 못 해서 어째요?

박두홍   내일 하면 되죠.

강부민   밥은요?

박두홍   (검은 봉지를 들어 보이며) 사 왔죠.

강부민   또 햇반에 소주?

박두홍   전자레인지 좀 써도 될까요?

조왕신   박두홍이 부엌으로 들어간다.

박두홍   (안에서) 배추전, 배추전, 맨날 먹는 배추전.

강부민   덜어놓은 거 손 대지 말고 소쿠리에 있는 거, 그
         거 먹드래요.

박두홍   아이고, 암요.

강부민   냄비에 두부조림 있드래요. 반찬 해요. 꼭 덜어서
         먹드래요. 박씨, 벌써 자기 숟가락 냄비에 넣은 거
         아니래요?

박두홍   (안에서) 그릇 꺼내고 있어요.

강부민   미안해요. 코로나라고 난리라 그런 거지. 알죠?

박두홍   (안에서) 빨간 국 이거 말씀이에요?

강부민   빨간 국?

박두홍   (나오며) 두부조림에 뭔 물이 이렇게 많아? 국물
         떡볶이예요?

강부민   고추장을 너무 넣어가지고 짠 거라. 그래서 물을
         좀 부었더니…….

조왕신   유순희가 여인숙 안으로 조용히 들어와 여기저기
         살핀다.

박두홍 누구세요? 아까 앞에 서 계시던 분 아니신가?

유순희 저 아니에요.

강부민 여인숙에 오시면 손님이지 누구시긴, 누구. 어서
와요. 방 필요해요?

조왕신 유순희는 말이 없다.

박두홍 사장님, 내 말씀드렸죠? 웬만하면 손대지 말고
불 대지 말고 그냥 먹자고. 왜 굳이 양념을 하셨
대?

강부민 두부가 좀 오래됐어.

박두홍 그래서 저 주시는 거예요, 지금?

강부민 나 먹으려고 한 거지. 요리는 정말 내 영역이 아닌
가 봐.

유순희 두부야 들기름에 지지고. 간장 둘, 고추장 둘, 고
춧가루 하나, 설탕 하나, 마늘 한 스푼이죠. 그러
고는 물 좀 붓고 잠시만 끓이면 되는데. 그럼 아
주 맛있어요. 마지막에 참기름 두르는 거 잊으면
안 되고요.

박두홍 그…… 그렇죠.

강부민 맨날 한다고 하는데도 그 모양이네.

박두홍 부엌 근처에는 얼씬을 마시라니까요!

강부민 다음에는 돼지고기 간 거를 좀 넣어볼까?

박두홍 왜 때문에요? 이대로도 충분히 먹기 힘들어요. 그
리고 배추전은 왜 맨날 저렇게 많이 하시는 거예
요?

| 강부민 | 박씨 방 내놔야겠네. 반찬 잘해주는 여인숙으로 알아봐요. |

강부민 박씨 방 내놔야겠네. 반찬 잘해주는 여인숙으로 알아봐요.

박두홍 얻어먹는 놈이 반찬 투정을 해요? 언제요? 누가요?

강부민 참 나.

박두홍 여태껏 하신 두부조림 중 가장 맛있어요.

유순희 하루 얼마예요?

강부민 몇 분이래요? 혼자래요? 얼마나 묵으시게요?

유순희 얼마나요?

강부민 장기 투숙하시는 분들이 왕왕 있어요. 그래서 여쭤봤죠.

유순희 뭐…… 한 일주일? 구조가 뭐 이래요?

강부민 희한하죠?

박두홍 50년이 넘은 여인숙입죠 예. 역사와 전통을 자랑하는 곳입니다, 여기가. 여기 사장님이 얼마나 부지런하신지 깨끗하기가……

조왕신 *유순희의 시선에 따라 강부민은 여관을 설명하기 시작한다.*

강부민 아, 여는 원래 지하수 끌어 올려서 빨래도 하고 설거지도 하고 그랬어요.

유순희 막히면 어쩌려고…….

강부민 물 잘 빠져요. 1층에는 방이 두 개인데요, 온돌방, 침대방 이래 있어요.

유순희 저 방은요?

강부민   거는 제 살림살이 방이고요.

유순희   여기서 살아요?

강부민   그럼요. 하나는 여 박씨가 쓰고.

박두홍   네, 제 방.

유순희   누구신데 자꾸 따라와서 설명해요?

강부민   저희 여인숙 장기 투숙 중이래요.

조왕신   *유순희는 1층에서 2층으로 올라간다.*

강부민   2층이 좋겠어요? 2층에는 방이 좀 더 있어요.

조왕신   *유순희가 2층 마당 쪽 문을 연다.*

강부민   아, 거기는 2층 마당이래요. 아, 그쪽은 옥상. 올라가볼래요? 사방 건물이라 시야는 별로지만 밤에 별 보기가 기가 맥혀.

유순희   이 나이에 무슨 옥상에서 별 볼 일이 있겠어요?

강부민   그러네. 하긴 요 앞에 바로 앞강이 있는데 좁은 옥상은 왜 올라가겠어요.

유순희   얼마예요, 하루에?

강부민   3만 원.

유순희   여인숙이 뭐 그렇게 비싸요? 칫솔 치약 일회용품도 없는 거 같구먼. 2만 5천 원만 해요.

강부민   아이구, 그렇게는 안 되는데.

유순희   내 현금으로 드릴 테니 2만 원 합시다.

강부민   아이구, 그런 가격은······.

유순희	한 달은 얼마예요?
강부민	45만 원이에요.
유순희	30일로 나누면…… 하루 만 5천 원밖에 안 하네요.
강부민	셈이 엄청 빠르네.
박두홍	아, 그거야 달방으로 하시면 그 가격이지, 무슨 계산법이 그래요?
유순희	댁한테 물었수?
강부민	박씨, 밥 안 해요? 전자레인지 삑삑거린 거 같은데.
박두홍	어느 방을 얼마에 하시나 보고요.
강부민	아니, 그걸 박씨가 왜 봐요. 참.
유순희	아주 웃긴 사람이네.
박두홍	웃긴 게 아니라 할머니가 이상한 거지.
유순희	할머니?
박두홍	아니, 엄연히 상거래가라는 게 정해져 있고 인제 바닥의 숙박업소들이 정한 룰이란 게 있는 건데. 뭔데 이래라저래라 이 난리냐 이 말이지, 나는.
유순희	어디서 반말이야? 몇 살 먹었어? 뭐 하는 종자길래 남의 일에 나서는 거지? 전자레인지 데운 밥이나 먹는 주제에.
박두홍	뭐? 보자 보자 하니까 이 여자가!
유순희	이 여자?
강부민	왜 이래요, 박씨! 손님, 손님이 참아요.
조왕신	*2층 난간 쪽 방에서 황진수가 문을 열고 나온다.*

황진수   뭐가 되게 시끄럽네요.

강부민   아, 나가요?

황진수   네.

조왕신   *황진수는 2층에서 건물과 함께 자신을 찍는다.
           휴대폰으로 SNS에 사진을 올린다.*

강부민   엄청 일찍 나가네?

황진수   아직 멀었어요. 리허설 하게요. 8시 매릴린 먼로
           동상 앞 광장 아시죠? 보러 오세요.

강부민   네, 그럴게요.

조왕신   *댓글 알람이 울린다.*

황진수   저 인스타 라이브 잠깐 켜도 되죠?

강부민   그게 뭔데?

조왕신   *황진수는 휴대폰으로 인스타 라이브를 켠다.*

황진수   여러분, 수 프란체스카 황이에요. 인스타 사진 올
           렸더니 여기 너무 궁금하다는 댓글이 막 올라와
           가지고 바로 라이브 켰잖아, 이 언니가. 여기는
           바로 바로, 인제, 금성여인숙이란 곳이에요.

황진수, 휴대폰을 들고 사방을 비추며 말을 이어간다.

황진수 처음에는 나도 얼마나 벙쪘다고요. 아니, 다른 출연진들은 다 호텔인데 나만 여인숙이라니! 말이 돼? 두구두구 님 언니, 안 따졌어요? 말해 뭐 해, 이년아. 당연히 따졌지. 근데 뭐 방이 다 찼다나? 내 기가 차더라. 어이가 없어서.

박두홍 (작게) 뭐…… 뭐죠, 저거?

강부민 (작게) 저거라니. 사람한테 무슨 말을 그렇게 해요.

황진수 바로 행사 취소한다 그랬고 짐 쌌거든요. 근데 웬걸? 왔더니 딱 내 식이잖니. 건물 진짜 뒤집어져. 어째스카들아, 정말 곱지 않아?

박두홍 (작게) 아침에 남자 한 명 행사하러 왔다면서요.

황진수 방마다 이 커튼 좀 보세요. 여기 사장님 미쳤나 봐. 마치 〈화양연화〉 배경 같지 않아요, 여러분?

박두홍 (작게) 남자야, 여자야?

강부민 (작게) 그게 뭐 중요해요. 하고 싶은 대로 하고 입고 싶은 대로 입는 거지.

황진수 맞아요, 사장님!

박두홍 다…… 들리나? 휴대폰 하는 줄 알았지.

황진수 감사해요, 사장님. 여기 휴대폰 보며 손 좀 흔들어주실래요?

조왕신 황진수가 1층으로 내려온다. 강부민은 휴대폰을 보며 얼결에 손을 흔든다.

유순희 남자인 거야? 세상에나. 뭔 지랄인지 모르겠네.

숭하다, 숭해! 에휴…….

조왕신   황진수는 유순희를 잠시 쳐다본다.

유순희   뭐?
황진수   상관없잖아요?
유순희   뭐라?
황진수   (휴대폰에 대고) 그럼 저는 리허설 하러 가야 해서
        요, 다음 라방 시간에 또 봐요. (미소 지으며) 우린
        모두 아름다워요. 그럼 빠이—.

조왕신   황진수는 라이브 방송을 끈다.

황진수   (유순희를 쳐다보며 말은 강부민에게) 전 좀 다녀올게
        요.
강부민   그래요, 잘 다녀와요.

조왕신   황진수는 여인숙 밖으로 나간다.

강부민   어르신, 그럼 방은 어떻게 할래요?
유순희   어르신 아닙니다. 저보다 나이 많으신 거 같은데
        말씀 높이지 마세요. 저는 그럼 이 방으로 하겠습
        니다. 2만 3천 원. 됐지요? 내일 나갈 거예요. 하
        룻밤만 묵을 거니까 그리 아세요. 기사는 뭔 이런
        데를……. 아이구…….
강부민   네, 그럼…….

조왕신   유순희는 강부민의 대답을 듣지도 않고 2층 끝
            방으로 들어가버린다.

강부민   그러세요.

조왕신   박두홍이 뭐라 하려는데 강부민이 부엌으로 들
            어간다. 박두홍은 강부민을 따라 들어간다.

3장

성주신   *3장. 2021년 9월 30일 목요일 점심시간. 강부민이 보인다. 늘 그렇듯이 건물 곳곳을 쓸고 닦고 있다. 김수현이 자루를 들고 여인숙으로 들어온다.*

김수현   사장님, 저 다녀왔어요.

강부민   어서 와. 송이 좀 캤나?

김수현   없어요. 씨가 말랐어요.

강부민   어째? 가을장마가 길어도 너무 길어. 버섯이 남아나질 않겠어.

김수현   그래도 표고는 좀 땄어요.

강부민   표고? 거긴 험하지 않나? 참나무 군락이 엄청 가파르다고. 혼자서 미끄러지기라도 하면 어쩔라고.

김수현   GPS 켜고 사무실이랑 다 연동해서 간다니까요.

강부민   하긴 자네가 어련히 알아서 잘할까.

성주신   *박두홍이 1층 자기 방에서 나온다.*

김수현   어? 아저씨 오늘 일 안 나가셨어요?

박두홍   또 공쳤어.

김수현   아, 그러니까 저 따라서 송이 캐러 가시자니까요.

박두홍   안 해. 힘들어.

김수현   노가다는 뭐 안 힘드나?

박두홍   경사진 산길을 몇 시간씩 걷고 그것도 모자라 비
            박해야 하고 멧돼지 안 만나면 살모사한테 물리
            는 그런 야생? 나는 싫어야. 나는 도시 남자거든.

김수현   일거리 없을까 봐 고민할 필요가 없는 자영업이
            에요. 눈 밝고 위치감각만 있으면 언제든지 시작
            할 수 있는 그런 직업이라니까요. 거기다 버섯만
            캐요? 산삼이 걸리면 완전 로또인 거죠.

박두홍   로또가 왜 이리 오래 걸리는 거나?

김수현   로또 걸린 사람이 나 로또 걸렸네 하는 거 보셨
            어요?

박두홍   뭐야? 그럼 산삼도 캔다는 거니?

강부민   어머나, 표고가 어째 이렇게 많아?

김수현   작년 수해 때 두 아름이나 되는 참나무가 완전
            쪼개져버렸다고 제가 말씀드린 거 기억나세요?

강부민   그럼. 세 그룬가 한꺼번에 그랬다고 그랬잖아.

김수현   그랬죠. 근데 원래 야생 표고가 그런 죽은 참나
            무가 있어야 거길 숙주 삼아 큰다고도 제가 말씀
            드렸나요?

박두홍   뭔 썰이 이렇게 길어?

김수현   거기 찜해두고 보고 있었는데 아니나 다를까 오
            늘 가보니 표고가 이렇게 올라왔더라고요.

박두홍	그럼 우리 이거 가지고 라면이나 끓여 먹을까. 출출한데?
강부민	아침 먹은 지 얼마나 됐다고 박씨는 벌써 라면을 찾아요?
박두홍	점심은 점심이죠.
김수현	이런 최상품은 팔아야죠. 못 먹습니다.
박두홍	아쉽게 됐네.
강부민	장에 들고 가서 파는 거야?
김수현	장은 아닌데……. 뭐 인터넷 장도 장이라고 할 수 있겠네요.
강부민	옛날에는 중간상들이 꼭 장날이면 오거든, 송이 산다고. 그럼 여 여인숙에 송이 캐는 사람도 자고 중간상인들도 자고. 여 마당에다 펼쳐놓고 흥정도 하고 그랬어. 그럼 금방 팔리는데. 요즘은 인터넷으로 다 팔아. 그치?
김수현	네. 저희 사이트 수현송이에 올리고요, 쿠팡에도 올리면 다들 사 가세요.
강부민	좋은 세상이야.
박두홍	먹지도 못할 거 그만 자랑하고 치워야.
성주신	장용남이 여인숙으로 들어온다.
장용남	안녕들 하십니까?
강부민	위원장님이시네. 어서 와요.
김수현	안녕하세요?
장용남	송이 캐는 수현이, 들어와 있었네. 많이 캤드나?

김수현	그냥 표고만 좀 땄어요.
장용남	어이, 두홍이— 잘 있었드나?
박두홍	알 거 없지 않니?
장용남	섭섭하게 이러기나?

장용남, 갑자기 교가를 부른다.

장용남	흰 메의 영기 뻗은 설악 양지에 자유와 평등의 횃불을 들은…….
박두홍	볼일 보고 가든지.
강부민	노래야 좀 들어주면 되는걸.
박두홍	듣기 좋은 노래, 잘 불러도 시원찮은데 저놈 부르는 거 보세요.
장용남	내 노래가 어때서? 우리 중학교 교가란 말씀이래요. 나오면 자동으로 따라 부르게 되는데 저 새끼는 꼭 저런다니.

| 성주신 | *박두홍은 자기 방으로 들어가버린다.* |

| 강부민 | 어딜 들어가요, 박씨! 점심 먹자면서. 위원장님도 그만 좀 불러요. 안 부른다잖아요. |
| 장용남 | 니 그렇게 동창회도 안 나오고 나 자꾸 피하면 여기 여인숙에서 살고 있다고 동창들한테 다 퍼트려버린다. |

| 성주신 | *박두홍이 방문을 연다.* |

박두홍   죽고 싶나?

장용남   너 아직 나를 니 꼬봉으로 보나 본데 여기 소방
           안전위원회 위원장이 바로 나란 말씀이다!

박두홍   내 눈에는 아직도 코 질질 흘리던 용털이로밖에
           안 보이는데.

김수현   왜 용털이에요?

박두홍   저 자식이 우리 중에 고추 털이 제일 먼저 났거든
           요.

강부민   앞서가셨네.

장용남   제가 좀 발육이 남달랐어요.

박두홍   쓸데없이 자랑하다가 몇 가닥 털이 다 뽑혔더래
           요.

김수현   아, 진짜요? 그래도 돼요?

장용남   얌마! 너 그거 성희롱이야. 알아?

박두홍   그 후로도 나는 족족 뽑았고.

장용남   너는 족족 우리 할아버이한테 맞았고.

박두홍   뻑하면 할아버이나 찾던 파파보이 같으니.

장용남   파파보이? 말 다 했나?

강부민   어르신이 참 대단한 엘리트셨어요.

장용남   제 입으로 얘기하기는 참 그렇습니다만.

박두홍   그럼 말아야지?

장용남   당시 강원도에서 농고 나왔다 하면 다들 알아줬
           어요. 좀 살고, 머리도 있어야 했으니까. 그런 자
           격으로다가 우리 할아버이가 강원도 도의원이
           되셔서 정치 생활을 시작하셨던 것이고.

박두홍   쟈 할아버이가 머리는 참 비상하셨어. 징용 안 끌

려가려고 자기는 몇 대 독자니, 부모를 모실 사람
이 없다느니 하면서 요리조리 피하다가 결국 안
되니까 우리 작은할아버이랑 바꿔치기해서 우리
작은할아버이만 징용 가시게 하고.

장용남 바꿔치기라니!

박두홍 중학교 교실에서 조사를 했더래요. 징용 갈 사람
과 남을 사람으로 나누는 거를 한 거예요. 사실
우리 작은할아버이야말로 가난하고 몸도 약한
사람이라 남을 사람으로 분류가 됐는데 쟈 할아
버이가 자기랑 자리를 바꾸자고 해가지고, 순진
한 우리 작은할아버이가 그래라 그래서는! 엉! 우
리 작은할아버이가 징용 가고 느이 할아버이가
남으신 거잖아.

장용남 느이 작은할아버이 돌아오셨잖니.

박두홍 다리 잃고 평생을 술만 드시다 돌아가셨잖니.

장용남 빽하면 옛날이야기.

박두홍 누가 할 소리! 누가 먼저 꺼냈는데.

장용남 나는 미래 지향적으로다가 살자는 의미에서 꺼
낸 거야. 과거에 매여 살지 말자. 사람이 발전이
있어야 말이지.

박두홍 그러려면 느이 할아버이가 먼저 사과부터 하셔야
지. 두 분 저승에서 만나셨을 테니 사과는 제대로
하셨는지 이번 기제사 지낼 때 너희 할아버이한
테 코 질질 짜면서 여쭤보든가.

장용남 우리 집 소작 부쳐먹었드래요. 쟈네 아부지가. 그
래서 점마가 저리 나만 보면 콤플렉스 때문에 저

런다니.

박두홍　야, 아버지 얘기는 꺼내지 말라고 했지. 뒤지고 싶
니?

장용남　어째 그런다니? 무서운 눈깔을 해가지고.

성주신　박두홍은 그대로 여인숙 밖으로 나가버린다.

강부민　박씨, 어디 가요?

김수현　아저씨, 아저씨!

장용남　어쩐 일로 일도 안 나가고 여인숙에 있다니?

강부민　그 소작 얘기는 언제까지 할 거예요?

장용남　저놈 아가 털 얘기 할 때까지요.

강부민　휴…… 뭔 일로 오셨어요?

장용남　안내문 받으셨지요?

강부민　저번 주에 왔더라고요.

김수현　무슨 안내문이요?

강부민　응, 여 소방도로 낸다고.

김수현　길이요? 이 앞에다가요?

장용남　여 전체적으로다가.

김수현　여기 전체를요?

장용남　길이 너무 좁잖니. 옛날 가난하던 시절에 막 지은
집들이라 도로에 차 한 대 겨우 지나는 좁은 길이
고. 이게 군청 앞이라는 게 말이 안 되잖아. 그래
서 대대적으로다가 길을 내는 거지요.

김수현　여인숙은 어쩌고요.

강부민　헐리겠지, 뭐.

김수현   정말요?

장용남   보상 다 해드리지.

김수현   그래도 여기 묵고 있는 사람들은 어쩌고요?

장용남   너는 시집갈 나이의 처자가 이 무슨 꼴이니? 자
           고로 여자란 모름지기…….

김수현   (듣기 싫은 티를 내며) 아아아아아…….

장용남   어른이 말씀하는데…….

강부민   위원장님 안내문이 어쨌다고요?

장용남   아, 보상 문제 때문에요.

강부민   그게 읽어도 뭔 소린지. 그냥 처박아뒀지, 뭐.

장용남   아, 그러시면 안 된다니까요. 그러니까 사장님네
           하고 여기 맞은편 중국집하고요, 옆 족발집에는
           시설비로 해서 다 쳐드리는 걸로, 그러기로 했으
           니 그리 아세요.

강부민   힘써줘서 고마워요, 위원장님.

장용남   다음 달 첫째 주 월요일에 사업단이랑 위원회랑
           다 만나기로 했어요. 주민들과 함께 열린 대화의
           시간을 가질 거니까 사장님도 꼭 나오셔야 합니
           다.

강부민   알겠어요.

장용남   뭐 궁금한 거 있으시면 언제든 이 장용남이를 찾
           으시고요.

강부민   아이, 그럼요.

장용남   그럼 저는 가보겠습니다.

강부민   잘 가요.

김수현   안녕히 가세요.

장용남   그래.

성주신   *장용남이 여인숙 밖으로 나간다.*

김수현   여기 정말 없어지는 거예요?
강부민   그렇다고 하잖아.
김수현   갑자기 개발이라뇨. 안 섭섭하세요?

성주신   *강부민은 대답하지 않는다.*

강부민   (밖을 향해) 박씨, 나와요. 위원장님 가셨어요.

성주신   *박두홍은 쩔뚝거리며 들어온다.*

강부민   왜 이래요?
박두홍   쪼그리고 앉아 있었더니 쥐가 나서…….
김수현   아저씨가 왜 숨어 계세요?
박두홍   숨긴 누가 숨어? 그냥 피하는 거지.
강부민   잘하셨어요.

성주신   *장용남이 다시 들어온다.*

장용남   내가 알려줄 말이 있는데 말이야. 너 술 마셨드랬
          지? 오늘 절대 운전하지 말어. 경찰서 음주 단속
          있는 날이야. 알겠나?
강부민   아, 그래요? 그렇구나. 알려줘서 고마워요, 위원

장님.

김수현　위원장님은 그런 것도 알고 계세요?

장용남　이게 바로 지역 유지급 인사들한테만 알려주는 고급 정보라는 거거든요. 올 초에 왜 경찰공무원이 음주 운전하다가 단속에 딱 걸려버렸잖아요.

김수현　인제 경찰분들은 칼같으시네요.

장용남　도망을 못 간 거지. 뒤차 줄줄이 있는데 어째. 단속해야지. 그러니 경찰서가 난리가 났다니!

김수현　그래서 미리 알려주는?

장용남　뭐, 그런 거지.

박두홍　지들끼리 잘 먹고 잘살려는 부정부패의 끝판인 거지.

김수현　그렇구나.

장용남　그렇기는!

김수현　그렇잖아요. 이것도 단속 안 걸리게 미리 봐주는 거잖아요.

장용남　제발, 서로서로 조심하고 망신 안 당하게 행동하자 뭐 그런 취지지. 우리 송이 캐는 수현이, 산만 다니더니 속세 사정은 영 모르는 거 같네. 아무튼 나는 할 말 다 했으니 이제 정말 이만 갑니다.

강부민　잘 가요.

성주신　*장용남이 나간다.*

박두홍　미친놈. 지랄하고. 여기 차 가지고 있는 사람이 누가 있다고 맨날 오면 저 소린지.

강부민   알아두면 손님들한테도 알려주고 술 먹지 말고,
         술 먹었으면 대리 하시라 할 수 있잖아요. 좋지,
         뭐.

박두홍   언제 헐린대요?

강부민   내년 여름이라나 뭐라나?

박두홍   뭐 좋은 소식이라고 저리 쓸데없이 왔다 갔다 하
         면서 상기를 시키는지.

강부민   잘됐지, 뭐. 팔십이 넘으니 계단 오르내리기도 힘
         들고.

성주신   *강부민은 짧게 한숨을 쉰다. 박두홍은 그런 강부
         민을 살핀다. 김수현은 표고 주머니에서 송이를
         꺼낸다.*

김수현   짠!

박두홍   이거 송이 아냐? 아이쿠, 이 귀한 걸 캔 거야?

김수현   얼마 안 돼요.

박두홍   그게 어디야.

김수현   뒤봐야 1킬로 만들기도 어려울 거 같고 갓이 펴
         져서 상품 가치도 없고.

박두홍   그래? 어떻게, 물 올릴까?

김수현   라면 있으세요?

박두홍   라면 있을까요?

강부민   부엌에 몇 봉 있을 거래요. 계란이랑 파 있는데 내
         가 끓일게요.

박/김   (동시에) 아니요!

김수현　제가 물 올리겠습니다.

박두홍　아이고, 산 다녀오시느라 힘드셨을 텐데 젊은이, 몸을 편히 하시게. 각반 좀 풀고, 장화도 좀 벗고. 물은 내가! 내가 올려놓겠네.

성주신　*강부민은 유순희의 방 아래쪽으로 간다.*

강부민　저…… 주무세요? 점심 드세요.

유순희　(안에서) 괜찮아요.

강부민　그러지 말고 나와봐요. 여기 수현이가…… 그러니까 송이를 좀 캐 와서, 라면을 끓이려고 해요. 같이 좀 드셔보세요.

성주신　*유순희가 2층에서 방문을 연다.*

유순희　뭘 라면에 넣어 먹는다고요?

김수현　아, 새로 들어오신 손님이세요?

강부민　응, 2층에 203호.

김수현　그 방이 제일 깨끗하고 넓고 창도 바깥쪽으로 훤하니 좋아요. 좋은 방 묵으시네요.

유순희　여인숙 방들이 거기서 거기죠.

강부민　나오신 김에 내려오세요.

성주신　*유순희가 계단을 내려온다. 박두홍이 부엌에서 나온다.*

유순희	지금 몇 시나 됐어요? 시계가 없으니 시간이 어떻게 가는지도 모르겠네요.

유순희   지금 몇 시나 됐어요? 시계가 없으니 시간이 어떻게 가는지도 모르겠네요.

강부민   12시 막 넘었어요.

박두홍   휴대폰 보면 되지요. 휴대폰 없으세요?

유순희   (휴대폰을 들어 보여주며) 있어요!

성주신   박두홍이 뭐라 더 말하려고 하는데 강부민이 말린다. 유순희는 자루를 건너본다.

유순희   이게 다 뭐야?

김수현   아, 송이 캐요.

유순희   산에서?

김수현   네.

유순희   자기가 직접?

김수현   네.

유순희   여럿이 같이? 남자들 보조하고 뭐 그런 건가?

김수현   아뇨. 저 혼자 해요.

유순희   사람 직업이 아무리 천차만별에 귀천도 없다지만 그쪽 일은 정말 요상하다.

김수현   네?

유순희   그렇잖아요? '세상에 이런 일이'감 아니냐고요. 여자가 무슨.

김수현   아, 산이 좋아요. 조용한 숲 냄새도 좋고요. 아무런 해도 없이 쑥쑥 자라는 버섯을 툭 따잖아요? 향이 사방으로 퍼지면서 풀냄새랑 섞이면요, 뭐라 표현할 수 없이 행복해져요.

유순희   독버섯에 중독된 거 아니야? 신고당해요.

박두홍   신고라니요.

김수현   아버지가 심마니셨어요. 다니시던 비밀 길도 물
         려받고 약초 캐는 노하우도 알려주셨죠.

유순희   그거야 아들이 물려받으면 되지.

김수현   외동이에요.

유순희   세상에나. 어째?

강부민   야 눈썰미가 야물어서 땅속에 숨어 머리만 빼꼼
         내놓고 있는 송이도 엄청 금방 찾아 캐 온다니까.
         벌이도 얼마나 좋은지 몰라요.

박두홍   사람들이 몰라 그렇지 약초 캐는 심마니 벌이가
         상당하거든. 그러니 여럿이 어울려 하는 일이 아
         닐 수밖에.

김수현   같이 하시자니까.

유순희   그럼 이제 그만할 때도 됐겠네. 여자가 할 직업은
         아니지. 산을 헤매고 다니고. 안에서 들으니까 비
         박도 한다면서요?

박두홍   남의 얘기는 참 잘도 들으셔.

유순희   방음이 전혀 안 되잖아요. 여기가! 조용조용 얘기
         하든가. 마당 한가운데에서 떠드는데 누가 못 들
         어요?

박두홍   거 당사자가 하겠다는데 당사자도 아니면서 자
         꾸…….

강부민   박씨, 라면 물 끓는 거 같은데?

박두홍   아! 우선 스프부터 넣어야겠지?

김수현   아, 송이 찢어야 하니까요. 네, 스프부터. 송이 찢

으면 면 넣고. 스프 넣고 잠시 대기.

박두홍   알겠습니다.

성주신   박두홍은 부엌으로 들어간다.

강부민   같이 찢으실래요?

유순희   그게 얼마나 된다고 저까지……. 잠시만요. 그럼
손 좀 씻고요.

김수현   괜찮아요. 흙 묻은 것도 대충 털고 먹는데 손을
굳이…….

유순희   위생 관념이라고는 하나도 없으시네들.

성주신   강부민과 김수현은 송이를 내려놓고 수돗가에서
손을 씻는다. 박두홍이 부엌에서 나온다.

박두홍   그런데 라면은 몇 개 끓여요?

성주신   박두홍은 유순희의 2G폰을 발견한다.

박두홍   선사시대 유물이 여기 왜 있대? 꺼져 있는 건가?
이거 어떻게 켜는 거야?

성주신   박두홍은 유순희의 휴대폰을 켠다. 알람 소리가
연거푸 나기 시작한다.

유순희   뭐 하는 거예요? 왜 남의 물건에 손을 대요?

성주신   전화벨이 울린다. 아들이다.

유순희   왜?

성주신   최태훈이 나타난다.

최태훈   엄마! 아, 다행이다. 정말 다행이야. 엄마, 어디야!
          내가 정말 전화를 얼마나 했는데. 전화기는 왜 꺼
          놔가지고 실종 신고까지 하게 해요?

유순희   호들갑 떨지 마.

최태훈   왜 이러는데? 불만이 있으면 말씀을 하시면 되지
          어떻게 집을 나가시냐고요?

유순희   할 얘기 없다.

최태훈   돌아오세요. 아니면 모시러 가요.

유순희   니가 어떻게 여길 알고 와.

최태훈   위치추적하면 되지.

유순희   휴대폰 다시 끌 거다.

최태훈   휴대폰만 되게? 카드 쓰시면 바로 어딘지 아니
          까…….

유순희   나 찾지 마라. 전화 끊자.

최태훈   엄마, 엄마, 엄마! 제발 내 얘기 좀 들어봐. 엄마!

유순희   들을 말 없어.

최태훈   대체 왜 이러시는지 힌트라도 주셔야지. 그래야
          내가 알지. 말을 해요, 말을!

유순희   너희한테 내가 필요하지 않잖아. 아비 없는 자식
          이라고 손가락질받을까 봐 금이야 옥이야 키웠

더니 이제 엄마 무시하고 지 마누라만 감싸면서 직장도 내팽개치고 마누라 따라 유학을 가? 사는 집도 팔고 너희 집에서 집 지키는 개를 하라고? 미친놈! 니가 그러고도 내 아들이야? 휴대폰 끊을 거다. 카드도 안 쓸 거야. 현금 쓰면 돼! 나도 내 맘대로, 나 하고 싶은 대로 하며 살 거다.

최태훈   뭐 하고 싶은데? 아니 그 나이에 뭘 하겠다는 거냐고. 장사도 힘들어하면서.

유순희   뭐 이 새끼야!

박주영   어머니!

성주신   *박주영이 나타난다.*

박주영   저한테나 이이한테는 정말 중요한 기회예요. 제가 늘 바라던 자리고요. 어머니가 조금만 이해해주세요.

유순희   너한테나 좋은 기회겠지.

박주영   저 이이 먹여 살릴 자신 있고 뒷바라지도 잘할게요. 저희 집 들어오시는 거 불편하시면 안 그러셔도 돼요. 제 생활비랑 유학 자금은 회사에서 다 나오고요, 이이 현지 생활비야 저희 사는 집 담보로 대출해도 충분히 마련할 수 있어요. 3년 금방 갈 거예요, 어머니.

유순희   내 아들을 기어이 백수 만들겠다는 거냐, 지금?

박주영   그게 아니고요. 돌아와서 직장 구할 때까지는 제가 돌볼 수 있다는 거죠, 어머니.

유순희	아주 뚝 부러지지, 우리 며느님. 말에 빈틈이 없어. 적어놓고 읽니?
박주영	무슨 말씀이세요, 어머니. 적어놓고 읽다니요.
유순희	말대답하는 거 봐. 내 이렇게 나올 줄 알았어.
최태훈	엄마 쫌!
유순희	지 인생 골로 가는 줄 모르고 마누라가 죽으라면 죽는 시늉까지 할 놈이야, 저 새끼는. 이놈아, 넌 뱉도 없어? 니 마누라가 계속 저렇게 나오는데?
최태훈	주영이가 뭐!
유순희	주영이가 뭐? 낳으라는 아이는 그렇게 질색하고 지 하고 싶은 대로만 하는데 그 꼴을 언제까지 봐줘야 해.
최태훈	우리가 안 낳기로 결정한 건데 엄마는 왜 자꾸 주영이한테 그러는 거야!
박주영	당신은 좀 가만히 있어! 같이 얘기해봐요, 어머니. 저는 언제나 어머니 응원이에요. 그쵸, 당신도?
최태훈	(부드럽게) 아, 누가 못 하게 한대? 엄마 원하는 대로 하시라니까.
유순희	이게 더 싫어, 이게. 무슨 말만 하면 삐진 늙은이 취급이나 하고. 유학을 가든 이민을 가든 마음대로 해.
최태훈	3년이면 돌아와요. 그걸 왜 이해를 못 해? 나는 엄마가 더 이해가 안 돼.
유순희	가! 가라고! 그리고 실종 신고 당장 풀어. 아니면 영영 안 돌아갈 거야. 내가 있고 싶을 때까지 있다가 어떻게 살지 결정하면 그때 연락할 거니까.

연락도 하지 마. 전화 한 번이라도 하면 그때는
정말 콱 죽어버릴 거야.

최태훈   엄마!

유순희   끊는다.

성주신   *유순희는 전화를 끊어버린다. 박주영과 최태훈은
사라진다. 유순희가 긴 한숨을 쉰다.*

강부민   생송이는 사실 쭉쭉 찢어서 그냥 씹어 먹어야 제
맛이거든. 향이 얼마나 은은한지.

김수현   맞아요, 그건 꼭 먹어봐야 한다니까요.

성주신   *김수현은 살짝 찢어 유순희에게 건넨다. 유순희
는 가만히 들고 있다.*

김수현   씹어보세요. 모르는 사람이나 참기름에 찍어 먹
죠. 그리고 코로 향을 느껴보시고요. 씹으면 씹을
수록 향이 넘어올 거예요.

강부민   수현이 덕분에 이렇게 종종 자연송이를 먹는다니
까요.

박두홍   나는 안 줘요?

김수현   안 드리긴요. 여기요.

신비로운 음악이 흐른다. 조왕신과 터주신은 노래를 한다. 그 모습이 마치
하늘에서 내려온 선녀 같다.

조/터   송송송송 송송송송 송송송송.

조왕신과 터주신은 강부민을 감싸고 돌다가 유순희에게 다가온다.
두 신의 모습은 유순희에게만 보인다.

성주신   조용한 새벽, 흐린 날씨와 숲에 깔린 안개. 신발
             아래로 느껴지는 땅의 습기, 쩍쩍 갈라진 땅바닥
             같은 선명한 갈색의 나무 기둥, 기둥을 따라 뻗은
             가지에 초록 침처럼 박힌 솔잎들, 수많은 소나무,
             그 아래로 떨어진 솔잎 수북한 사이, 머리 드미는
             송이. 자연산 송이.

유순희, 성주신의 설명에 들으며 송이 맛에 취해간다.

김수현   물 끓는 거 아니에요?
박두홍   아차차.
김수현   얼른 라면에 넣어서 먹어요, 아저씨. 고고.
강부민   그래요.

성주신   박두홍과 김수현이 부엌으로 들어간다. 황진수
             가 시인 최명제와 함께 여인숙으로 들어온다.

황진수   어떠세요, 선생님? 완전 놀랍죠.
최명제   정말 독특한 곳이군요.
황진수   50년이 넘는 역사와 전통을 자랑하는 인제 유일
             의 여인숙이에요.

최명제　　많은 사람들이 다녀갔겠습니다. 엄청난 사연들이
　　　　　쌓여 있겠죠? 방 하나하나마다.

터주신　　여인숙을 둘러보는 두 사람에게 강부민이 다가
　　　　　온다.

강부민　　일찍 들어오네요.
황진수　　네.
강부민　　오늘 묵으실라고……?
황진수　　그건 아니고요. '방황하는 나와 너' 쓰신 최명제
　　　　　시인님. 제가 선생님 인스타 친구잖아.
강부민　　시인…… 친구? 아이고, 시는 아무것도 몰라서.
최명제　　아, 괜찮습니다. 여기 사장님이시구나.
강부민　　근데 어째 이 누추한 곳까지 오셨을까.
최명제　　아니, 누추하다니요. 제가 어제 이 친구가 인스타
　　　　　에 올린 여기 여인숙 사진을 보고 한눈에 반해서
　　　　　바로 오고 싶다고 이 친구를 졸랐습니다. 저희 집
　　　　　이 덕소라 가깝거든요. 아, 저는 시도 쓰고 있지
　　　　　만 공간 기획이랑 설계도 하고 있습니다.
황진수　　안산 폐공장이랑, 아우, 나 미쳤나 봐. 거기 어디
　　　　　였죠, 선생님? 꼭대기에서 퍼포먼스 했던…….
최명제　　아, 재개발 들어갔던 은평구?
황진수　　거기 헐렸어요?
최명제　　그 행사 끝나고서 은평구가 부수려던 건물, 결국
　　　　　우리가 바라는 대로 예술 전시 공간으로 바꿨습
　　　　　니다.

황진수　웬일이니! 웬일이니! 여기도 옥상 있는데.

터주신　*최명제는 3층으로 올라간다.*

황진수　얼마나 뒤집어졌는지 몰라요. 선생님 진짜 대단하셔.

최명제　주민들이 탄원서를 같이 써주셔서 가능했던 거지 그게 어디 제 힘인가요. 저도 처음으로 경험해봤네요.

강부민　예술…… 전시 공간이요?

최명제　건물을 중심으로 이런저런 예술 행사를 기획하는 거죠.

강부민　내년이면 헐릴 텐데.

최명제　여기 헐려요?

황진수　완전 황당. 아니 왜요?

유순희　낡았잖아요.

강부민　그렇게 됐어요.

최명제　이런 곳이 개발로 없어지면 안 됩니다. 빠르고 편리한 것만 찾는 행정이 문제지요. 정말 안타깝습니다. 저라도 사고 싶군요.

황진수　어머? 그것도 방법이겠다!

최명제　이 건물을 사서 문화 공간으로 탈바꿈시키면 어떨까요? 쉬운 일은 아니겠지만……. 동료 예술가들에게 알려서 방 하나씩 임대해주는 조건으로 모두 건물주가 되자고 하면 금방이지요. 그렇게 하고 인제군에는 문화예술 행사를 진행한다고

연락하고. 예술 행위를 통한 시위이자 압박이 되
는 거거든요.

황진수 진짜, 선생님은 너무 멋지세요!

최명제 오늘은 저녁에 또 강릉에서 공연이라 우선은 여
기까지만 보고요…….

황진수 맞다! 시간이 너무 없다, 그죠?

최명제 다른 날 다시 오면 되죠.

황진수 대단하세요, 진짜. (강부민에게) 우리 선생님, 노래
도 뒤집어지게 하시거든요. 완전 멋지죠?

최명제 (강부민에게) 제가 일정 보고 다음 주 안으로 꼭
다시 와서 묵겠습니다.

황진수 다음 주요? 스케줄 있지 않으세요?

최명제 맞다.

황진수 저랑 맞춰서 이달 말쯤 다시 오는 거 어떠세요?

최명제 그때까지 가만히 기다릴 수 있을까요? 이런 건물
을 보면 막 가슴이 뛰거든.

황진수 못 말려, 진짜.

최명제 그럼 나 가요. 나오지 마시게. 가보겠습니다. 보
살님, 저 갑니다.

강부민 네…….

황진수 네, 선생님. 운전 조심하시고요.

터주신 *황진수는 최명제를 여인숙 입구에서 배웅한다.*

황진수 사장님, 저도 리허설 하다가 들어와서 다시 나가
요.

강부민　　뭐 많이 연습하나 봐.

황진수　　군수님이랑 합창을 하라나 뭐라나. 기 빨려. 며칠
　　　　　째 이러고 리허설만 하는지 모르겠어요. 그럼 소
　　　　　녀 다녀올게요.

강부민　　그래요.

터주신　　황진수는 밖으로 나간다. 유순희가 방문을 벌컥
　　　　　연다.

유순희　　세상 편하게 산다, 정말. 할 일 없는 딴따라들 같
　　　　　으니.

터주신　　유순희는 2층 자기 방으로 들어가버린다. 강부민
　　　　　은 한숨을 쉬더니 천천히 자기 방으로 들어간다.
　　　　　그날 밤, 마른천둥이 친다. 어둠 속에서 누군가가
　　　　　주위를 살피더니 작은 톱칼로 난간을 조용히 톱
　　　　　질한다. 그리고 조용히 톱밥을 쓰레받기에 쓸어
　　　　　담아 대문으로 나간다.

4장

성주신   4장. 2021년 10월 1일 금요일 오전. 이지숙이 조용히 여인숙으로 들어온다. 보자기로 묶은 아이스박스를 내려놓는다. 유순희가 2층 방에서 물을 뜨러 1층 공동 정수기 쪽으로 나온다.

이지숙   (낮은 목소리로) 안녕하세요?

유순희   안녕하세요?

이지숙   묵으시는 거예요?

유순희   네, 댁도 묵으시게요?

이지숙   아 ― 저는 이 집 딸이에요.

유순희   근데 왜 이렇게 살살 말해요?

이지숙   서프라이즈거든요.

성주신   이지숙이 다시 나간다. 강부민이 부엌에서 나온다.

강부민   누가 왔어요?

유순희   (잠시 생각하다) 방 장사 하는 사람이 그렇게 느려 되겠어요? 손님이 오는지 가는지도 모르시고.

성주신   강부민은 아이스박스를 발견하고는 피식 웃는
           다.

강부민   장칼국수 좀 드셔보드래요. 막 끓였는데 맛이 있
           으나 없으나 따뜻할 때 떠봐요.
유순희   괜찮아요. 저는 면 음식 안 먹어요.
강부민   시장하실 텐데…….
유순희   정 배고프면 나가서 사 먹으면 돼요.
강부민   그것도 한두 끼죠. 여기 며칠 계실 거면 저 밥 먹
           을 때 그냥 같이 드실래요?
유순희   식비 받으시나요?
강부민   해놓은 밥에 숟가락만 하나 더 얹으면 되는데 식
           비는 무슨.
유순희   받으세요. 한 끼 3…… 2천 원 해주시고요. 제가
           나갈 때 다 챙겨 현금으로 드릴게요. 아침은 필요
           없고요, 점심 12시, 저녁 6시 이렇게요.
강부민   저 식비 받을 음식 솜씨가 아닌데……. 그냥 드시
           면 안 될까요?
유순희   내가 왜 그냥 먹어요? 그럴 이유 없어요. 돈 받으
           세요.

성주신   이지숙이 양손 한가득 짐을 들고 들어온다.

이지숙   엄마!
강부민   짐은 또 뭘 이렇게 바리바리 들고 와. 먼저 둔 것
           도 있더만.

이지숙   뭐야? 난 줄 알았어?

강부민   보자기! 저거 내가 전에 오미자 보내면서 썼던 거
         잖아.

이지숙   아하!

성주신   박두홍과 김수현이 부엌에서 나온다.

박두홍   누나 오셨나 보네.

이지숙   박씨, 오랜만.

김수현   아, 안녕하세요?

이지숙   이 여성분은 처음 보는 거 같은데?

강부민   뭘 처음 봐. 작년 송이 철에도 우리 집 왔었구먼.

이지숙   그때는 내가 아파서 못 왔잖아.

강부민   아, 그랬나.

김수현   안녕하세요?

이지숙   아이구, 반가워요. 분위기가 멋지다. 뭔가 알 수
         없는 풀내 같은 게 나는데?

유순희   그런 게 다 느껴져요? 신기하네.

김수현   산에서 이것저것 캐요.

이지숙   어머나, 심마니? 나도 한때 심마니 만났었는데.

강부민   쓸데없는 소리 또 시작한다. 가만히 있어봐. 내가
         뭐 하다가 나왔는데.

박두홍   장칼국수 다 먹었습니다.

강부민   아, 잘했어요. 그럼 됐네.

김수현   아, 힘들었다.

강부민   웅?

김수현	사장님이야말로 드시다 만 거 아니세요?
강부민	많이 먹었어.
이지숙	식사 마치셨으면 바로 후식 가야지요?

| 성주신 | *이지숙이 박스를 푼다. 강부민이 다가온다.* |

강부민	넌 뭘 이렇게 많이 싸왔어?
이지숙	메밀전병이랑. 응, 그거는 가자미식해.
강부민	이건 막걸리나?
이지숙	내가 담갔지요. 한잔해보시겠습니까?
강부민	방금 밥 먹었는데 무슨. 나중에 저녁에 먹으면 되지.
이지숙	술에 낮밤이 어디 있수? 잡숴봐들. 잡숴.
김수현	그럼 제가 잔을 좀 가져올까요?
이지숙	역시! 당장!
박두홍	그럼 쫀득쫀득한 가자미식해에 막걸리 한잔해볼까? 오늘 최고의 땡땡이 날이네.
이지숙	어르신도 한잔하시죠?
유순희	전 술 안 마셔요. 그리고 어르신 아닙니다.
강부민	(안을 향해) 저기 수현아, 여기 손님 드시게 흰밥이랑, 비트 동치미 담가놓은 거 있어. 그거랑 같이 가져와.
김수현	네.
박두홍	가만있어봐. 빈 접시랑 가위도 필요하겠는데?

| 성주신 | *김수현과 박두홍은 부엌에서 상과 빈 접시, 가위* |

등을 준비한다.

강부민	어떻게 온 거야? 버스 타고?
이지숙	박 서방이 여기까지 태워다주고 갔지.
강부민	갔어?
이지숙	지금 근무시간 아니유. 인사도 못 하고 간다고. 죄송하다고 꼭 좀 전해달래요.
강부민	그 착한 사람이 인사도 못 하고 갈 정도면 얼마나 바쁜 거야? 넌 일 중인 사람 차를 여기까지 타고 와? 근데 박 서방 아직까지 일해?
이지숙	아파트 경비 자리를 꿰찼더라고.
강부민	능력자네.
이지숙	일흔이지만 몸이 좋잖아. 내가 그 맛에 사는 거 아냐.
강부민	주책이다, 정말.
이지숙	응, 여전히 좋은 건 그거 하나야. 박 서방 끝내준다, 엄마.
강부민	징그러워. 잘한다.
이지숙	그럼 어떻게 해? 짐이 무거운데.
유순희	달고 계신 거 몇 개만 떼도 짐 거뜬히 들겠네요.
이지숙	제가 이건 또 포기를 못 해서요. 예쁘지 않아요?
유순희	엄마랑은 하나도 안 닮았네. 엄마 손가락에는 반지 하나 없구먼.
이지숙	당연히 안 닮았죠. 친딸도 아닌데.
유순희	그…… 그래요? 그런데 왜 엄마예요?
이지숙	제가 여기 처녀 적부터 살았었거든요.

유순희	처녀 적부터?
이지숙	여기서 요정도 하고 다방도 하고.
강부민	묻지도 않는 걸 자꾸 얘기해.
이지숙	비밀일 것도 없지. 안 그래요, 박씨?
박두홍	박씨가 뭐예요.
이지숙	아아, 두홍이라고 하기로 했지?
박두홍	그럼요. 누님.
강부민	지숙이가 누님하래요?
이지숙	내 그렇게 부르라 했어. 그렇지?
박두홍	네, 누님.

성주신   *상이 다 차려진다.*

박두홍	그럼 자, 모두의 건강을 위하여.
모두	위하여!

성주신   *모두들 건배를 한다. 유순희는 가만히 내려놓는다.*

이지숙	두홍이 군대를 이리로 왔으면 내가 참 잘해줬을 텐데. 두홍이는 진해에서 해군했다 그랬나?
박두홍	네, 누님.
강부민	아주 죽이 척척 맞는구나.
이지숙	그럼. 그렇지, 두홍아?
박두홍	그럼요, 누님.
유순희	(혼잣말로 다 들리게) 엄마뻘인 사람이…… 남편은

일하느라 뼈가 빠지는구만……. 세상사야.

이지숙　엄마 이번 생일에는 진짜 반지라도 하나 하자, 나
랑. 이름도 새기고 날짜도 새기고.

강부민　날짜는 뭘로 새기게?

이지숙　내가 여기 처음 들어온 날? 근데 그게 언제였는지
생각이 안 나네. 하긴 그때는 완전 상태가 널을
뛰었으니까. 으 — 생각하기도 싫어.

강부민　괜히 돈만 들이지. 끼지도 않을 거, 반지 할 생각
마.

유순희　왜요? 하나 해두세요. 해주신다잖아요.

성주신　강부민이 자신의 손을 내려다보며 만지작거린다.
두꺼운 밴드가 붙어 있다.

강부민　청소하려면 거추장스럽고 그래서 잘 안 하게 돼
요.

유순희　손가락 관절염 있으세요?

강부민　나이 들면 다 그렇죠.

이지숙　저건 고질이지 뭐. 이제 고치지도 못해. 일을 안
해야 하는데 밤낮으로 오르락내리락하면서 걸레
를 놓질 않는데 무슨 소용이 있겠어.

유순희　청소도 좀 도와주고 그러면 좀 좋아요?

이지숙　제가 좀 멀리 속초 살아서요.

박두홍　저 또 남의 가정사에 입을 대신다, 입을 대셔.

강부민　하나도 안 드시네. 동치미 시원해요. 밥이랑 좀
드셔보세요.

음악 소리가 들려온다. 시원한 동치미가 연상되는 듯한 음악이다.

조/터 　　　　동동동동 숩 동동동동 샤르륵 동동동동 우걱 동
　　　　　　동동동 오도독.

조왕신, 강부민을 따라 유순희 근처로 다가간다. 동치미 그릇을 들어 유순
희에게 건넨다.

성주신 　　　　비트 물이 우러나와 보랏빛 살짝 언 소금물에 잘
　　　　　　익은 고추가 둥둥. 알맞게 익은 무가 숭덩숭덩.
　　　　　　건더기가 걸리지 않도록 살짝 불어가며 대접을
　　　　　　입으로 가져가 한 모금 살짝⋯⋯.

유순희, 동치미 그릇을 받아 들고 천천히 맛본다. 그러고는 가운데 있는 수
돗가에 가서 바로 뱉는다.

유순희 　　　　소금을 얼마나 넣은 거예요, 대체?
강부민 　　　　입맛에 안 맞아요?
유순희 　　　　난 됐으니까 드시던 분들이나 계속 드세요. 앞으
　　　　　　로 제 먹을 음식은 제가 할게요.
강부민 　　　　네? 그게 뭔 말이래요?
유순희 　　　　사장님 것까지 같이, 요리는 제가 하겠다고요.
강부민 　　　　제 것까지요?
유순희 　　　　여기 사람들 다 먹어야 해요?
강부민 　　　　넉넉히 하면 나눠 먹고 하죠.
유순희 　　　　그럼 그러시든가. 장만 봐두세요, 아무거나.

| 강부민 | 아무거나요? |

강부민   아무거나요?

유순희   2천 원씩 내고 밥을 해주겠다는데 싫어요?

강부민   아니, 그래도 부엌에 들어가시게요? 손님이신
데…….

유순희   동치미 먹어보니 사람 먹을 음식이 아니라서요.
저, 식당만 40년 했어요. 아들놈 공부도 그 식당
으로 다 시켰고요. 단골손님도 많았어요.

김수현   우와—.

박두홍   나는 찬성!

유순희   그럼 그런 줄 알고 전 이만 들어갈게요.

성주신   *유순희는 자기 방으로 들어가버린다. 잠시 사이.*

이지숙   밥을 하신다니? 무슨 소리야?

강부민   아이고, 갑자기 따순 밥을 얻어먹게 생겼네. 잘됐
지 뭐. 한잔들 안 하나?

박두홍   마시자고요.

성주신   *해가 중천을 넘어 기울어지기 시작한다.*

시간의 경과.

다들 조금 취했다.

5장

<table>
<tr><td>터주신</td><td>5장. 2021년 10월 1일 금요일 오후. 갑자기 비가
오기 시작한다.</td></tr>
<tr><td>이지숙</td><td>부슬부슬하고 말 줄 알았는데 쫙쫙 쏟아지네. 가
을장마도 아니고 웬 비가 이리 많이 온대?</td></tr>
<tr><td>강부민</td><td>요새 날씨가 어찌나 요상한지. 단풍철이어도 벌
써 단풍철이었어야 하는데 저 앞에 은행나무들
좀 봐. 여적지 새파랗다니까.</td></tr>
<tr><td>박두홍</td><td>저러면 색깔 날 것도 없이 훅 떨어져버릴 텐
데…….</td></tr>
<tr><td>강부민</td><td>엄마 깜짝이야.</td></tr>
<tr><td>이지숙</td><td>뭐 그렇게 놀라우?</td></tr>
<tr><td>강부민</td><td>몰라. 요새는 그렇게 잘 놀라네.</td></tr>
<tr><td>이지숙</td><td>어디 병 생긴 거 아니야?</td></tr>
<tr><td>박두홍</td><td>병은 무슨. 집이 곧 헐리니 고민이 많아져서 그러
시지.</td></tr>
<tr><td>강부민</td><td>고민은 무슨. 측량까지 다 하고 갔으니까 이제
뭐 식순대로 할 일만 남은 거지. 미련 없어.</td></tr>
</table>

김수현, 코를 드르렁 곤다.

박두홍	어떻게 막걸리 몇 잔에 이렇게 나가떨어지나. 젊은 친구가.
강부민	피곤하니 그렇지. 좋네요, 잘 자고.
이지숙	엄마 잠은 잘 자우?
강부민	그냥 쪽잠 자다 깨다 하는 거지. 손님이 언제 올 줄 알고.
이지숙	손님 없잖아. 불 끄고 좀 자.
강부민	불 끄면 더 못 자. 알면서.
박두홍	못 주무세요?
강부민	50년 넘게 여인숙을 하다 보니 늘 불을 켜놨잖아요. 그래서 오히려 깜깜하면 이상하고 못 자겠더라고.
박두홍	괜찮으세요?
강부민	인이 박여서. 아무렇지도 않아요.
이지숙	저기 끝방 있잖아요. 새로 앉힌 거. 한 40년 됐나?
강부민	그렇지. 그건 왜?
이지숙	저것만 어떻게 철거하면 안 될까? 저게 불법에다가 좀 넓게 짓는다고 도로 앞으로 한참 나와 있잖아.
강부민	불법이라니. 원래 우리 건물 자투리 땅이었는데. 올리길 먼저 올려서 그렇지, 낸중에 다 신고하고 대지랑 건물로 서류 정리 싹 다 했는데, 뭐.
이지숙	맞다. 그래가지고 그때 벌금 물고 그러긴 했네.

엄마는 신고를 하고 공사를 시작하지 뭐 급해서
그렇게 방부터 앉혔어?

강부민　　왜 급하게 앉혔는지 정말 니 모르나?

이지숙　　아, 맞다.

이지숙, 무엇이 생각난 듯 자지러지게 웃는다.

박두홍　　왜 이런대요?

이지숙　　군인들이 허벌나게 많았거든. 주말마다 아주 이
것들이 눈이 벌게가지고. 시간으로 끊어 손님 받
았잖아. 그런데 봐. 밑의 층, 방 수가 겨우 네 개잖
아. 그래서 저기 하나 더 트고 샤워실이랑 화장실
만들고 2층까지 올렸지.

강부민　　정말 엄청 바빴어. 나가면 청소하고 나가면 청소
하고. 어딜 댕길 수도 없었어.

이지숙　　평일이고 주말이고 없었잖아. 군인들이 뭐 그런
거 가려 외박했나?

강부민　　하루도 쉬지를 못했어. 애들 셋을 다 어떻게 키웠
나 몰라.

이지숙　　업고 들고 끼고 그러면서 다 컸지 뭐. 그것들 연
락은 자주 해?

강부민　　딸들이야. 아들은 뭐.

이지숙　　그렇지. 아들놈들 다 출가외인이지. 근데 여기 에
어컨 놓은 거랑 인터넷 깐 거랑 이런 거는 어떻게
해?

강부민　　인터넷이야 걸어 가면 그만이고. 에어컨은 시설

물로 쳐서 다 보상해주겠다네.

이지숙   에어컨 놓기를 잘했다. 이런 걸 선견지명이라고
해야 하나?

강부민   시설비 얼마나 쳐준다고. 재작년까지도 선풍기로
잘 버틴 거, 굳이 에어컨 달라 해서 달았는데 저
건 또 다 어찌해야 하나 싶다.

이지숙   하긴, 부둥켜안고 물고 빨고 하면서 자려면 선풍
기로는 어려워.

강부민   글쎄, 그럴래, 자꾸? 요즘은 다 그냥 자는 손님들
뿐이야. 그 장사 안 한 지가 언젠데 자꾸 옛날얘
기야.

터주신   황진수가 감자 한 상자를 들고 여인숙으로 들어
온다.

황진수   저 다녀왔어요.

강부민   이렇게 비가 와서 어째요?

황진수   그러게요. 리허설이 일찍 끝났어요.

강부민   공연이 일요일이라고 했더나?

박두홍   월요일까지 비가 온다던데. 취소되겠네.

강부민   박씨! (황진수에게) 어째? 나도 우산 들고 보러 가
려고 했는데?

황진수   안 불편하시겠어요?

강부민   이 동네에 쇼단이 들어온 게 얼마만인데 그 귀한
구경을 놓치나.

황진수   우리 어머니, 노래하고 춤추는 거 좋아하시나 봐

요.

강부민　　아이 뭘…….

이지숙　　그럼요, 우리 엄마가 타고난 가순데 시대를 잘못
　　　　　　만나 이렇게 여인숙 사장님이 돼버리셨지요.

황진수　　따님이세요?

이지숙　　네. 근데 참 곱다. 파운데이션 뭐예요?

황진수　　이거요? 잘 먹었죠?

이지숙　　응, 근데 좀 두껍다. 피부가 숨을 쉬어야 하는데
　　　　　　목 졸리겠는데?

황진수　　여기요. 보이세요? 희미하게? 미친놈이 술 처먹고
　　　　　　그었어요.

이지숙　　어머! 개새끼! (자기 어깨를 보이며) 나는 여기! 연탄
　　　　　　꼬챙이로 맞았는데 전혀 티 안 나지?

황진수　　어머! 웬일이야. 문신 너무 근사하다.

이지숙　　목 졸린다는 말 취소! 파운데이션 너무 딱이다.
　　　　　　목이랑 턱선이 예술이야, 예술. 어쩜 이렇게 예쁘
　　　　　　니?

박두홍　　예쁘기는. 어이구야.

이지숙　　두홍이 뭐라고?

박두홍　　고우십니다, 누님! 목이랑 어깨선이랑. 예술!

강부민　　비 많이 맞았네. 방에 수건 있어요.

황진수　　이거 좀 드실래요?

이지숙　　산 거 같지는 않고. 어디서 났대요, 이 많은 감자
　　　　　　를?

황진수　　네, 행사 대표님이 참가자들한테 한 상자씩 전부
　　　　　　돌리셨어요.

강부민   가져가서 쪄 먹고 하면 될 텐데……. 강원도 감
           자가 최고잖아요.

황진수   너무 많아서요. 저 혼자 사는데 이거 다 못 먹어
           요. 남으면 가져갈게요.

이지숙   혼자? 애인 없어요?

황진수   있다가 없다가 하죠.

이지숙   엄마나. 그렇지. 그게 인생이지. 나는 한 사람한테
           코 꿰였잖아. 아쉬워.

박두홍   형님이 사랑꾼인 거 세상이 다 아는데 무슨.

이지숙   그래도 아쉬운 건 아쉬운 거지. 지구가 이렇게 둥
           근데 이 사람도 만나고 저 사람도 만나고. 얼마
           나 좋아.

강부민   하이구야. 아직도 그럴 체력이 있나?

이지숙   엄마나. 당연한 거 아니유? 핑크 파워! 럽 미 텐더!

이지숙, 노래하기 시작한다.

박두홍, 거든다.

이지숙   나를 사랑으로 채워줘요. 사랑의 밧데리가 다 됐
           나 봐요. 당신 없인 못 살아. 정말 나는 못 살아.
           당신은 나의 밧데리.

박두홍   누님 최고!

이지숙   그런데 저기 있잖아요. 어떤 성별이 취향인지 단
           도직입적으로다가 물어도 되려나?

강부민   정말 주책이다.

황진수   괜찮아요. 저는 음…… 굳이 뭘 정하겠어요?

이지숙   엄마나, 정답!

박두홍   뭐래니.

이지숙   그래, 자기는 무슨 공연 해요?

황진수   아, 저는 립싱크 퍼포밍 아티스트예요.

박두홍   립, 뭐?

황진수   제가 직접 부르지는 않고요, 제가 좋아하는 아티
        스트를 선택해서 그들의 노래를 재해석하고 그
        걸 제가 다시 표현하는 거죠.

박두홍   너훈아, 방쉬리, 현칠 뭐 그런 부류구먼?

황진수   그분들은 직접 노래하시는 싱어시잖아요. 저는
        그렇지는 않고요.

이지숙   한번 들어보면 좋겠다. 너무 신날 거 같아.

강부민   일요일에 한다잖아.

이지숙   그때까지 못 있어. 이런 귀한 아티스트를 어디서
        또 보겠난 말이야. 인제군이 신식이 됐어. 장르를
        가리지 않고 예술가를 모셔 오잖아. 옛날 같았어
        봐. 동네 할매들이 다 기함을 하지. 우리 때는 낮
        에 심심해서 모여 낮술이라도 하잖아. 그럼 노래
        한 곡, 두 곡 할 거 아냐. 바로 어디선가 할매들이
        달려온다. 동네 창피하다고? 그래서 맨날 낮에는
        잠만 잤다는 거 아냐.

강부민   낮잠 핑계를 어쩌 그리 대나? 술 때문 아니었어?

이지숙   엄마도 그 술 대면서 돈 좀 챙기지 않았어?

강부민   아, 그 얘기 그만 좀 하자니까, 정말.

이지숙   정말 화려했지. 나한테 그런 시절도 있었어.

강부민   공허하다면서. 그래서 결혼한댔잖아.

이지숙	결혼해도 외롭더라고. 인생은 알 수가 없는 굴렁
	쇠 같은 것 아닐까? 구르고 굴렀다고 생각했는데
	늘 새로워. 답이 없다니까.
황진수	그럼 여기서 제가 한 곡 뽑아볼까요? 맛보기로?
이지숙	정말? 나야 좋지.

| 터주신 | *2층에서 유순희가 내려온다.* |

강부민	벌써 저녁 시간이나?
유순희	지금 해야 밥을 먹죠.
이지숙	감자전 어떠세요? 비도 오는데? 저 많은 감자 먹
	어 치워야 할 거 아니에요. (박두홍에게) 내가 만든
	막걸리랑 한잔하면 딱일 거 같지 않아?
박두홍	나 이제 정말 배부른데?
이지숙	진짜 아주 배부른 소리 하고 있네, 정말. 분위
	기 안 맞추고 이럴 거야, 두홍이 동생? 우리 저
	기…… 이분이…… 성함이 어떻게 되시더라?
황진수	수 프란체스카 황이에요.
이지숙	웬일이니, 나 세례명이 프란체스카잖아. 좋다, 좋
	아. 수 프란체스카 황!
황진수	어머, 저도요.
이지숙	가톨릭? 어머, 자매님. 반가워요.
황진수	네, 자매님. 반가워요.
유순희	내가 기독교 신자는 아니지만 형제님 아니에요?
	그리고 천주교는 이런 거 반대하지 않나?
이지숙	명절에도 정치, 종교, 가정생활 이야기는 서로 안

하는 거 아시죠? 자, 여기까지! 감자전 어떠세요?

김수현　감자전 좋아요.

이지숙　잠은 깨고 씨부리시는 거예요? 어이, 눈뜨셨어
요?

김수현　지금 뜨고 있어요. 아, 막걸리 너무 힘드네. (황진
수를 발견하고) 아, 안녕하세요?

황진수　안녕하세요? 2층에 묵고 있는…….

김수현, 황진수의 향수 냄새에 재채기와 헛구역질을 번갈아가며 하기 시
작한다.

김수현　아, 죄송해요. 제가 화학제품 알레르기가 있어서
요. 특히 향수.

황진수　어머! 어떻게 해? 그럼, 제가 좀 멀리 떨어질까요?

이지숙　나는 향수는 안 썼는데. 박 서방이 내 살냄새 좋
다 그래서…….

김수현　아, 제가 마스크 쓰면 돼요. 이거 좀 써도 될까요?

황진수　그럼요. 괜찮아요. 어서 쓰세요.

김수현　그럼 저는 좀 쓰겠습니다.

이지숙　이제 좀 괜찮아?

김수현　금방 가라앉아요.

이지숙　사는 데 상당히 지장 있겠다.

김수현　어렸을 때부터 그래서. 익숙해요.

이지숙　심마니가 괜히 된 게 아니네.

김수현　(웃으며) 아줌마 눈치 귀신! 사람들 많아지면 좀
힘들어요. 본의 아니게 피해요. 근데 그게 또 편하

고.

유순희 고쳐야지! 남자면 여자가 좋은 거고 여자면 남자가 좋은 게 당연한 거구만 별 시덥잖은…….

이지숙 본인이 그렇다는데 거 말이 참 정말…….

유순희 정말 뭐요?

이지숙 (혼잣말처럼) 관심이 없으면 트렌드라도 좇아가야 꼰대 소리 안 듣는 건데 큰일이다.

유순희 누구한테 하는 말씀이에요?

김수현 (말을 가로채며) 저는 타고나길 사람 안 좋아하나 봐요.

유순희 처녀가 시집가기 싫다는 소리랑 늙은이가 빨리 죽고 싶다는 소리야말로 마음에도 없는 소리라는 거 몰라요?

김수현 그러게요.

유순희 연애를 해요. 정히 안 되겠으면 듀오에 가입하든가. 돈 많다며.

김수현 대학 때 우리 과 남자란 남자랑은 다 자본 거 같아요.

황진수 자기야!

박두홍 내가 지금 무슨 소리를 들은 거이가?

김수현 저 장난 아니었어요. 근데 해도 해도 너무 불편하기만 한 거예요.

이지숙 정말? 능력자! 미안. 근데 자려고 마음만 먹으면야 나는 다 되더라고.

김수현 그렇더라고요.

유순희 미쳤네. 미쳤어!

황진수   그럼 자기는 무성애자시구나.

김수현   LGBTQIA에서 A!

박두홍   그게 뭐이나?

황진수   아름다운 걸 보면 아름답다고 느끼고 강한 끌림
         도 생기지만 성적 교감을 나누고 싶은 욕망은 안
         생기는 사람. 에이섹슈얼.

이지숙   뭐 그런 게 다 있대? 안 심심해?

김수현   혼자가 좋더라고요. 저도 저를 고쳐야 하는 줄
         알았거든요. 상담 치료 받으러 갔는데 의사 선생
         님이 그렇게 분류해주시니까 얼마나 편하던지.
         뭐, 그다음서부턴 모든 게 술술술이었어요.

이지숙   그럼 뭐가 예뻐? 아름다움에는 끌린다며?

김수현   전 식물이나 버섯 같은 거에 집착하는 취향 같아
         요. 확실히! 그런 분류도 있어요?

황진수   그건 뭐라고 해야 하나? 일종의 도착인데, 절대
         나쁜 거 아니고 자기 취향! 도착도 A부터 Z까지
         쉰 가지도 넘거든요. 어베이시어필리아, 앨걸래
         니아, 어레티피즘, 퍼노필리아, 네크로필리아, 레
         티피즘, 텔레폰 스카톨로지아, 유롤라그니아, 보
         이어리즘, 주필리아. 좀 익숙한 걸로는 마조히즘,
         사디즘, 페티시즘. 식물에 대한 건 아직 없는 듯.
         어머나! 그럼 자기가 창시자가 되는 거네. 자기
         이름 뭐야?

김수현   김수현이요.

황진수   수현필리아!

김수현   수현필리아? 너무 나만 한글 같은데?

황진수   뭘 상관!

박두홍   야는 대체 뭘 외우고 다니는 거냐?

황진수   아휴…… 그러니까……. 음, 아저씨, 뭐 좋아하세
           요?

박두홍   나?

황진수   네!

박두홍   나는 이미자.

황진수   이렇게 유명인에 집착하는 걸 셀러브리필리아.

박두홍   집착? 아니 가수 노래 좋아하는 거를 그렇게까
           지…….

황진수   그래서 취향이라 말씀드렸잖아요. 어르신은요?

강부민   나는 뭐…… 밥하는 거 좋아하지.

황진수   그건 시토필리아. 음식을 만들며 흥분하는 거고
           요. 자매님은요?

이지숙   나야 무조건 큰 거!

황진수   그럴 줄 알았어요. 그건 매크로필리아. (유순희에
           게) 어르신은요?

유순희   없어! 없어! 그런 걸…… 그걸 말이라고, 내가 상
           대를 말아야지. 아, 그래서 감자전 먹는 거예요,
           마는 거예요?

강부민   먹어야지요. (즐거워하며) 강원도 감자는 밀가루
           한 숟갈도 필요 없어. 오히려 갈아가지고 좀 놔
           두잖아. 금세 하얗게 가라앉아. 그걸 물 빼고 간
           거에 반죽을 해서 부치면 얼마나 바삭바삭하고
           쫄깃하니 맛있다고.

박두홍   확실히 이론은 빠삭하셔.

유순희　감자전을 하자는 거지요, 그러니까.

이지숙　아, 진짜 이 언니! 여지껏 설명 뭘 들으셨을까. 그러자니까요. 근데 말이에요. 나 뭐 하나 궁금한 게 있는데.

유순희　그런데요?

이지숙　웬만하면 나는 다이렉트거든요. 빼고 자시고 없는데 내 돌려서 물어볼게요. 왠지 나보다 한참 어릴 거 같아서 말이에요. 나 칠십여섯인데 혹시 그쪽은 육십아홉?

터주신　유순희는 나이보다 훨씬 젊어 보이는 이지숙에게 놀란다.

이지숙　맞네. 육춘기에 아홉수구나. 그래서…… 내가 사람 보는 눈이 좀 있거든.

유순희　남편이 일흔 살이라고 하지 않았어요?

이지숙　엄마나, 연하지. 여섯 살 연하. 그때는 정말 대단한 일이었는데 지금은 그 정도 나이 차는 일도 아니니 내가 속상하지.

터주신　갑자기 황진수와 박두홍의 휴대폰에 알람이 울린다.

황진수　뭐지? 내일 리허설도 취소라네요.

이지숙　엄마나, 왜?

황진수　그러게요. 그냥 숙소에서 대기하라는데 무슨 일

인지 모르겠어요.

이지숙　엄마나, 그래? 어떻게 아쉽지만 여기서 감자전 부쳐서 리허설에 리사이틀에 단독 공연 하시면 되지—. 감자를 깎고 가는 거는 우리 박씨가…….

터주신　*박씨가 안 보인다.*

이지숙　아까까지 여기 있던 박씨 어디 갔대? 박씨? 아니, 저기 두홍아?

강부민　그러게, 안 보이네.

박두홍　(안에서) 저 방에 있어요.

이지숙　아니, 갑자기 방에는 왜 들어갔대? 배불러서? 안 먹는다고?

박두홍　(안에서) 그게 아니고…….

강부민　뭔 일이래요, 박씨? 목소리가 이상하다.

박두홍　어떻게 해요, 사장님!

강부민　박씨 울어요? 나와봐요.

터주신　*강부민이 박두홍의 방문을 열려고 하는데 박씨가 안에서 잡아당긴다.*

강부민　아니 왜 그래요?

터주신　*박두홍은 문을 잠가버린다.*

이지숙　방금 문 잠근 거야? 왜?

강부민   무슨 일이에요, 박씨?

박두홍   아침에 다녀온 인력사무소에서 코로나 확진자가
            나왔대요. 빨리 선별진료소 가서 검사하래요.

이지숙   뭐? 여지껏 우리 같이 먹고 마시고 했는데?

박두홍   그러니까요. 이제 어떻게 해요?

강부민   그보다 선별진료소를 가라고 하니 가야지요. 나
            와요, 박씨.

박두홍   못 나가요. 인제 시내에 있는 진료소에 전화했는
            데 6시에는 문을 닫는대요. 내일 아침에 일찍 오
            래요. 그때까지는 자가 격리 꼭 하라고 했어요.
            문 절대로 못 엽니다.

이지숙   진료소가 닫으면 어떻게 해?

강부민   거기 의사랑 간호사 들도 쉬어야지.

이지숙   그렇긴 하네. 그럼 두홍이는 이제부터 검사 결과
            나올 때까지 저렇게 격리야? 우리랑 내내 같이 있
            었는데? 엄마, 우리도 검사받아야 하는 거 아냐?

황진수   어머, 나 어떻게 해?

김수현   큰일이네. 욱! 욱!

터주신   김수현은 급하게 화장실로 뛰어 들어간다.

이지숙   진정된다던 애가 왜 저래? 수현이는 이미 감염이
            돼서 저렇게 힘을 못 쓰는 건가?

강부민   그렇게 금방 안 나타나. 잠복기 있대. 짧게는 이
            틀에서 사흘, 길게는 일주일.

이지숙   엄마 잘 안다.

강부민　　숙박업소 대상으로 교육을 얼마나 하는데.

황진수　　어머, 내일 공연 못 하면 안 되는데. 후불로 받기
　　　　　로 했는데 기름값이며 숙박비며. 야단났네.

강부민　　저기, 다들 진정들 하시고. 어차피 아침부터 내내
　　　　　같이 있었는데 우리도 함께 검사를 받으면 되지.

유순희　　진정? 코로나 확진자랑 밀접 접촉한 사람이랑 여
　　　　　적지 같이 있었다니. 나는 고령이라고요. 고령이
　　　　　제일 위험하단 말이야! 이제 어쩔 거야! 어쩔 거
　　　　　냐고! 왜 사람 많은 데는 가서는. 당신이 책임져!
　　　　　당신이 책임지라고.

강부민　　소리 지른다고 뭐가 달라지는 게 아니니까…….

박두홍　　(안에서) 사장님, 장용남이요! 갸는 우째요?

강부민　　맞아, 아까 여기 다녀갔는데……. 어짜지?

터주신　　*빗줄기가 굵어진다.*

6장

<table>
<tr><td>성주신</td><td>*6장. 2021년 10월 1일 금요일 저녁. 모두 마스크를 쓰고 마당에 앉아 있다. 박두홍은 방 안에서 격리 중이다. 장용남이 여인숙으로 들어온다. 장용남은 들고 있던 박스를 쿵 하고 내려놓는다.*</td></tr>
</table>

이지숙	엄마나?
황진수	뭐예요, 당신?
강부민	누구세요?
장용남	나예요, 나. 장용남이!

방독복에 커다란 수경까지 착용한 장용남이 수경을 살짝 벗어 보인다.

강부민	아니, 이게 뭐래요, 그 옷차림은?
장용남	갑자기 소방서로 갈 수도 없고 해서 집에서 대충 보호복 만들어 입었어요. (짧은 사이) 가까이 오지 마세요. 마스크들 잘 하고 계시죠?
강부민	시킨 대로 바로 썼어요.
장용남	잘하셨어요.
강부민	뭐 타고 왔어요?

| 장용남 | 제 차로 왔어요. |

이지숙　집에서 얌전히 자가 격리 하다가 내일 검사받으러 가라고 했는데 여길 이러고 오면 어떻게 해?

장용남　아, 안녕하세요, 지숙이 누님?

강부민　여하고도 말 텄어?

이지숙　당연하지. (장용남에게) 아니, 안녕이고 뭐고 글쎄, 여기로 자꾸 모이면 어쩌자는 거냐고.

장용남　누님, 제가요. 소방안전위원회 위원장 아닙니까.

이지숙　그래서?

장용남　우리 중 누구 하나라도 확진이면요?

유순희　죽는 걸까요?

모두 경악한다.

황진수　왜 그런 말씀을 하세요?

김수현　시설로 옮겨 가서 치료받으면 되죠, 어르신.

유순희　말 쉽다. 얼마나 불안하고 무서운데. 젊어 참 좋지요? 안 늙을 거 같아요?

이지숙　수현이는 그냥 한 소린데 왜 그러세요. 죽을 때 되면 죽겠죠.

유순희　당신은 죽고 싶어요?

성주신　이지숙은 말이 없다.

장용남　확진이 아니길 바라야지요. 시설에서 치료를 받는 것도 아니거든요. 그냥 버티는 거지. 그러다

수치 떨어지면 퇴원이고요.

이지숙　　그게 무슨 소리야? 치료를 안 해? 좀 자세히 얘기
　　　　　해봐.

박두홍　　(안에서) 제대로 설명을 해줘야지. 사람들이 불안
　　　　　해하잖니.

장용남　　넌 거기 있나? 잘했어. 나오지 말고 거기서 내 말
　　　　　잘 들어.

박두홍　　(작은 소리로) 알았어.

장용남　　울지 말고, 임마!

박두홍　　(안에서) 안 울어, 이 새끼야.

장용남　　일단 두홍이는 자가 격리가 맞아요.

강부민　　어차피 같이 식사하고 얘기하고 했는데 굳이 이
　　　　　럴 필요가 있나?

장용남　　그렇게 할 거 다 하고도 감염 안 되는 사람이 있
　　　　　어요. 그러니 방역 수칙대로, 역학조사원이 지정
　　　　　한 사람에 한해 자가 격리 시작하는 게 맞고요.

유순희　　확진이 아닐 수도 있어요?

장용남　　그럼요. 일단 두홍이도 확진인지 아닌지 아직 모
　　　　　르잖아요. (박두홍에게) 야!

박두홍　　(안에서) 왜?

장용남　　그 인력사무소 상황이 어땠는지 얘기 좀 해봐. 그
　　　　　날 아침 말이야.

박두홍　　(안에서) 그제? 그러니까 내가 4시 30분에 일어났
　　　　　어. 물을 한 잔 마시고 화장실서 면도를 하고 대
　　　　　충 세수를 했지. 그리고 나왔는데……. 아아, 나
　　　　　오기 전에 어제 나눠줬던 간식 중에 안 먹은 빵이

있어서…….

유순희 누가 당신 뭐 먹었나 물어요? 인력사무소 들어가
서요. 거기서 무슨 일이 있었냐고요.

박두홍 (안에서) 아무 일도 없었어요.

김수현 근데 이걸 왜 물어요?

장용남 내부적 동선 파악. 어차피 역학조사 끝나면 우리
한테도 다 전화 올 거거든. (박두홍에게) 보건소에
서 여기 인원 파악해 갔지?

박두홍 (안에서) 아니, 일단 검사부터 받으라고. 음성이면
다행인데 양성 나오면 그때 역학조사 진행한다
고.

장용남 모든 변수들을 다 생각해야 하는 상황이라고 이
해하시면 되겠습니다.

유순희 그런 뻔한 소리 할 거면 말 끊지 말아요. (박두홍에
게) 그래서요?

박두홍 (안에서) 어디까지 얘기했더라.

김수현 그냥 궁금해서 묻는 거니까 천천히 생각해보세
요, 아저씨.

박두홍 (안에서) 사람이 한 열다섯 명쯤 있었어요. 다들
들어오면 그냥 인사 간단히 나누고 커피 마시고.
이야기는 많이 안 해요. 아침부터 피곤한 사람들
이라.

이지숙 그럼 누가 확진자인지도 넌 모르겠네.

박두홍 (안에서) 당연히 모르죠.

유순희 보건소에서 누구다, 니 옆에서 뭐 하고 있던 사람
이다, 말 안 해줘요?

장용남　　개인 정보라 그런 얘기는 안 하고요, 그 뭐이냐, 시간대랑 장소만 언급해요.

황진수　　그럼요……. 저희는 그냥 일상적으로 행동해도 무방한 거 아닌가요?

장용남　　그래서 코로나가 안 잡히는 거래요. 그러니까 우리는 내일 검사를 받고 음성 판정 나올 때까지 움직이지 말아야 2차, 3차 감염을 막을 수 있는 거래요.

황진수　　나 공연한단 말이에요.

장용남　　매릴린 먼로 동상 앞 야외무대에서 하는?

황진수　　네.

장용남　　거기 출연진이래요? 노래?

황진수　　네, 대충.

장용남　　와, 연예인을 다 보고. 반가워요.

유순희　　지금 그런 얘기 할 때예요?

황진수　　공연이 취소되고 그런 건 아니겠죠? 아직 누구도 확진이 아닌 거니까요.

장용남　　글쎄요. 모르죠. 이렇게 되면 도 단위에서 취소 결정을 내려보낼 수도 있어요.

황진수　　네?

장용남　　내일 아침에 제일 먼저 검사하고 오후에 결과가 바로 나오면 좋은데…… 여는 시골이라 그렇게 빨리빨리 안 되거든요. 인력사무소에서 확진자가 추가로 발생한다거나 그 이후 전파가 확인되면 아마 그쪽 아니어도 공연은 취소될 가능성이 커요.

황진수   (혼잣말처럼) 미치겠네, 정말.

장용남   혹시 방 같이 쓰시는 분 계세요?

강부민   다들 각자 방 쓰죠.

장용남   네네, 잘됐네요. 어디 어디세요?

황진수   저 여기요.

김수현   저는 이 방.

장용남   어르신은요?

유순희   2층 계단 옆 끝 방이에요.

장용남   누나는?

이지숙   나는 오면 그냥 엄마랑 한방 쓰지.

장용남   그래도 오늘과 내일은 각자 방을 쓰는 게 좋으니
          까, 누나는 저 방으로 가시고 저는 이 방을 쓰겠
          습니다.

강부민   위원장님도요?

장용남   혹시라도 확진이면 저 혼자 어떻게 해요.

이지숙   그래서 이 꼴을 하고 여기까지 온 거야?

장용남   내가 저놈 아만 안 만났어도 여기 올 일이 있었겠
          어요? 저 새끼는 이 코시국에 낯선 사람 모이는
          데를 왜 가서는.

박두홍   (안에서) 그럼 일 안 하니? 손가락 빨고 있나?

장용남   아, 좀 조심하면 좋았잖아.

박두홍   (안에서) 마스크 쓰고 손 소독하고 열 체크하고
          명부도 매일 썼다.

장용남   아, 왜 소리는 지르고 난리나! 번듯한 일을 했으
          면 왜 이런 일이 생기나.

박두홍   (안에서) 뭐? 하긴 니놈도 마누리가 도망을 가서

홀아비니 얼마나 무서웠겠냐. 이해한다, 이해해.

장용남	저놈은 사별이에요. 저놈이 집을 나가고 마누라 혼자…….

강부민	아이고, 위원장님. 잘 왔어요. 여기서 같이 있어요.

장용남	(박두홍에게) 내가 누구 때문에 이러고 있는 줄 알기는 아나. 미안해하기는 하는 거지?

성주신	*박두홍은 말이 없다.*

강부민	왜 그래요, 정말.

성주신	*장용남은 들고 들어온 박스를 연다.*

이지숙	이게 뭐야?

장용남	우리 먹을 식량이에요.

강부민	무슨 햇반이 이렇게 많아요? 이걸 사 온 거예요?

장용남	그럴 리가요. 저 먹으려고 전에 주문해둔 거예요. 한꺼번에 시키면 싸니까 많이 사뒀어요.

강부민	이런 걸 먹어 어째요.

장용남	(박두홍이 들으라는 듯) 마누라 도망가고! 혼자 사는 남자 밥이라는 게 그렇죠 뭐. 자, 여기 두 개씩 챙기세요. 오늘은 다들 이걸로 저녁 하고요, 내일 아침까지 먹는 걸로요.

이지숙	이걸로 두 끼는 좀 그렇다.

유순희	저게 음식이에요? 방부제 덩어리지!

음악 소리 들리기 시작한다.

마치 전자레인지 안에서 즉석밥이 돌아가는 듯한 띠띠거리는 소리와 함께

사방으로 음악이 퍼진다.

터주신이 돌아가는 즉석밥처럼 유순희의 주변을 돈다.

강부민은 즉석밥을 먹어야 하는 유순희를 안쓰럽게 바라본다.

조왕신   얼마나 맛있게요.

터주신, 유순희에게 다 데운 즉석밥을 건넨다.

김수현   와…… 장조림도 있어요!

강부민   그냥 밥을 해서 따로따로 먹어도 되는데.

이지숙   누가 다 해? 설거지는? 엄마 부엌 들어갈 생각도
             마.

강부민   저기, 코로나 주사를 맞은 사람은요?

장용남   2차까지 다 맞으셨어요?

강부민   네.

이지숙   어, 나도!

장용남   지숙이 누나, 사장님은 그럼 훨씬 안전한 거래요.
             (박두홍에게) 두홍이 너는 아직 1차밖에 안 맞은
             거지?

박두홍   (안에서) 뭘 물어!

장용남   저랑 두홍이는 1차. 여기 젊은이들은?

황진수   아직 1차도 안 맞았어요.

김수현   저도 아직 시기가 아니라서…….

성주신   이지숙이 마스크를 벗는다.

장용남   아이고. 누나, 마스크는 그래도…….
이지숙   됐어, 안 해. 주사 맞고 2주 지나면 면역 생긴다고
           하던데 맞지?
장용남   그건 아직 정확히는 모르는 건데…….

성주신   강부민도 마스크를 벗는다.

장용남   사장님, 그래도…… 돌파 감염이라는 게 있는
           데…….
강부민   우리는 면역 생긴 거니까. 그냥 벗고 있을게요.
           답답해. 청소도 해야 하고…….
이지숙   이 와중에 청소는 무슨.
장용남   거, 어르신은요?

성주신   유순희는 당황한다.

유순희   어르신 아닙니다.
장용남   60세 이상 2차 진행 끝났을 텐데……. 오십대신
           가? 그렇게는 안 보이시는데?
유순희   나는 주사 안 맞아요.
이지숙   안 맞으셨어요? 아니, 어쩌려고?
유순희   안 맞을 수도 있죠. 내가 왜?
이지숙   독감예방주사 같은 것도 매년 맞잖아요? 그런 거
           라 생각하고 맞으면 되는데 왜…….

성주신   유순희는 대답이 없다.

이지숙   안 맞으세요? 아니 병원에서 공짜로 맞게 해주는
           걸 왜 안 맞는데?

유순희   어떻게 믿고!

이지숙   아이구야.

유순희   각자 방에서 격리하고 내일 아침에 선별진료소
           가서 검사한다. 맞죠? 나는 그쪽 차 타고 갈 거예
           요.

장용남   아, 그럼요. 다 제 차로 가셔야죠. 나눠서 먼저 가
           고 나중 가고 하면 되겠지요? 우선 두홍이랑 어
           르신…… 여사님이랑 가고요…….

유순희   나는 저 사람이랑 같이 타고 안 가요.

장용남   아…… 예. 그럼 저랑 두홍이랑 먼저 다녀오고요,
           나머지 분들은 두 번째로 출발하시는 걸로. 어떠
           세요?

유순희   우리 먼저 검사받고 저 사람 받는 걸로 해요.

장용남   아니, 그래도…….

유순희   어차피 확진이면 벌써 확진인 거고, 우리가 사람
           수가 훨씬 많잖아요. 그리고 저기 저 사람은 공연
           도 해야 하고. 여기가 훨씬 급해요.

박두홍   (안에서) 그러세요. 그게 나을 거 같아요.

장용남   그래도…….

유순희   (황진수를 가리키며) 이 사람한테 문제 생기면 몇십
           명한테 피해가 갈 수 있어요. 괜찮아요?

장용남   그럼 두홍이는 나중에 검사하고 먼저 여기 여사

님이랑 저분이랑 수현이랑 이렇게 하면 되겠지요? 백신 맞으신 분들은요?

이지숙　　백신을 맞았어도 확인은 해봐야지.

장용남　　그럼 저까지 여섯 명 먼저 출발해서 검사하고 그리고 두홍이 하는 걸로. 그럴까요?

유순희　　좋아요. (황진수에게) 좋죠?

황진수　　저요?

김수현　　우리가 먼저 가는 건 아무래도 아닌 거 같아요.

이지숙　　어이, 동생!

김수현　　저요?

황진수　　언니, 나?

장용남　　저 말씀이신가?

유순희　　나…… 말이에요?

이지숙　　그래도 이거는 아니다. 두홍이가 먼저지. 그리고 보건소에서도 우리 안 받아줄걸요? 그렇잖아요. 연락을 받은 사람 말고는 아무나 검사가 되는 게 아니지 않나? 두홍이가 먼저 검사받고, 같이 있었다 말해줘야 우리도 명분이 있는 거고.

장용남　　그렇지는 않아요. 뭐이나 신분증만 있으면 요즘은 누구나…….

이지숙　　넌 좀 빠져줄래?

유순희　　나는 저분이 공연을 하니까…….

황진수　　저 때문에요? 저는 뒤에 가도 돼요. 할머니, 왜 저를 끌어들이세요?

유순희　　아까는 좋다면서.

강부민　　박씨 먼저 하고 우리가 뒤에 가요. 그게 좋겠네

| 유순희 | 요. (유순희에게) 그게 좋겠지요? |

유순희	저한테 허락을 왜 구해요? 다 혼자 결정하셨잖아요. 나는 피해의 정도가 가장 클 사람 우선으로 생각한 거예요. 빨리 검사를 받아야 공연을 하든 취소를 하든 하지요. 차는 한 대뿐이잖아요.
강부민	그러네요. 그 말씀도 일리가 있네. 우리 먼저 하고 박씨가 뒤에 하지요. 괜찮아요, 박씨?
박두홍	(안에서) 저야 뭐…….
강부민	내일 검사하러 가야 하니 오늘은 이만 쉬자고요.
김수현	하지만…….
장용남	그래봐야 한 시간 차이라서.
유순희	그럼 내일 8시에 마당에서 보는 걸로 해요.

| 성주신 | *유순희는 2층 자기 방으로 들어간다.* |

이지숙	(유순희에게) 유난이다, 정말. 아이구, 피곤해!
황진수	그럼 먼저 들어갈게요.
김수현	저도 들어갑니다.
강부민	밥을 하면 될 텐데…….
이지숙	아이고, 그냥 들어가세요.
장용남	잘들 주무세요.

| 성주신 | *다들 각자 방으로 들어간다. 장용남이 박두홍의 방 앞에 음식을 둔다.* |

| 장용남 | 네 음식은 문 앞에 있어. 그 뭐이나, 데워줘? |

박두홍   됐어.

장용남   있어봐.

성주신   장용남은 부엌으로 들어간다. 여인숙이 조용해
             진다.

박두홍   (안에서 작은 소리로) 다들 미안합니다.

성주신   한밤중이다. 빗소리가 굵어진다. 누군가가 망치
             와 공구 상자를 들고 2층 난간으로 올라간다. 번
             개 소리에 맞춰 난간에 망치질을 하는데 못을 박
             는지, 내려치는 것인지 분간이 어렵다.

7장

<table>
<tr><td>성주신</td><td>7장. 2021년 10월 2일 토요일 아침. 8시를 알리는 알람 소리가 들린다. 여인숙 2층. 유순희가 자기 방에서 나와서는 장용남의 방을 향해 헛기침을 한다.</td></tr>
</table>

성주신　　7장. *2021년 10월 2일 토요일 아침. 8시를 알리는 알람 소리가 들린다. 여인숙 2층. 유순희가 자기 방에서 나와서는 장용남의 방을 향해 헛기침을 한다.*

유순희　　어험!

성주신　　*방에서 아무 반응이 없다.*

유순희　　8시 넘었어요.

장용남　　(안에서) 아, 예!

조왕신　　*유순희는 1층으로 내려온다. 강부민이 여인숙 현관 앞에 앉아 있다.*

유순희　　아이고, 깜짝이야.

강부민　　일찍 내려오셨네요.

유순희　　여기서 뭐 하세요?

강부민　　나와 앉아 있어요. 가끔 돈 안 내고 새벽에 도망치는 손님도 있어서요.

유순희 그래도 그렇지 사람 놀라게. 여기 돈 안 내고 도
망갈 사람이 누가 있다고. 설마 나 때문에 이러고
있는 거예요?

강부민 설마요. 죄송해요. 습관이라……. 박씨는 다녀와
서 깨워도 되겠죠?

박두홍 (안에서) 저 일어났어요. 잠시만 나가도 될까요?

유순희 잠시만요, 지금 나올 거예요? 왜요?

박두홍 (안에서) 화장실이 급해서…….

유순희 잠깐, 잠깐. 저 들어가고요.

조왕신 *1층으로 내려오던 장용남이 2층으로 올라가려
하던 유순희와 난간에서 부딪힌다.*

강부민 에그머니나!

유순희 놓으세요.

장용남 아, 네에.

조왕신 *유순희는 자기 방으로 들어가고 장용남은 계단
에 그대로 서 있다. 박두홍은 화장실을 다녀온다.*

강부민 (박두홍에게) 마스크 많이도 했네.

박두홍 다섯 개 했어요.

조왕신 *박두홍은 자기 방으로 다시 들어간다.*

| 강부민 | (장용남에게) 위원장님도 좀 두꺼우세요. |
| 장용남 | 저는 일곱 개요. 1차 출발입니다. 나오세요. |

| 조왕신 | 유순희와 이지숙이 방에서 나온다. |

이지숙	벌써 8시예요? 새벽에 겨우 잠들었더니 정신이 하나도 없네.
강부민	수현아, 일어나. 가자.
이지숙	프란체스카 자매님, 우리 가야 돼요. 일어나요.

| 조왕신 | 김수현이 자기 방에서 나온다. 황진수도 이어 나온다. |

김수현	(나오며) 일어났어요.
황진수	(나오며) 준비하고 있었죠.
이지숙	(황진수의 평범한 착장을 보고) 아이고, 이런 옷도 있었어?
황진수	운동용으로 들고 다녀요.
이지숙	다 잘 어울리네. 역시 옷발이 좋아. 그럼 가보자고.

| 조왕신 | 차에 여섯 사람이 앉는다. 앉자마자 바로 집에 도착한다. |

| 이지숙 | 그게 뭐라고 나 너무 긴장했나 봐. 다리가 풀리려고 그래, 엄마. |

강부민   콧구멍이 찡하더라.

김수현   면봉이 뇌까지 들어오는 줄 알았어요.

황진수   저는 벌써 일곱 번째예요. 해도 해도 적응이 안
         된다니까요.

이지숙   젊은 사람이 왜 이리 겁이 많아? 근데 일곱 번?

황진수   공연을 하니까요. 꼭 PCR검사 하고 오라고 하잖
         아요. 3일 전에도 받았는데 내가 미쳐 죽어.

장용남   두홍이, 나와. 출발하자고.

조왕신   모두들 갑자기 각자의 방으로 흩어진다.

박두홍   (안에서) 나갑니다.

조왕신   박두홍이 나온다.

장용남   한 팔 간격 유지하고.

박두홍   알았어.

장용남   그럼 2차 다녀올게요.

조왕신   박두홍과 장용남은 여인숙 밖으로 나간다. 유순
         희가 빠르게 따라 나와 분무기를 뿌리며 여기저
         기 소독을 한다. 모두 나온다.

강부민   어디서 나셨어요?

유순희   아까 보건소에서 챙겼어요. 양성은 아니겠죠?

이지숙   그래야죠.

유순희   정말 심란하네요. 이게 무슨 일인지.

김수현   생각보다 검사는 참 금방이에요.

조왕신   강부민은 부엌으로 들어가 북어를 가지고 나온
          다.

유순희   이건 뭐예요?

강부민   용대리 황태예요. 잘 말렸죠. 황금색이에요. 최상
          품.

황진수   뭐 하시게요?

강부민   이게 끓여놓으면 뽀얀 게 사골 국물 저리 가라예
          요.

유순희   밥을 하시게요? 어제 나눠준 레토르트들 있어요.
          그거 데워 먹으면 되죠.

강부민   그래도 병원을 가서 검사하고 오는 건데 몸보신
          을 해야지. 찢기만 하면 금방 끓여요.

이지숙   아이고, 엄마. 무슨 대단한 검사를 받는다고 북엇
          국을 끓여?

김수현   맞아요. 대기업 북엇국도 많아요, 사장님.

박두홍   (밖에서) 우리 다녀왔어요. 저 들어갑니다.

유순희   벌써?

이지숙   자…… 잠시만!

조왕신   사람들 모두 아무 방이나 들어가고 박두홍이 빠
          르게 마당을 가로질러 방으로 들어간다. 유순희
          는 다시 나와 분무기를 뿌린다. 강부민과 이지숙,

*김수현과 황진수가 나온다. 장용남은 얼굴을 살
짝 가리고 여인숙으로 들어온다.*

장용남　　그럼 저는 들어가서 좀 씻을까 봐요.

유순희　　이제사?

장용남　　어젯밤에 잠을 좀 설쳤더니…… 새벽에 잠들어
　　　　　　서……. 마스크만 하고 갔네요.

강부민　　그럴 때 마스크가 참 좋아. 안 씻어도 되고. 그런
　　　　　　데 위원장님 왜 마스크가 없나? 일곱 개나 하셨
　　　　　　었는데? 빌려드려요?

장용남　　아, 괜찮아요. 방에 들어갈 건데요. 방에 많아요.

유순희　　방에 들어가거나 말거나 당장 하세요.

장용남　　그게…….

강부민　　위원장님, 뺨이 왜 그래요? 부었어요.

장용남　　아, 뺨이요?

이지숙　　어머나, 무슨 부작용 같은 거예요? 면봉 부작용?

황진수　　그럼 코부터 부어야죠. 뺨이 왜?

이지숙　　그렇게 되는 건가?

강부민　　둘만 보내는 게 아닌데…….

이지숙　　왜? 둘이 뭐? 뭐야? 둘이 싸웠어?

장용남　　아니 뭐이나, 그게요. 저는 옛날이야기 진짜 싫어
　　　　　　하는 사람인데 두홍이가 먼저…….

조왕신　　*한 시간 전 차 안이다. 장용남이 운전석에 타고
　　　　　　시동을 건다. 창문을 모두 내렸다.*

박두홍	차 좋구나야.
장용남	차 바꾼 지가 언젠데.
박두홍	내가 너 차 바꾼 거 언젠지 알 턱이 없잖니.
장용남	한 넉 달 됐나?
박두홍	마누라는 안 찾나?
장용남	딴 놈이랑 바람이 나서 집 나간 마누라를 무슨 수로 찾나? 무슨 노래 교실 다닌다고 할 때부터 이상했어. 썩을 연놈들.
박두홍	죽고 보니 후회만 남더라고. 괜히 자존심 세우지 말고 찾아. 그러고도 안 오겠다 그러면은 그때 끝내면 되잖니. 서류는 정리해야지.

| 조왕신 | *박두홍이 차에 탄다.* |

장용남	내 알아서 할 거니 벨트나 매지 그러니.
박두홍	능력으로 얻은 건 하나도 없는 놈이 자존심은 남았드나?
장용남	뭔 헛소리니?
박두홍	니 아버지가 뺏은 땅, 그게 원래는 우리 거다 이 말씀이야.
장용남	또 그 옛날이야기나?
박두홍	38선 그어지고 여기 인제가 북한 땅 되면서 지주 땅들 다 정리해서 소작농에게 나눠줄 때도 우리 아버지는 그 땅 안 받았어. 그건 도둑질이라고. 한국전쟁 나고 너네가 어디로 피난을 갔는지 알 수도 없을 때, 느이 삼촌이 관리한다고 하면서 딴

사람에게 넘기느니 우리한테 팔겠다며 넘긴 게! 그게 리빙스턴교 앞의 밭이랑 그 사과나무 밭이었다고. 알지?

장용남 귀에 딱지 앉을 판인데 그만하면 안 되겠니? 언제 적 땅 이야기냐.

박두홍 그래놓고서는 휴전선 그어지면서 이제 남한 땅 되니 미친 정부가 다시 지주들한테 돌려주라 그러지 않나, 그게 말이 되니?

장용남 삼촌이 관리한다고 낼름 산다는 게 말이 되니? 그럼 너희 아버지는 우리가 다 죽었을 거라고 생각을 한 거니?

박두홍 전쟁 통인데 피난 간 옆집 소식을 어떻게 알고 연락을 한단 말이니.

장용남, 속도를 급하게 줄인다. 브레이크 소리가 요란하다.

장용남 그래, 툭 깨놓고 너희 아버지가 우리 삼촌한테 속아서 사기당한 거잖니. 그리고 여기가 북한 땅이었다가 남한 통치가 되면서 정권이 그렇게 정한 거를 왜 맨날 우리 아버지 탓을 하는 거니? 왜!

박두홍 친일파였던 느이 할아버이 때부터 땅 모아서 지주 되고 그 땅 물려받아 소작이나 부리다가 전쟁 나니 제일 먼저 도망갔으면서! 그리고 전쟁 끝나니 뽀르록 돌아와서는 버티며 고향 지킨 사람들 땅 뺏어서 다시 기득권 되고! 이게 말이 되냐? 말이 되냔 말이다.

장용남　너 말 이상하다. 그럼 너는 인제가 계속 북한 땅
이었어야 한다는 거니?

박두홍　내가 언제 북한 땅이었어야 한다고 그랬니?

장용남　그랬어야 그 땅이 지금도 너희 아버지 땅 아니
겠니? 그러니 그 말이 그 말이지. 순 빨갱이 같은
놈. 그렇게 북한이 좋으면 넘어가. 여기서 20분만
가면 북한 아니니?

박두홍　뭐 이 미친놈아? 느이 아버지가 땅 돌려달라는
우리 아버지한테 뻑하면 빨갱이니 어쩌느니 국가
보안법으로 다스리겠다고 윽박지르면서 결국 면
장이랑 짜고 토지대장 바꿔버리고 말이야.

장용남　뭔 소리야. 사실을 왜곡하지 마. 토지대장은 처음
부터 그대로였어. 바뀐 사실이 없다고.

박두홍　떼볼까? 떼봐?

장용남, 다시 차의 속도를 줄인다. 브레이크 밟는 소리가 난다.

장용남　떼서 보여줬잖니. 그냥 삼촌이 대충 계약서만 써
서 넘겼더만. 삼촌도 권리가 없으니 토지대장은
못 건드린 거고. 느이 아버지랑 우리 삼촌이 짜고
대충 넘어가려고 한 거잖아. 사기꾼 아버지에 거
지 근성 아들이라니, 그러니 망조가 들어도 단단
히 들지. 네가 지금껏 노가다 하는 건 맨날 조상
탓만 하면서 열심히 안 살았기 때문인 거라고. 알
아?

박두홍　그게 무슨 개소리야.

박두홍, 장용남의 멱살을 잡는다.

장용남　　　너 지금 운전자의 멱살을 잡은 거니? 같이 죽자
　　　　　　는 거야? 이거는 살인 행위. 나중에 블랙박스 열
　　　　　　면 너는 바로 깜방인데 괜찮겠니? 당장 놓는 게
　　　　　　좋을 기야.

장용남도 박두홍의 멱살을 잡는다. 박두홍, 잠시 주저하다가 장용남의 멱
살을 풀 것처럼 손을 뗀다.

장용남　　　무섭긴 무서운가 보지?

조왕신　　　*장용남이 손을 놓으려고 하는데 박두홍이 다시
　　　　　　멱살을 잡는다.*

박두홍　　　이러면 정당방위지. 내가 놓았는데도 네가 계속
　　　　　　잡고 있어서 내가 어쩔 수 없이 다시 잡았으니까.
장용남　　　뭐?

내비게이션에서 안내 멘트가 흘러나온다. "목적지까지 100미터 남았습니
다."

조왕신　　　*두 사람은 가만히 잡고 있다.*

내비게이션에서 안내 멘트가 흘러나온다. "목적지에 도착했습니다."
두 사람, 차에서 내린다.

장용남   아니, 여기 골목이 좁잖아요. 그래서 제가 어쩔
       수 없이 여기로 들어오면서 사이드를 잠시 보는
       사이, 글쎄 이 새끼가 제 뺨을…….
박두홍   하나, 둘, 셋, 넷, 다섯, 여섯, 일곱이다. 이놈아!

장용남의 마스크 일곱 개가 하나씩 사방으로 날린다.

장용남   그러고는 내빼더라고요.

조왕신   다시 현재. 강부민은 박두홍의 방 앞으로 간다.

강부민   박씨! 내 폭력은 절대 안 된다고 했잖아요? 이게
       무슨 짓이래요, 정말.
박두홍   (안에서) 저 새끼가 저한테 거지 근성이라고.
강부민   사과해요.
박두홍   (안에서) 싫어요.
강부민   쫓겨나고 싶어요?
박두홍   (안에서) 아이고, 사장님. 이제 검사하고 왔는데 어
       딜 가요? 그리고 여인숙 안에서 싸운 거 아니잖
       아요. 밖에서 싸운 건데…….
장용남   보건소에서 마련해주는 유료 숙박 시설 있어. 그
       리로 가. 하루에 한 6만 원 하지? 뭐 확진으로 격
       리하면 나중에 생활비도 나온다니 미리 쓴다 생
       각하고 가면 되겠네.
박두홍   (안에서) 뭐 이 새끼야? 네가 그리로 가!
강부민   위원장님도 박씨도 전부 여 있잖아요. 그럼 여 여

인숙　규칙 따라줘야죠. 당장 사과하지 않으면 사
　　　정 봐주는 거 없어요. 먼저 폭력을 쓴 박씨가 나
　　　가는 거예요.

박두홍　(안에서) 잘못했습니다.

강부민　나 말고요.

박두홍　(안에서) ……많이 아프냐, 새끼야?

장용남　뭐 그냥 파리가 스친 정도지. 억지로 사과할 필요
　　　없어.

박두홍　(안에서) ……미안하다.

장용남　어이쿠, 이거 황송해서. 내가 지금 박두홍이의 사
　　　과를 받은 거야? 이거 녹음을 해둬야겠는데? 야,
　　　다시 한번 말해볼래?

강부민　위원장님도 그만하세요.

장용남　아, 네.

강부민　북엇국 끓일 거예요. 모두 고생했는데, 다 같이
　　　점심으로 먹자고요.

김수현　용대리 황태가 맛있긴 한데……. 꼭 끓이셔야겠
　　　어요?

황진수　용대리요?

김수현　여기 용대리는 1리, 2리, 3리가 바람이랑 날씨가
　　　완전 다르다니까요. 딱 여기서 말려야지만 그 국
　　　물 맛이 나거든요. 죽이죠.

황진수　근데 바닷가도 아니고 어떻게 이런 산골에서 북
　　　어를 말렸대요?

김수현　여기가 미시령에서 인제로 넘어오는 길목이잖아
　　　요. 바람이 장난이 아니거든요.

강부민	바람만 가지고 되나. 그걸 알아보는 사람이 있어야지. 들기름에 황태도 좀 구울까.
김수현	정말 잘하실 수 있으시겠어요?
유순희	내가 할게요.

조왕신	모두들 유순희를 쳐다본다.

이지숙	그럼 황탯국 뽀얀 국물에 속을 좀 달래볼까요?
장용남	그럴까요?
강부민	좀 많이. 부탁드려도 괜찮을까요? 안에 박씨도 챙겨야 하고…… .
박두홍	(안에서) 저…… 저는 괜찮아요!
유순희	12시는 지났으니…… 늦은 점심을 먹죠. 2시에 부엌으로 한 사람씩. 내가 호명할 테니까.
모두	네.

조왕신	유순희는 부엌으로 들어가고 다들 각자 방으로 들어가려 한다. 강부민은 2층으로 향한다.

이지숙	어디 가, 엄마?
강부민	어제 못 넌 수건 말려야지.
이지숙	지금?
강부민	이 사람들 다 써야 할 거 아니나.

조왕신	강부민이 난간을 잡고 몇 발 올라가다가 그대로 1층으로 떨어진다.

| 강부민 | 악! 아이고. |
| 이지숙 | 엄마! 엄마! 이 일을 어째? |

박두홍, 강부민의 비명에 놀라 방에서 나온다.

박두홍	사장님, 무슨 일이세요?
이지숙	마스크! 마스크 써야죠. 그러고 나오면 어떻게 해요?
장용남	야, 인마. 마스크는 쓰고 나와야지.
박두홍	아, 씨! 어떡해! 죄송합니다. 죄송해요. 나 말고 누가 사장님 좀 업어봐.

박두홍, 다시 방으로 들어간다.

강부민	팔! 팔!
김수현	팔이 부러지셨나 봐요.
장용남	차! 차, 이 앞으로 가져올게요.
황진수	저한테 업히세요.
강부민	아이고!
김수현	팔 조심. 팔 조심이요!

강부민이 황진수에게 업히면서 뻗어 있던 손끝에 유순희의 마스크가 걸려 벗겨진다.

| 유순희 | 악! 내 마스크! 마스크 벗겨졌잖아요. |
| 이지숙 | 일부러 그런 거예요? 업히다가 손에 걸린 거를. |

장용남　　말하지 말고 입 가려요. 왜 다들 마스크를 안 하

고 있는 거야.

김수현　　방에서 쉬느라 잠시 벗었는데……. 다 어쩌지요?

장용남　　일단 저는 여기 프…… 파랑이랑 병원 갑니다.

조왕신　　강부민을 등에 업은 황진수와 장용남이 나간다.

8장

터주신   *8장. 2021년 10월 2일 토요일 늦은 오후. 마당에 유순희와 이지숙, 김수현, 박두홍이 보인다. 박두홍 앞에는 가정용 파티션이 쳐져 있다.*

부러진 난간이 보인다. 다가가지 못하게 빨간 끈으로 경계를 쳐두었고 그 주변으로 사람들이 모여 있다.

이지숙   그러니까 내 말은, 여기에 톱으로 잘린 흔적이 있다는 거거든. 눈 있으면 봐, 보라고.

박두홍, 일어나려고 한다.

이지숙   넌 거기서 꼼짝도 말고.

유순희   저 사람을 굳이 저기다 끌어다놓고 얘기해야 해요?

이지숙   다 같이 얘기해야죠. 엄마랑 용남이랑 프란체스카 돌아올 때까지 아무도 꼼짝 마세요.

유순희   어차피 우리가 여기서 어딜 나갈 수나 있나요? 근데 마스크는 안 쓰세요?

이지숙   지금 써봐야 무슨 소용이에요? 아까 난간 밑에서
        아무도 안 쓰고 있었잖아요. 소리 지르고 난리 치
        고 다 했는데 무슨.

김수현   그래도 방역 수칙은 중요한 거니까 아저씨는 방
        에 계셔도 되지 않을까요?

박두홍   저도 그게 좋을 거 같은데.

이지숙   꼼짝 말라고 했지? (파티션을 치우려는 수현에게) 수
        현이는 손 떼고.

박두홍   아, 진짜. 저는 정말 방 밖으로 한 발자국도 안 나
        갔어요.

이지숙   한밤중에는? 모두가 자는 시간에도?

박두홍   아, 진짜 갑자기 저한테 왜 이러세요, 누님? 설마
        제가 난간을 톱으로 잘라놨다고 생각하시는 거
        예요? 정말?

이지숙   너, 장용남이 여기 들어오는 거 싫었지?

박두홍   네?

이지숙   솔직히 말해봐. 장용남이 뻑하면 계단에서 일장
        연설하고 그러는데 위치도 딱 거기야.

박두홍   누님, 제가 용남이 그 새끼 좋아하지 않지만 그
        렇다고 이 상황에서 용남이 자빠지라고 톱을 들
        고……. 말도 안 돼요. 제가 지금 그럴 정신이 아
        니라고요.

이지숙   치고받고 싸우는 철천지원수잖아. 집안끼리의 앙
        숙.

박두홍   용남이가 제 밥도 전자레인지에 돌려줬는데 제가
        무슨 억하심정으로. 나만 거길 안 갔으면 다들 이

고생을 안 할 텐데. 그런데 어떻게 그런 일을 생각이나 하겠어요.

이지숙 그런데 이렇게 벌어졌어. 너무 어이없고 황당하게. 여기 우리 말고는 아무도 들어오지도 나가지도 않았고. 어떻게 의심을 안 하니?

박두홍 저는 진짜 아니라고요.

이지숙 엄마가 머리로 떨어졌으면 최소 뇌진탕이었어.

유순희 2층도 아니고. 난간 세 걸음 올라갔다가 그렇게 된 건데 무슨 뇌진탕이에요.

이지숙 어쨌거나 팔이 부러졌어요! 누군가 난간에 톱질을 해둔 건 확실하고요. 누굴까요?

유순희 왜 나를 봐요? 거길 누가 톱질을 했다고 이래요, 정말?

이지숙 그거야 아무도 모르죠.

유순희 뭐라는 거야. 나? 내가 왜요?

이지숙 다 싫어하셨잖아요. 나도, 두홍이도, 우리 프란체스카도. 누구라도 떨어지라고 몰래 할 수도 있죠.

유순희 저기요.

이지숙 내가 언니거든!

유순희 언니, 엄마가 다치셔서 놀라 이러시는 건 충분히 이해하겠는데……. 사람이 좀 밉다고 아니, 그렇기로서니 다치라고 그런 짓을 해요? 안 보면 그만이지. 봐줄만 하니 밥하면서 있겠다고 하지 않았겠어요? 나 그렇게 안 살았어요. 그렇게 따지면 나야말로 언니가 의심스럽네요.

이지숙 내가 뭐?

유순희   저기서 내려오는 사람 누구예요? 나잖아요.

이지숙   내가 굳이 그쪽 떨어지라고 난간에 톱질을 해둬
          요?

유순희   싫어하면 그럴 수 있다면서요. 이게 언니 논리 아
          니에요? 나 싫어하잖아요.

이지숙   재수 없지. 어디 여인숙 잠시 머무는 주제에 방이
          어떠네, 사람들이 어떠네. 니가 뭔데 남의 부엌에
          들어가 밥을 한다고 설치는 거야, 어?

유순희   좋다고 먹겠다고 하지 않았나?

이지숙   이년 말이 짧네.

유순희   존대 안 하시는 거 같아서.

이지숙   미친년이 어디다 대고 반말이야?

유순희   이래서 출신이 중요한 건데.

이지숙   뭐 이년아? 말하는 거 봐. 저러니 아들 며느리 다
          절레절레하지. 어디 갈 데도 없으니 여기 있으면
          서 곧 죽어도 큰소리는! 불쌍하다, 불쌍해!

유순희   뚫린 입이라고 어디서 감히!

이지숙   옛날 같았으면 넌 벌써 머리끄덩이야. 내가 그거
          끊어서 그나마 멀쩡히 서 있는 줄이나 알아라.

김수현   아줌마, 제발 참으세요. 두 분 다 진정 좀 하세요.

유순희   나를 범죄자 취급하는데 그럼 가만히 당하고 있
          어요? 지금 저 형사 놀이를 어떻게 두고 보라는
          거예요?

김수현   그럼 차라리 경찰에 신고를 할까요?

이지숙   나도 정말 그러고 싶은 마음이 굴뚝이다. 아우
          썅! 씨발.

김수현   아줌마…….

이지숙   신고하면 될 거를, 아니 엄마는 왜 기다리라고 한
           거야? 도대체 왜!

터주신   황진수와 장용남, 팔에 부목을 댄 강부민이 들어
           온다.

이지숙   엄마! 괜찮아?

강부민   인대가 늘어난 정도야. 반깁스만 했어. 괜찮아.

이지숙   나이가 있는데 괜찮기는.

강부민   아니 근데 저 판때기는 왜 나와 있어?

박두홍   사장님, 저 여기 있어요.

장용남   재는 왜 저러고 있어요?

김수현   지금 아줌마가요…….

유순희   모두 세워놓고 수사하고 계세요. 따님이.

강부민   수사라니?

이지숙   거기 다들 대충 앉아봐요.

강부민   뭐 하는 건데?

이지숙   여기 보이세요? 이 단면? 누가 톱으로 여길 잘랐
           어요.

황진수   톱으로 거길 왜요?

이지숙   그러니까 나는 그걸 알아야겠다는 거예요.

장용남   이게 무슨 일이나.

이지숙   솔직히 장용남이는 용의선상에서 제외.

장용남   저요?

이지숙   너는 누구한테 해코지를 당할 캐릭터지.

112

장용남   제가요?

이지숙   밉상이잖아. 네 방도 2층이고. 다쳤으면 다쳤지,
         누구 다치라고 그걸 했겠어?

장용남   누님, 억울해요. 나는 왜 용의선상에서 쉽게 빼요!

이지숙   프란체스카, 너 저 아줌마 많이 싫지? 초면에 말
         도 함부로 하고.

황진수   네?

이지숙   물어보는 거야. 네가 아니면 확실히 아니라고 정
         리를 하면 되니까. 네가 여기 난간 톱질했어?

황진수   톱이 어디 있는지 알아야 톱질을 하죠. 저 수요일
         에 여기 처음 왔어요.

이지숙   그 네일버퍼. 손톱 간다고 들고 있던 거, 그거는?

황진수   그걸로는 1년 내내 갈아도 안 될걸요? 이렇게 두
         꺼운데 어떻게 금을 내봐요. 아니, 이런 걸로 그런
         짓을 할 거라고 지금 저를 의심하시는 거예요?
         저한테 저러는 아줌마가 한둘이겠어요? 저 일일
         이 대꾸하지 않아요. 그럼 어떻게 공연을 해요?

이지숙   확실해?

황진수   요즘 분위기도 달라졌어요. 저 아줌마가 촌스러
         운 거지. 세상이 어떤 세상인데. 제가 정말 이런
         얘기는 안 하려고 했는데…….

터주신   황진수가 휴대폰에서 무언가를 찾아 보여준다.

이지숙   어머! 이거 뭐야? 로즈앤드레인 광고 아니야? 여
         기 이거 자기야?

황진수	네, 저예요.
이지숙	엄마나! 너무 근사하다. 다들 이거 좀 봐요.
장용남	뭐이나?
김수현	화장품이에요? 그러니까 광고를 찍으시는 거예요?
황진수	솔직히 제 급이 좀 많이 올라갔거든요. 이런 말도 안 되는 일로 굳이 제 이미지를 망칠 이유가 없다고요.
이지숙	이 뒤에 이 영상은 뭐야?
황진수	아…… 이건…….
박두홍	우는 기나?
황진수	아무것도 아니에요.
이지숙	뭔데? 뭐냐고?
황진수	라방하다가 좀 울었어요. 못 살아, 진짜. 씨발.
장용남	라방이 뭐이나?
이지숙	라이브 방송! 그러니까 왜 우냐고!
황진수	라방 중에 옛날 친구가 들어와가지고 자살한 친구들 얘기를 했거든요. 그래서 제가 그랬죠. 죽긴 왜 죽냐고. 악착같이 잘 살아야지, 바보냐고.
이지숙	잘했네.
황진수	난리가 났어요. 라방 폭파되는 줄. 네가 더 나서서 이런 일 알리고 해야지, 너만 잘 사냐. 명성 좀 생기니 살 만하냐. 우리 쪽 친구들이 더 난리를 치더라고요.
이지숙	서러워서 울었구나!
황진수	아뇨. 절 그렇게밖에 안 보신 거예요? 정신 차리

고 제발 각자 잘 살자 하고 라방 마무리 잘했죠.

장용남　　그럼 이 영상은 뭐이나?

황진수　　다음 라방하는데 아무래도 사람이 좀 줄잖아요.
그러거나 말거나 우리 어쩨스카 분들이랑 소통
하는데 악플이 장난 아닌 거예요. 우리 쪽 친구들
은 요새 뜨는 애들 많다, 정신 차리고 분발해라.
저쪽 사람들은 너휜 사회에 나오지 말고 좀 숨어
있어라. 아니, 왜 자꾸 이래라저래라 편 가르기 하
는지 모르겠는 거예요. 씨발, 이놈의 노력은 언제
까지 해야 하나 싶고. 잘 안 우는데 눈물 나고 지
랄이었지 뭐예요.

이지숙　　쌓였네, 쌓였어.

황진수　　그래서 제가 어떻게 했게요? 뜨는 후배들 싹 다
불러서 합방 했잖아. 우리끼리 얼마나 신났다고
요.

이지숙　　재미지게?

황진수　　뒤집어지게! 그리고 악플 단 사람들 싹 다 고소
했잖아. 법정에서 보자, 이 새끼들아!

장용남　　이야― 이거 꼭 TV 틀어놓은 거 같은데! 토크쇼
보는 거 같잖아요. 영 정신없어 보이더니, 심지가
아주 곧아!

황진수　　모든 건 마음의 문제! 괜찮아요. 난 행복하니까!

이지숙　　아니네. 아니야. 그럼 됐어. 그럼 이제 수현인가?

김수현　　아줌마…….

강부민　　고마해.

이지숙　　그래, 수현이는 뭐, 미움 살 사람도 없고 미워하

는 사람도 없다, 그지?

유순희   그러니까 당사자는 왜 빼냐고요.

이지숙   뭐 이년아?

강부민   이놈의 배추전, 이놈의 배추전.

터주신   *강부민은 배추전을 모두 가지고 나와 수돗가에 던져버린다.*

강부민   나야. 내가 그랬어요. 톱질하고 누구라도 다치면 나쁜 소문 돌 테니까. 여길 무너뜨리는 계획 그대로 진행이 되겠지 싶어서. 그런데 코로나 문자 받고 박씨를 보고 있자니 너무 짠한 거야. 정말 누구라도 아프면 안 되는 거잖아. 순간 정신이 번쩍 들더라고. 그래서 다시 못질을 했죠. 못질할 때가 톱질할 때보다 더 떨리대. 2층 손님 휘청해서 위원장님이 잡을 때만 해도 멀쩡하길래 잘 박은 줄 알았지. 그런데 이 관절염이 문제야. 못질도 제대로 못 했네요. 나쁜 마음 먹었으니 내가 벌 받은 거고. 그러니 이제 고만해.

터주신   *황진수의 전화벨이 울린다.*

이지숙   멋쟁이시인님? 왜 안 받아?

강부민   받아요. 난 상관없어. 젊은 사람들 할 일이 있겠지. 그걸 막으면 안 되는 건데. 나는 그저 쉬고 싶었을 뿐이래. (한숨을 쉬며) 모두 싹 다 정말 미안

해요. 저 먼저 들어갈게요. 오늘 밤은 좀 자보게
요. 다들 안녕히 주무세요.

이지숙　　엄마…….

터주신　　강부민은 자기 방으로 들어간다. 황진수의 휴대
폰이 다시 울린다. 이지숙은 말없이 강부민의 뒷
모습을 바라보다 자기 방으로 들어간다. 모두 흩
어진다.

황진수　　(전화를 걸며) 네, 선생님. 저예요. 네. 저 그런데 선
생님. 드릴 말씀이 있어요.

터주신　　무대 어두워진다.

9장

성주신　　9장. 2021년 10월 2일 토요일 저녁. 유순희가 옥상으로 올라온다. 조용히 하늘을 본다.

유순희　　별이 많기는 정말 많구나.

성주신　　유순희는 전화를 하려다 만다. 강부민이 보인다.

유순희　　엄마야, 깜짝이야.
강부민　　아이구, 놀라라!
유순희　　아니, 그러고 앉아 있으면 인기척을 내셔야죠. 올라오는 사람 놀라게. 주무신다고 들어가신 분이 어째 여기 이러고 계세요.
강부민　　그러게요. 죄송해요.

성주신　　잠시 사이.

강부민　　그러려고 했는데 통 잠이 안 오잖아요. 문 앞에 앉아 있을 수도 없고. 그래서 올라와서 별 보고 있었어요. 손님은 어쩐 일이래요?

유순희 벌써 잠이 오나요? 심란하기도 하고. 바람 좀 쐬
고 싶은데 나갈 수도 없고. 그래서 올라왔죠.

성주신 *잠시 사이.*

강부민 정말 죄송해요.

유순희 저희들한테 미안해하실 필요 없어요. 저는 충분
히 이해해요.

강부민 자식들에게 전화 안 해요? 코로나 검사 받은 거
말씀하셔야 할 거 아니에요.

유순희 그럴까 했는데 생각해보니 할 필요가 없겠더라
고요. 아직 아무 상태도 아니고. 무슨 상태든 나
는 여기 있고 애들은 서울인데 뭘 할 수가 있겠어
요.

강부민 그렇긴 하네요.

유순희 애지중지 키웠는데 다 크고 나면 눈치나 보게 되
고. 그게 싫어서 멀리하는데 그러면 외롭고 그래
요. 세상 약자지요, 부모라는 게.

강부민 그렇죠.

유순희 저희들 외국 가면서 저보고 합치자 하는데 왠지
내가 갑자기 짐 된 기분이 들더라고요. 초라해지
고요.

강부민 왜 그렇게 생각해요.

유순희 아들은 몰라요. 그 집이랑 가게가 나한테는 어떤
의미인지. 거기에는 내 청춘이 있는데 참 쉽게 팔
라는 소리를 하네요. 걔 눈에는 내가 그냥 보호

해야 하는 늙은이인 거죠. 그게 너무 기분 나쁘고 쌉쌀해요.

강부민   걱정이 되니 하는 소리겠지.

유순희   그렇죠. 이해해야죠. 팔은 좀 어떠세요?

강부민   욱신욱신하긴 하는데 괜찮아요.

성주신   잠시 사이. 둘은 말없이 허공을 응시한다. 이지숙이 올라온다.

이지숙   엄마야!

강부민   아이구, 놀라라!

유순희   엄마야, 깜짝이야!

이지숙   아니 그러고 앉아들 있으면 어떻게 해요? 사람이 올라오는데…….

유순희   올라오는 사람이 인기척을 내야지!

강부민   담배 피우려고 올라온 거야?

이지숙   아니 뭐…….

강부민   치료 끝난 지 얼마나 됐다고 그게 피우고 싶나?

이지숙   그래서 아직 뜯지도 않고 이러고 들고만 있잖아.

유순희   지금 나이가 몇인데 정신을 못 차리고 엄마 앞에서 담배를 들고 왔다 갔다 하시는지.

이지숙   저 싸가지 저거.

강부민   이상하다, 너. 무슨 고민 있나?

이지숙   전이가 됐어.

강부민   어?

이지숙   폐 전이가 왔다네.

강부민   야가 뭐라나?

이지숙   작은 알갱이들처럼 퍼져 있대. 분무기 있지, 엄마.
그거 뿌린 것처럼. 신랑은 다시 항암을 하자고 하
는데.

강부민   박 서방 말 들어.

이지숙   그렇게 하면 4년이고 아니면 1, 2년이라는데 어
떻게 하는 게 좋을지 모르겠어서.

강부민   죽는다는 소리나?

이지숙   뭐 그렇지?

강부민, 순간 울컥해 말을 잇지 못한다.

이지숙   울지 마, 정말. 당사자도 안 우는데 왜 이래.

강부민   안 울어.

이지숙   하도 머리가 복잡해서 엄마 만나러 왔잖아. 그런
데 이놈의 코로나에, 이 정신없는 통에 항암이고
뭐고 싹 잊어버리고 있더라니까? 코로나 양성이
면 어쩌나 죽는 거 아닌가 그 걱정을 하고 있더라
고. 그래서 답이 나왔어. 항암 하는 걸로.

유순희   잘 생각하셨어요.

성주신   *잠시 사이.*

이지숙   엄마는 정말 여기 밀어버리고 싶어?

강부민   모르겠어.

이지숙   아까 프란체스카랑 그 시인인가 하는 사람이랑

통화하던데 내 듣기에는 말이야. 여기를 그 사람
들한테 맡겨보면 어때?

강부민 징그러워. 사람들이 기억하는 거.

이지숙 예술가들이 다르게 기억하게 도와준다잖아. 꼭
밀어야 해? 나는 좋기만 하구먼.

강부민 여가 좋아? 남자들한테 맞고 돈 뜯기고. 도망치
다 잡혀 오고 했던 여가?

이지숙 그럴 때도 있었지만 마담 되고서부터는 좋았지.
우리 신랑 만날 수 있었던 곳도 여기고.

강부민 나는 여 끔찍해. 아버지 월북하시고 하루라도 편
한 날이 있었게?

이지숙 뭔 소리야? 도박 빚에 여자랑 눈 맞아서 날라버
렸다더니!

강부민 월북보다야 그게 낫지. 참말로 힘들었어. 썩을 놈
의 연좌제인지 뭔지. 뭐 하나 되는 게 있었어야지.
얼마나 원망을 했는지 몰라. 그런데 희한해. 여기
서 50년 넘게 여인숙 하면서 이런 사람 저런 사람
오고 가는데 속으로는 아버지가 한 번은 오시겠
지 그 생각을 하는 거야. 아버지 오시면 곱게 가
실 수 있겠나? 여 남한 땅인데. 그래서 눈에 불을
켜고 지켰지. 밤이고 낮이고. 우리를 보러 한 번
은 오실 거다. 그런 미련한 믿음으로 여길 지켰는
데 이제는 그만 놓고 싶어서. 아버지 좋아하시는
배추전도 이제 그만 부치게. 너무 바보 같단 말
이야. 그 오랜 세월을. 멍청한가 봐, 나는. 그 세월
이면 음식 솜씨라도 좀 늘어야 하는데 나는 정말

소질이 없어.

이지숙 그것도 타고나는가 보지, 뭐.

강부민 밑의 사람들은 다들 어쩌고 있는지…….

이지숙 사람들? (웃으며) 장용남이는 포기했는지 어쨌는지 지금 두홍이랑 술 마셔. 부지런한 수현이는 자기네 사이트 주문 확인하는 거 같고, 우리 프란체스카는 심심하다고 화장하고 있던데?

강부민 참, 나도 황탯국이랑 황태구이 정말 잘 먹었어요.

유순희 드셨어요?

이지숙 엄마나! 웬일이니! 얘 있지, 엄마! 요리 솜씨 끝장이야. 얘라고 하면 기분 나쁠까?

유순희 마음대로 부르시든가요.

이지숙 이 세상 맛이 아니더라니까. 그 좋은 기술을 왜 썩히고 있대? 우리 여기다 같이 가게나 낼까? 서울 가게 접고 여기다 하나 차리는 거지. 내가 홀을 맡고 엄마가 카운터 보고 네가 요리하고. 어때, 언니 제안이?

강부민 항암은 안 하시고요?

이지숙 항암 하면서 일하면 되지. 그게 내 정신 건강에는 훨씬 좋다고요. 어차피 난 시한부거든.

강부민 말을 해도.

이지숙 시한부 아닌 사람 있어? 다 죽어. 그러니까 어떠냐니까.

유순희 나야 여기서 일하는 거 좋죠. 사장님만 좋다면야.

이지숙 정말?

유순희 취업이잖아요. 이 나이에 그것도 스카우트로다가.

성주신　　갑자기 모두의 휴대폰에 알람이 울린다.

이지숙　　갑자기 뭐야?

유순희　　보건소에서 왔어요. 저 음성이래요.

이지숙　　나도 음성. 엄마는?

강부민　　나도 음성이라네.

터주신　　박두홍과 장용남이 방에서 뛰쳐나온다.

박두홍　　(밑에서) 사장님, 사장님, 저 음성이래요! 어디 계
세요?

장용남　　(밑에서) 사장님, 저도요.

황진수　　(밑에서) 저 음성이에요.

김수현　　(밑에서) 저도요! 사장님, 아줌마 다들 어디 계세
요?

이지숙　　여기 옥상!

터주신　　모두 옥상으로 올라온다.

김수현　　아니, 여기서 뭐 하시는 거예요?

이지숙　　뭐 하기는. 앞 강 보면서 수다 떨고 있었지.

강부민　　다들 정말 다행이네.

황진수　　이제 저 공연 가는 거예요!

장용남　　나는 이 새끼랑 술 안 마셔도 되고.

박두홍   뭐 나는 마시고 싶은 줄 아니?

모두 얼싸안으며 기뻐한다.

강부민   아, 내 팔! 팔!

모두 다시 흩어진다. 잠시 진정하며 하늘을 본다.

황진수   무슨 뷰가 이렇게 예술이에요, 여기는?
김수현   장난 아니죠?
장용남   여기서 축배를 들까? 모두의 안녕과 건강을 위
               해?
박두홍   좋지, 좋아. 이 자식아.

성주신   황진수가 휴대폰으로 노래를 튼다.

황진수   나, 노래할래! 노래할래!

황진수, '담배가게 아가씨'에 맞춰 립싱크를 한다. 모두 즐겁다.
사람들, 천천히 퇴장한다.

성주신   *유순희만 보인다.*

유순희   응, 나다. 나 서울집 팔 거다. 그리고 여기 인제로
               이사 올 거니까 그렇게 알아라. 너희 유학 가는
               거 더는 말 안 할 테니, 너희도 내가 하는 거 말리

지 마. 그리 알고 전화 이만 끊는다.

성주신   암전.

10장

성주신   *10장. 그로부터 한 달 뒤. 최태훈과 박주영이 여인숙으로 들어온다. 여인숙 한가운데 공동 정수기 옆에 붙어 있는 호출 벨이 보인다.*

박주영   어머니가 말한 숙소가 여기 맞아?
최태훈   맞잖아. 금성여인숙.
박주영   어머니가 정말 여기 계시다고?

박주영, 호출 벨을 누른다.

박주영   아무도 안 계시나?
최태훈   뭐야, 진짜 여기?
박주영   어머니한테 전화 좀 드려봐.

성주신   전화벨이 울리며 옥상의 강부민과 유순희, 이지숙이 보인다. 유순희가 휴대폰을 본다.

비키니를 입고 햇볕을 즐기는 강부민, 유순희, 이지숙이 보인다.

유순희   아들 내외가 왔나 보네.

강부민   다다음주에 나간다고 했던가?

유순희   네.

이지숙   안 내려가봐?

유순희   가을볕이 너무 좋잖아. 어떻게 하는 일광욕인데 벌써 접어요?

강부민   정말 좋네.

이지숙   남사스럽다고 난리시더니.

유순희   이게 반신욕 이런 거보다 백배 좋다니까요. 전기 매트 온도 좀 더 올릴까요?

이지숙   난 딱 좋아.

강부민   나도.

유순희   그럼 좀 기다리게 두지 뭐. 한 한 시간?

강부민   그렇게 오래 기다리라고 해도 되나?

유순희   걔들은 이제부터 출국까지 할 일도 없어요.

강부민   그렇긴 하네. 볕이 너무 좋아.

이지숙   이 볕이 너무 아까워.

유순희   그러니 즐기자고요.

이지숙   그나저나 두홍이 취직했다던데? 공사장 반장으로 붙박이 한다네요.

강부민   그래? 잘됐네.

이지숙   맞다. 프란체스카랑 그 시인이 한다는 퍼포먼스가 언제라고?

유순희   모레요. 몇 번을 말해요?

이지숙   항암을 해봐라. 기억나는 게 있는가. 그럼 우리도 군청 앞에 가야 하는 거 아냐?

강부민   그러게. 싸움도 힘이 있어야 하는 건데 밥은 먹고
들 하는지. 강냉이를 좀 삶아 갈까?

유순희   그런다고 행정 하는 사람들이 꿈쩍이나 할까?

이지숙   시작도 전에 초치는 저 말본새!

유순희   걱정이 되니 하는 소리 아니에요. 이미 다 밀어버
리기로 결정한 걸 예술가들 모여서 저렇게 데모
를 한다고 그게 먹히냔 말이에요.

이지숙   퍼포먼스라니까. 누가 데모래? 기사도 안 봤어
들?

이지숙, 휴대폰을 열어 보여준다.

유순희   강원일보네. 어떻게 알았을까?

이지숙   이렇게 점점 소리가 나기 시작하잖아? 그럼 높은
놈들이고 뭐시고 간에 안 쳐다보고는 못 배기게
되는 거거든. 이게 바로 아트 파워 아니겠어?

유순희   괜히 딴따라들 설친다고 욕이나 안 먹으면 다행
이지.

이지숙   부정적인 생각으로 죄 짓는 자매님, 회개하시고
요. 우리 예술가들을 믿어보세요. 네?

유순희   언니는 속초 안 가요? 형부랑 갈라설 생각이야?

이지숙   주말부부로 돌입했어, 우리.

강부민   박 서방이 그러재?

이지숙   일주일에 한 번밖에 못 하니까 더 짜릿한 거 있
지?

강부민   아이구, 징그러―.

유순희   대단하다, 대단하셔.

이지숙, 웃는다.

강부민과 유순희, 따라 웃는다.

최태훈   당신 엄마 웃음소리 들어본 적 있어?

박주영   아니.

최태훈   아 씨, 뭐야, 이거? 엄마! 엄마!

성주신   최태훈과 박주영은 유순희를 계속 찾는다. 세 사
            람의 말소리는 작아지고 음악 커진다.

막

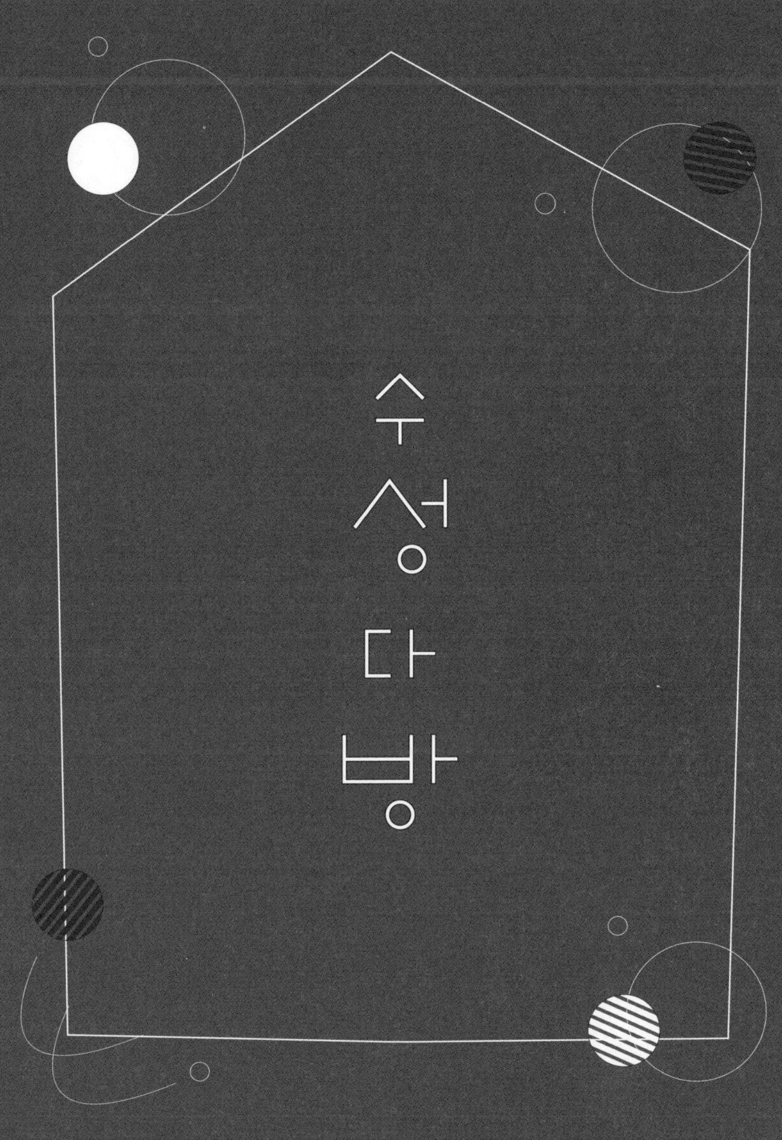

수정탑방

등장인물 박복자 다방 주인
  최지숙 다방 레지
  이말년 건물 주인
  장용금 대성목형
  이회중 명진주물
  차창식 성호분체
  황진수 교회 오빠
  김수현 도시 연구자
  정소중 작가
  어깨
  청년

  *9장에 등장하는 철거반은 장용금, 이회중, 차창식, 황진수,
    정소중을 연기하는 배우들이 맡는다.

시간 현재 그리고 30년 전 과거

공간 을지로에 위치한 작은 다방

무대 2층 무대 가운데 테이블 다섯 개와 작은 주방이 보인다. 테이블과 주방 사이는 선반으로 나뉘어 있고 얇은 선반을 들어올리면 주방으로 들어갈 수 있다. 주방 위쪽 벽에는 보온병과 찻잔 세트가 쌓여 있다. 선반 오른쪽으로 작은 금성냉장고가 보이고 그 위로 TV가 놓여 있다. TV 역시 작다. 왼쪽 선반으로는 전화기가 놓여 있다. 테이블에는 커피와 프림이 담긴 통이 각각 깔끔하게 정리돼 있다.
  1층 아래로는 여러 사업장이 들어와 칸칸이 자리를 차지하고 있다. 사업장은 다루는 분야에 따라 각양각색의 모습이다. 책상과 의자가 보이는 곳도 있고, 납품할 물건이 쌓여 있는 곳도 있고, 연마 기기가 자리한 곳도 있다.
  가게들 앞 좁은 길에는 짐을 실은 자전거와 오토바이가 분주

히 지나다닌다.

복자의 가게 벽면이 무너지고 난 이후에 이 가게들은 간판만 남기고 아래로 내려간다. 이후 마지막 장의 시작에서 철거를 위해 보호벽이 쳐진 건물로 다시 상승하고 최종 장면에서는 우주선으로 변한다.

1장

하루의 시작

어느 겨울의 이른 아침.

무대 밝아지면 조용하고 약간 어두운 다방 내부가 보인다.

박복자가 출근한다.

박복자, 형광등을 켜고 테이블 한쪽 벽면을 연다. 다락이다. 거기에 가방과 윗도리를 벗어 넣는다.

그때 울리는 전화벨 소리.

박복자, 전화를 받는다.

박복자　　　출근했어요. 금방 갑니다. 어디기는. 명화시보리 잖아. 아침부터 실없기는.

박복자, 빠르게 전화를 끊는다.

다락에는 수건이 쌓여 있다.

박복자, 집에서 가져온 수건을 세어본 후 몇 장을 더 담는다. 주방으로 가서 가스버너의 불을 켜고 주전자를 올려 물을 끓인다.

다시 전화벨이 울린다.

박복자　　　네, 지금 준비해요. 물 두 통? 팔이 떨어져 나가겠구먼. 점심 지나서 한가할 때 한 병 더 갖다 드릴게. 그래도 되죠? 오전에는 수건 배달도 같이 하는 거 뻔히 알면서, 장 사장님. 네, 네. 알겠어요.

박복자, 전화를 끊고 냉장고에서 '수성다방'이라고 적힌 물병들을 꺼낸다. 물이 끓는 동안 커피잔과 커피, 설탕을 준비하고 보온병을 꺼내 뜨거운 물을 담은 후 보자기에 싼다.
다시 전화벨이 울린다.

박복자　　　네, 출근했죠. 커피 간다니까. 7시 10분이면 평소랑 똑같지, 무슨 소리야. 거기 먼저 못 가. 가는 길이 다 있는데. 사람 보채지 좀 말고 끊어요. 통화 때문에 더 늦어진다니까.

박복자, 전화를 보란 듯이 끊는다. 갑자기 머리가 아프다.

박복자　　　아니, 맨날 가는 배달이구먼. 오늘은 다 약속을 했나, 왜 이렇게들 전화질이야? 아이구, 머리야.

박복자, 주방 서랍에서 두통약을 꺼내 먹는다.
다시 전화벨이 울린다.

박복자　　　갑니다, 가요!

박복자, 물과 수건, 보자기 꾸러미를 들고 퇴장한다.
잠시 사이

박복자, 다시 들어온다. 숨이 턱 밑까지 찼다.

박복자   프림, 프림, 프림.

박복자, 주방에서 프림 통을 챙긴다.

박복자   별일이다. 이걸 다 빼먹네. 이놈의 두통. 병원을
               가보든지 무슨 수를 내야지…….

황진수, 다방으로 들어온다. 예수님처럼 대충 차려입고 마이크를 착용했
으며 작은 십자가를 메고 있다.
계단을 급하게 내려가던 박복자는 황진수와 부딪힐 뻔한다.

박복자   엄마야, 깜짝이야.
황진수   예수천국 불신지옥! 안녕하세요, 사장님.
박복자   일찍도 출근했네.
황진수   네에. 아침 전도가 제일 신나니까요.
박복자   커피?
황진수   네에, 저도 한잔 마시고 시작하게요.
박복자   앉아.
황진수   여전히 불도 안 켜고 준비하시네요.
박복자   맨날 하는 건데 뭐. 어두워?
황진수   아니요.

박복자, 주방으로 가서 순식간에 커피를 탄다. 황진수에게 커피를 주고는
형광등을 켠다.

황진수, 잠시 눈부셔한다.

황진수 눈 감고도 커피 타시겠어요.

박복자 또 메고 나왔어. 오후에 눈 온다는데. 안 무거워?

황진수 전혀요. 예수천국 불신지옥.

박복자 맨날 하는 그 소리 넌 안 지겹니?

황진수 안 그래도 제가 설교 말씀을 좀 다르게 바꿔봤어요. 좀 들어보시겠어요?

박복자 그럴 시간이 없어. 배달 중이야.

황진수 프림만 들고 계시네요.

박복자 그렇게 됐어.

전화벨이 다시 울린다.

박복자, 전화를 받는다.

박복자 마시지 말고 기다리라니까. 몇 발이나 된다고. 갑니다. 마시고 가.

황진수 네에.

박복자, 빠르게 퇴장한다.

황진수, 목소리를 가다듬으며 설교를 연습한다.

황진수 아, 아. 흠, 흠. 우리는 다 양 같아서 그릇 행하여 제 갈 길로 갔거늘 여호와께서는 우리의 죄악을 예수님에게 담당시키셨도다. 그가 채찍을 맞음으로 우리 죄를 사하였노라. 그러니 믿지 않는 자들

과 간음하는 자들과 우상을 숭배하는 자들, 거짓
말하는 모든 자들은 불과 유황이 타는 못에 던져
지리니 이것이 곧 사망이라.

황진수, 일어선다. 목소리가 격양된다. 지나가는 행인들을 향해 이야기하
는 모양새다.

황진수   한 번 죽는 것은 사람에게 정해진 것이고 그 후에
           는 반드시 심판이 있으리니 하나님을 믿고 회개
           하는 자만이 천국 문을 두드릴 수 있을지라. 하
           나님을 믿으세요. 하나님은 여러분을 사랑하십니
           다.

황진수, 퇴장한다.
반대쪽 계단을 오르는 박복자가 보인다. 주방에 보자기 꾸러미를 내려놓
고 풀기 시작한다. 더럽혀진 수건들이 보인다.

박복자   월요일은 참 수건도 많아.

박복자, 냉장고에서 나물 반찬 통과 고추장 통을 꺼낸다. 도시락 통을 전
자레인지에 넣고 돌린다.
이회중, 차창식이 들어온다.

박복자   아니, 이 시간에 웬일들이래요?
차창식   아침이에요?
박복자   아점이지.

차창식	언능 드세요.
박복자	데워져야 먹지. 아니, 방금 쭉 돌고 왔는데 왜들 여길 와?
이회중	손님도 없고.
박복자	새삼스럽게?

장용금, 들어온다. 손에 봉투가 들렸다.

박복자	장 사장님까지?
장용금	뭐 시켰어?
이회중	아직이라요.
차창식	아침에 커피 마셨는데 딴 거 마셔요.
장용금	나는 그냥 커피.
이회중	내도.
차창식	나는 마차요.

장용금, 말없이 봉투를 내려놓는다.

박복자	다 넣고?
이회중	당연. 뭘 묻고 그래?
장용금	회중이 박 마담헌티 말이 짧다.
박복자	어제오늘 일인가? 정말 다들 이상하네, 정말. 뭐길래 이렇게 심각해?

박복자, 봉투를 들어 안의 안내문을 본다.

이회중   박 마담은 안 받았나? 재개발 안내문?

박복자   나?

차창식   다 같이 왔을 텐데요.

박복자   출근하느라 바빠서 우체통에 뭐 왔나 볼 새가 있
         었어야지. 장 사장님이 아침부터 물 안 가져오냐
         커피 대령해라 사람 혼을 빼서는.

차창식   고생하셨네요.

박복자   그래서 이 사람들은 언제 나온다는 거야?

이회중   거 밑에 있잖아. 4월 말. 여기 세운 3-3구역은 그
         때 하겠다고.

박복자   나한테 성질부리자고 온 거야, 이 사장?

이회중   어데.

장용금   커피 안 주고 뭐 더?

박복자   갑니다.

박복자, 주방에서 순식간에 커피를 탄다.

차창식   우리 사업장은 감정평가하면 얼마나 나올까요?

이회중   성호분체야 페인트 장비랑 말리는 데까지 하면
         면적이 좀 넓지 않나?

차창식   그래 봐야 그 평수가 그 평수죠. 얼마 안 돼요.

이회중   그래도 우리보다야 더 쳐주겠지. 안 그렇습니까,
         행님? 사업장이 두 개나 되는데.

차창식   괜히 또 그러신다. 그래서 피곤하다고 몇 번을 말
         씀드려요.

이회중   니가 피곤할 게 뭐 있노?

차창식 둘 다 임대잖아요. 근데 미호칠 건물 사장님은 감
정평가 나오는 대로 그대로 주겠다 하시는데 성
호 자리 건물주는 벌써부터 낮게 평가하면 가만
있지 않겠다고 난리예요. 대충 받을 생각 1도 없
다고 하시는데 어차피 옮겨 가야 하는 거 빨리
받고 자리 잡는 게 낫잖아요. 아니, 시공사는 왜
돈을 임대인한테 바로 안 주고 건물주한테 주나
몰라.

장용금 건물을 허니께 건물주에게 주는 겨. 감정평가대
로 다 받았으면 임차인헌티 바로 주는 거고.

이회중 그리 정의로운 건물주가 어디 있나 모르겠습니
다, 행님. 하긴 여기 행님 자리가 참말로 애매하지.

차창식 거기가 많이 좁았나?

장용금 넓다고야 모 더지. 목형 테이블허고 내 일 보는
디가 당게.

이회중 그래도 행님이사 새 상가로 들어가시면 되지. 나
야말로 미치고 팔짝 뛰겠는 판이라니까네.

차창식 회중이 형님은 헐리면 어디로 가요?

이회중 바로 그거이 내 걱정이라. 주물이라 허가도 안 나
오고.

장용금 주물이 왜? 사업자등록증은 그대로 유지시켜준
담서.

이회중 흙이랑 먼지 날리는데 허가도 받아야 하고요, 가
스로 철 녹이려면 그 온도가 얼만데 시설 다 갖
춘다 해도 상가로 어떻게 드가니껴. 천생 경기도
로 나가야 할 모양인데 그럼 행님하고 창식이 따

라오나?

장용금 응, 난 못 가.

이회중 그러니까요. 행님이 목형을 만들어줘야 내가 주물 뜨고 야가 칠을 할 긴데 행님 옮기실 생각도 없으시고. 창식이 너는?

차창식 저야말로 허가가 안 나요. 공해 문제 때문에. 집진기랑 필터 다 설치해서 그럴 거 없다고 아무리 설명해도 무작정, 일단 기다려봐라 이거예요.

박복자, 커피와 마차를 가지고 온다.

박복자 집진기가 뭐야?

차창식 냄새 잡는 거요. 필터는 칠 가루 잡는 거고. 요새는 칠이 밀가루 같아서 뿌리면서 정정기로 확 잡아 앉히거든요. 그럼 뭐 날릴 것도 없는데 서울시에서는 무조건 안 된다 하고 정말 걱정이에요.

이회중 나랑 같이 경기도로 가자.

장용금, 커피를 뱉는다.

장용금 커피 맛이 왜 이려?

이회중 뭐 어떤데요?

장용금 달어. 설탕 너써?

박복자 설탕은 무슨. 커피 둘, 프림 둘. 그게 끝인데. 설탕은 여기 테이블에 있잖아요.

142

박복자, 장용금의 커피를 마신다.

박복자	어머, 달고 맛있네? 왜지?

박복자, 장용금의 커피를 마신다.

박복자　　어머, 달고 맛있네? 왜지?

장용금　　설탕은 취향이람서. 당뇨 있는 사람헌티 뭐 더는 거여, 시방?

이회중　　내 거에도 미리 넣었나. 맛있네. 나는 이야기한다고 설탕도 안 넣고 있었는데 그러길 잘했네.

차창식　　마차랑 바꾸실래요?

장용금　　치매여, 박 마담? 아까는 프림도 안 가꼬 오더니?

박복자　　재수 없는 소리 할 거예요?

장용금　　아니.

박복자　　요즘 두통이 너무 심해. 왜 이러나 몰라. 정신도 어디다 팔아먹고는.

차창식　　심각하신 거예요?

박복자　　알 수가 있나, 심각한지 어쩐지.

장용금　　다방 마담이 커피 잘 못 타면 심각한 거지. 병원 가서 치매 검사 한번 받아보랑게.

박복자　　거 자꾸 치매, 치매. 진짜 씨발. 딱 듣기 싫구먼, 그럴 거예요?

장용금　　아니 왜 욕을 하고 그려……. 사람 쫄리게.

이회중　　바깥어르신 많이 안 좋아졌어요?

박복자　　바깥에서 일을 해야 바깥어르신이지. 내가 바깥어르신이다, 몇 번을 말해!

박복자, 주방으로 들어간다.

차창식	(조용히) 왜 저러신대요?
이회중	안사람이 2년 전쯤엔가 치매가 왔다잖아.
차창식	박 마담 남편분 다리만 좀 불편하다고 들었는데 치매였어요?
이회중	이게 원래도 머리를 다쳐서 더 그런 건지도 모르지.
차창식	머리는 왜요?
이회중	젊었을 때 미싱 그만두고 공사판에 돈 번다고 뛰어들었다가 말 그대로 발판에서 널졌잖아. 머리로 꽝! 무릎 완전 아작! 약 먹고 있어서 더디 진행되긴 한다고 하던데. 아, 행님은 아시면서 자꾸 그래요?
장용금	간병하는 사람이 병나봐. 둘 다 죽어.
이회중	뭐 그렇기야 하지만 저리 싫어하는데…….
차창식	자식들이 좀 도와주지 않나요?
이회중	키울 때야 금이야 옥이야 했을 긴데 이 새끼들이 다방 부끄럽다고 자꾸 밖으로만 돌더니 요즘은 통 발길도 안 해. 아들만 둘이잖아. 둘 다 장개가고는 명절에 (목소리를 낮춰) 돈 쬐끔 보내고 땡!

황진수, 예수 가발을 손에 들고 다방 안으로 들어오다가 사람들을 보고 놀라 다시 쓴다.

| 장용금 | 너 시방 머 더냐? 벗고 들어왔으면 그냥 벗고 앉어. |
| 황진수 | 사장님들 계신 줄 몰랐어요. 어쩐 일들이세요, 이 시간에? |

| 이회중 | 어쩐 일이기는. 다방에 차 마시러 왔지. |

| 황진수 | 배달만 시키시잖아요. |

| 차창식 | 오늘은 좀 그렇게 됐네. 벗고 있어. 불편하면. |

| 황진수 | 아니에요. 예수님 모습으로 분해서 그분의 고통을 몸소 체험하며 전도에 매진하다 보면 사람들도 저를 통해 예수님 사랑을 보시게 되거든요. 제대로 하고 있어야죠. |

| 이회중 | 전도 다 하고 들어온 거 아이가? 차 한잔하면서 쉬지 그러노? |

| 황진수 | 전도에 쉼이란 없지요. 하나님 믿으세요, 사장님. 하나님은 사장님을 사랑하세요. |

| 박복자 | 뭐 마실래? 따뜻한 커피? |

| 황진수 | 아뇨. 아아 마실게요. 근데 돼요? |

| 박복자 | 여름에는 팥빙수도 되거든! |

| 이회중 | 니 몇 살이고? |

| 황진수 | 갑자기 그건 왜요? |

| 이회중 | 이름은? |

황진수, 말이 없다.

| 이회중 | 전도도 좋지만 친구도 만나고……. 회사는 안 다니나? 젊은 애가 말하는 거 보면 맛이 간 것도 아닌데 왜 이러고 있나 싶어서 묻는다. |

| 황진수 | 예수님 못 박히신 나이보다 딱 열 살 어려요. |

| 이회중 | 예수님 못 박힌 나이가 몇 인데? 그런 것도 나와 있나 보네. |

황진수　　하나님 믿으셔야 심판의 날 살아남으실 수 있어
　　　　요, 사장님.

차창식　　밀레니엄 때 방문하신다고 난리도 아니지 않았
　　　　어? 난 다 죽는 줄 알았는데.

황진수　　1999년 예수 재림의 날 왜 예수님이 안 오셨는지
　　　　아세요?

차창식　　글쎄.

황진수　　이건 정말 제가 잘 말 안 하는 건데요, 바로 제가
　　　　예수님을 대신해 그때 태어났기 때문이에요. 이
　　　　세상 모든 자들을 구원하기 위해서.

장용금　　그려―, 알았어. 고생이 많아.

이회중　　저 흰소리 듣고 있느니 그만 갑시다, 형님.

김수현, 다방으로 들어온다. 머리에 내려앉은 눈을 턴다.

김수현　　안녕하세요? 여기가 수성다방이군요.

남자들은 김수현의 등장에 약간 어리둥절한데 이때 복자가 아이스 아메리
카노를 들고 나온다.

박복자　　뉘신지?

김수현　　누구긴요. 다방에 커피 마시러 온 사람이죠. 밖에
　　　　눈이 오네요.

박복자, 창밖을 내다본다.
무대 어두워진다.

2장

벽이 무너지다

압쇄기 소리가 요란하다.

여름.

김수현, 다방에 혼자 앉아 있다. 어딘가로 전화를 한다.

김수현   응, 다방이야. 여기 유통망도 한번 고민해보자니까. 연결 안 된 곳이 한 군데도 없어. 지도를 만들어보면 어때?

박복자, 땀을 닦으며 들어온다.

박복자   언제 왔대? 전화를 하지.

김수현   했어요. 안 받으시던데요?

박복자   아이고, 그랬어?

박복자, 자신의 휴대폰을 확인한다.

김수현   어디 다녀오시기에 전화 소리도 못 들으세요? 주문 전화면 어쩌시려고.

| 박복자 | 병원에 사람도 많고 정신이 없었어. 이리 날이 더 운데 에어컨이 고장 났더라고. 병원이 아니라 전 쟁터야. |

박복자　병원에 사람도 많고 정신이 없었어. 이리 날이 더운데 에어컨이 고장 났더라고. 병원이 아니라 전쟁터야.

김수현　어디 아프세요?

박복자　그냥 봄에 검사했던 거 결과 듣느라고. 머리 아픈 거 때문에.

김수현　뭐래요? 맨날 두통약 달고 사셨잖아요.

박복자　아이고, 별거 아니래. 덥지?

김수현　혼자 앉아 있었더니 땀이 식더라고요. 선풍기도 켰고요.

박복자　뭐 줘?

김수현　전 쌍화차.

박복자　더운데 이제 좀 딴 거 마셔.

김수현　처음 그걸 마셔서 그런가 그게 제일 좋아요.

박복자　금방 해줄게.

박복자, 주방으로 들어간다.

박복자　옛날에는 오후 배달 다닌다고 아가씨를 셋도 두고 그랬었는데 여기 경기가 무너졌잖아. 오전 바짝 돌리고 나면 한가해.

김수현　아가씨도 있었어요?

박복자　티켓 다방하고는 달라. 우리는 배달만 가는 거고. 그런 거하고는 다르지.

김수현　아, 그럼요.

장용금, 이회중, 차창식이 다방으로 들어온다.

김수현 안녕하세요, 사장님들?

이회중 어, 김 박사네. 오늘도 출근?

김수현 그렇게 좀 부르지 마시라니까요.

이회중 대동정밀 강 기사 때문에 혼났다면서?

김수현 그게 벌써 소문이 났어요?

차창식 뭐 기록한다는 그거? 혼날 게 뭐 있어?

김수현 제가 첫 대면에 사장님— 그랬거든요.

차창식 강 기사님한테?

김수현 네.

박복자 왜 그랬어.

김수현 아니, 원래 선생님 아니면 사장님 그렇게 인사하
잖아요.

박복자 여기 기술자분들 직원이랑 사장이랑은 정확히 선
그어. 사장 아닌 기술자들은 대뜸 사장님 이렇게
부르면 버럭하지. 자기는 사장이 아닌데 그렇게
부른다고. 사장님들이 그냥 사장님이 아니고 사
실 기술 사부시거든.

김수현 아, 그걸 지금 말씀해주시면 어떻게 해요?

박복자 자기가 똑바로 알아보고 인터뷰를 했었어야지.
그런 것도 준비 안 하고 뭘 기록을 하겠다고.

김수현 이거 좀 봐주세요. 이 영상이요.

장용금 먼디?

김수현이 휴대폰을 열어 영상을 켜면 장용금, 이회중, 차창식이 함께 들어

다본다. 박복자도 옆에서 뭔가 하고 기웃거린다.

차창식　　이게 왜? 선반 영상이잖아. 강 기사님이시네. 그래
　　　　　도 인터뷰를 하기는 했구먼.

김수현　　아! 선반. 그게 기억이 안 나는 거예요.

이회중　　방금 강 기사 눈 봤나? 슬쩍 보다가 놀라서 고개
　　　　　돌리는 거? 카메라 앞이라고 쫄았네, 쫄았어.

김수현　　밀링이랑 선반이랑 도통 구분을 못 하겠어요.

차창식　　그걸 한번에 구분하면 기술자게?

김수현　　빠우는 광택! 확실히 알겠는데 둘은 뭔 차인지.

차창식　　기계를 통으로 외우라니까.

김수현　　전 그 머리가 없어요. 영상 찍기 전에 스케치북을
　　　　　써야겠어요.

박복자, 쌍화차를 가져다 놓는다.

박복자　　세 사람은 찬 커피?

차창식　　네, 얼음 좀 많이 넣어주세요.

이회중　　김 박사는 이런 거 뭐 하러 기록하려고 그래? 우
　　　　　리 같은 기술자들을 인터뷰해서 어디 쓴다고? 박
　　　　　사까지 했다면서?

김수현　　박사 소리 좀 하지 마시라고요. 창피하다고요.

이회중　　뭐가 창피해? 뭐든 많이, 열심히 했으면 생색을
　　　　　내는 거지.

김수현　　네네, 암요, 그럼요, 지당하십니다요.

이회중　　그런데 박사님요, 연구 같은 거는 흰 가운 입고

실험용 비커 같은 거 들고 뭐 그래 하는 거 아니니? 쌍화차 홀짝대면서 야부리 까는 게 무슨 연구가 된다고 그러는지…….

김수현 사장님, 야부리라니요.

장용금 우리야말로 기록돼야 하고말고. 우리가 일군 이 나라 경제 아녀? 여 청계천 을지로가 산업현장의 산 역산겨. 근디 그걸 철거를 하겠다고 저 지랄들이란 말여. 우리가 머 아파트 들인다고 허면 얼씨구나 좋다 허고 어깨춤이라도 출 줄 알았어? 우리 알기를 아주 그냥 개똥으로 알어.

박복자 성토 그만하시고. 오늘은 또 이 시간에 어쩐 일들 이래요?

김수현 세 분이서 이렇게 일 접고 여기 오신 거면…….
감정평가 돈 나왔구나!

차창식 돈까지는 아니고…….

김수현 성호 얼마 쳐준대요? 명진주물 거기는요? 아, 대성목형 자리가 제일 궁금하다. 거기가 가장 작잖아요.

박복자 잠꼬대로도 안 하는 말을 물어? 눈치가 영 없네.

김수현 네?

박복자 영업 비밀이지. 누가 자기 얼마 나왔다고 패 보이는 사람이 어디 있겠어? 서로 조심스러운데.

김수현 사장님은요? 여기 수성다방 얼마래요? (속삭이며) 저한테만 말씀해주시면 안 돼요?

박복자 아직 정확치가 않다네.

김수현 뭐가요?

| 차창식 | 계약서 아직 못 찾으셨어요? |

차창식 계약서 아직 못 찾으셨어요?

박복자 30년도 전 계약선데 그게 있나. 찾아본다고는 했는데 처음부터 없었어.

김수현 임대차계약서 말씀이세요? 왜? 다방 시작하실 때 건물주랑 계약 안 하셨어요?

박복자 그런 게 없었어. 그 시절에는. 그냥 앞에 하던 사람이 나가게 되면 내가 이어받고 월세는 말한 대로 현찰로 딱딱 주고 그랬지. 여기 사장님들 처음에는 다 그랬었는데, 뭐.

차창식 영업을 하고 계시니까 증빙은 어렵지 않을 거예요. 사업자등록은 돼 있으니까.

박복자 그게 하다 나중에 실명제 어쩌고 하면서 만든 거라. 얼마나 됐나도 감정평가 요인으로 작용한다면서. 그 젊은 감정평가산지 뭔지 어찌나 깐깐한지. 시작 연도 증빙 자료 달라고 그러는데 뭘 내줘야 하나 싶네.

김수현 건물주랑 지금이라도 계약을 하시면 안 되려나?

차창식 1970년대로 임대계약을? 지금? 진짜 김박은 땅 관련해서는 아무것도 모르는구나.

이회중 이 언니가 건물주랑 좀 사연이 있어서. 알은척도 안 하고 돈만 부친 지가 꽤 됐다 아이가.

김수현 이건 또 무슨 스토리래요?

박복자 쓸데없는 소리. 잘 알지도 못하면서.

이회중 이사장님하고 말 안 하는 건 사실 아이가.

김수현, 박복자를 빤히 쳐다본다.

박복자	그런 게 있어. 됐고. 뭐든 다른 거 찾아봐야지.
장용금	근다고 얼마나 더 쳐주겄어. 감정가가 진작에 나
	왔는디.

박복자, 분위기를 띄우듯 얘기한다.

박복자	저녁에 뭐 먹어요? 삼겹살 먹을까?
차창식	안 지겨우세요?
박복자	그게 왜 지겨워?
김수현	감정평가 기념 회식인가요? 그걸 뭐라고 했더라.
이회중	소상공인 손실보존금!
김수현	부럽다.
차창식	김박, 돈 필요해?
김수현	그럴 리가요. 저도 이거 엄연히 국가 프로젝트거
	든요. 돈 벌고 있다고요.
차창식	얼마?

김수현, 잠시 망설인다.

김수현	500 정도니까 제 인건비하고…… .
이회중	에게— 그게 뭐꼬. 그래서 어예 먹고사노?
김수현	그러는 사장님은 얼마 받으셨는데요?
이회중	자그마치 600만 원 받았다는 거 아이가.
차창식	어, 형님 그거밖에 안 돼요? 나 700 나왔는데?
이회중	니는 업장 규모가 있으이까네…… .
장용금	나는 천.

박복자	그게 최고 보상액이지요, 아마? 나도 여기 장 사 장님하고 같은 연도에 시작했으니까 증빙만 하면 천이겠구나.
이회중	왜 나만 600이야. 행정 하는 새끼들, 무슨 기준으로 책정하는지 알 수가 없다니까.
장용금	돈을 제일 못 번 순서대로 주는 거잖어. 너는 궁께 작년에 우리보다 많이 벌었다는 소리여.
이회중	내가요? 내가? 행님이 일 안 하면 내 혼자 무슨 용빼는 재주가 있어서요?
박복자	그러니까 금액 얘기는 왜들 하는 거야. 뭐 먹을지 그거나 정해요.
이회중	천이라고 지금 박 사장이 말해놓고서는…….
김수현	우와, 그럼 소고기 먹어야 하는 거 아니에요?
장용금	커피 한잔함서 소고기를 먹을지 도미회를 먹을지 천천히 고민 한번 해보자고. 김 박사도 붙어.
김수현	그럼요! 저는 소고기에 한 표 던지겠습니다.

압쇄기 소리와 함께 건물 무너지는 소리, 끊어지는 소리, 쏟아지는 소리, 퍼 담는 소리 등이 갑자기 크게 들린다.

김수현	아우— 깜짝이야. 우리 건물 부수는 줄 알겠네. 뭔 소리가 이렇게 커요?
박복자	저기 을지면옥 건물 부수는 거니까 바로 옆이지 뭐. 이제 코앞까지 왔네. 그래도 을지면옥이 좀 버텨주면 올해는 넘길 수 있겠다 했는데. 장사 없네, 장사 없어. 어떻게 버텨.

차창식	을지면옥이야 어디 가서든 장사 다시 하면 되죠. 명성도 있고 돈도 많을 텐데. 우리 걱정이나 해요.
이회중	젊은 놈이 이렇게 연대 의식이 없어요. 얌마야! 을지면옥 장사 못 할까 봐 걱정이가? 그래도 그 건물이 역사와 전통이 있고 이 골목마다 기술자들이 이리 딱 버티고 있어 우리 경제가 팽팽 돌아갔던 건데! 그걸 이렇게 한번에 부수나?
차창식	아까는 뭐 하러 기록하냐 하시더니 갑자기 또 이러신대?
이회중	대학까지 나온 놈이 말이야, 기술과 머리로 어떻게든 여기를 이어나갈 궁리를 해야지.
장용금	창식이는 청사분 공동위원장이여. 입만 살아서 나불거리는 니놈보다 훨씬 애쓰고 있응게. 본전도 못 건질 막말은 넣어둬.
이회중	행님은 막말이라니요.
김수현	청사분이 뭐예요? 차 사장님 대학 나오셨어요?
장용금	여는 엘리트여. 거시기 뭐냐 청계천생존권 사수 비상대책위원회 분체지구라고. 철거헐 때는 허더라도 마 따질 건 끝까지 따지자. 뭐 그런 거지. 우리는 말여. 건물이 있는 한은 끝까지 투쟁여.
차창식	우리 때 청계천 들어오는 사람들 중에는 전공자들도 꽤 됐어. 우습게 보지 말라고.
김수현	아이고. 우습게 보다니요.
장용금	옛날에는 돈도 없고 학교도 못 댕겼응게 입에 풀칠이라도 해야겠다는 절박한 심정으로다가 기술을 배웠지만 요새는 그 라녀. 어떤 정신 넋 빠진

놈이 요 게딱지만 한 작업장에서 쭈그리 잠서 기
술을 배울라 그려? 그것도 맞아감서.

차창식　　저런 얘기 들으면 나도 낯설다. 너무 옛날이다.

김수현　　차 사장님 장난 아니시네요.

차창식　　장난이야 없었지.

박복자　　차 사장은 여기 창신동이 원래 고향이잖아. 어렸
을 때부터 아버지 작업장에 뻔질나게 왔다 갔다
하고 했었지.

차창식　　물감들 몰래 훔치고요. 쓸데없이 바닥에 찍찍 긋
고 말 거를 뭐 하러 그렇게 기를 쓰고 훔치고 놀
았나 몰라요.

박복자　　세월이 어째 이리 빠른지 몰라.

김수현　　아, 진짜. 전에 인터뷰할 때 저 깜짝 놀랐잖아요.
(장용금을 가리키며) 현직 기술자 중 최고령!

장용금　　학교 갈 형편이 아니었응게. 그 시절에는 국민학
교 졸업하고 나같이 기술 배우는 사람들 많았어.
56년? 57년 됐나? 아이고, 엊그제 같은디…….

이회중　　일흔 넘어서까지 일할 수 있다는 거. 이거 기술자
아니면 절대 안 되지. 암만.

김수현　　이 사장님은 얼마나 되셨는데요?

이회중　　나는 청계천 한참 잘나갈 때 작은아버지가 소개
해주시가. 군대 다녀오고서는 공장 다니고 있었
는데 돈 많이 번다고 캐서 들어왔다 아이가. IMF
전까지는 우리가 부르는 게 값이었으이까네. 행
님은 미제 많이 수리하셨지요?

장용금　　그때는 그랬지. 부품이 없었응게. 그랑께 미군부

대에서 나오는 거, 일제 이런 거 싹 고치서 내놓
으면 업자들이 광주고 대전이고 대구고 서로 와
서 가져갈라고 난리가 아니었당게.

차창식　무슨 부품인지도 모르겠는 게 여기 골목 앞으로
쫙 펼쳐져 있고는 했어요. 그런 걸 보고 자랐다니
까.

장용금　금융실명제로 바뀜서 사업자등록증 내고 거 머
시냐 세금계산서 떼고 그람서 시장 판도가 싹 바
뀌었지.

김수현　금융실명제 전에는 사업자등록증도 없었던 거예
요?

장용금　다 어음 돌리고. 와리깡 받아먹고 살았지. 그니까
외상! 어음이 말하자면 외상여. 그렇게 몇 년 하
다가 나중에 사업자 내고 그랬지. 좋은 시절 다
가불고 백성들 등꼴은 휘는데 나랏님들만 배불
리는 이상한 시대가 되부럿당게.

이회중　아이고, 그거야 어느 시대는 안 그랬니껴? 행님도
가만 보면 뻔한 소리를 참 뻔하게 잘도 하신다니
까.

장용금　행님한테 엉기능겨? 처음에 우리 사업장에 왔을
때 말여. 지는 주물인데 아직 거래처도 없다면서
같이 해보자고 그랄 때는 순진허니 눈을 반짝반
짝 하고는 나를 올려다보고 그랬는데 어쩌다 요
로코롬 되부럿을까잉.

이회중　언제 적 이야기를 하고 그런대요? 창식이 앞에서
민망하그로.

차창식   아 참, 을지다방 다시 영업하더라고요.

박복자   어디서?

차창식   저기…… 을지로3가역 10번 출구로 나와서……
          2층이던데요?

김수현   여기서 100미터도 안 되잖아요.

박복자   다행이네.

김수현   다행이요? 경쟁업체 아니에요?

박복자   경쟁업체? 나를 뭘로 보고. 여기 응접실다방, 민
          들레다방, 민다방, 둥지, 화성, 꽃마차. 얼마나 많
          았다고. 그래도 우리 수성다방이 최고였지. 아침
          배달 80군데 뛰었어. 보통 60이 평균이거든. 잘해
          봐야 70이고. 그런데 우리만 80이 넘었다니까. 그
          러니 수건이며 물이며 얼마나 날랐게. 을지다방
          다시 열었으면 고맙고 다행한 거지. 어디 멀리 안
          가고 여기 있다는 것만으로도 힘이 되거든. 그 이
          치를 우리 김 박사가 알랑가 몰라.

이회중   형님, 보상금도 나왔는데 철문에 상호 벗겨진 거
          나 새로 하시죠. 대성목형이 대싱목형이던데 언제
          까지 그대로 두시게요? 철거를 하더라도 할 거는
          해야 하는 거라면서요.

장용금   그리고 봉께 간판 칠쟁이 어르신이 안 보이네. 그
          냥반이 이 동네 철문 간판은 다 그리고 댕겼는디.
          아이고, 돌아가셨는갑다. 부를 사람도 없고. 글면
          그냥 둬야 쓰것다.

김수현   차 사장님, 이런 거는 못 하세요?

차창식   물건에 색 입히는 거랑 간판 글씨에 색 채우는 거

랑 같아? 화가면 서양화고 동양화고 다 그려?

김수현 차 사장님도 발끈하실 때가 다 있으시네요.

갑자기 심한 흔들림과 함께 다방 한쪽 벽이 무너진다. 연기가 자욱해진다.
다들 놀란다.

박복자 엄마야! 이게 무슨 일이래?

이회중 이 철거반 새끼들이 미쳤나? 건물을 똑바로 보고
제대로 해머를 돌려야지, 이게 무슨 짓이야. 남의
영업장을!

벽이 조금씩 더 부서진다.

박복자 아, 이 건물 아니에요. 거기 크레인 기사님. 스톱!
스톱! 아, 쌍, 멈추라고!

먼지가 자욱하다.
박복자, 무너진 벽 사이에서 상자를 발견한다.

박복자 이게 뭐래?

3장

다방의 시작

박복자, 상자를 쓱쓱 문지른다.

곧 다방 안의 사람들 모두 사라지고 무너진 벽으로 최지숙과 이말년이 넘어온다.

1990년대 음악이 흐른다.

최지숙은 자연스럽게 다방 소파에 앉고 이말년은 주방 쪽에 선다.

이말년　여기가 목이 좋아. 주변으로 배달 상권이 쫙 깔렸잖아. 나도 웬만하면 그냥 내가 계속 했으면 하는데 이게 여러 개가 되다 보니 벅차네. 그래서 억지로 어쩔 수 없이 넘기는 거라니까. 자기는 땡잡은 거야.

박복자　말년…… 언니?

이말년　이수정! 그래서 여기가 수정다방이라고. 말년은 어디서 들었대? 그래 뭐 편하게 언니라고 불러.

박복자　언니 정말 젊다.

이말년　동안이지? 그래서 인생이 아주 피곤하다니까. 근데 말 놓은 거니? 뭐 맘대로 해라. 그래도 손님들 앞에서는 확실히 해. 왕마담은 나고. 자기는 얼굴

	마담. 오케이?
박복자	얼굴마담이라니? 무슨 소리야, 이게?
이말년	인수할 돈 다 있어? 나한테 뽀찌 떼 주고 목돈 생기면 그때 계약하자면서.
박복자	내가 지금 어딜 와 있는 거래? 뭐가 뭔지 하나도 모르겠어. 생각 좀 정리하자, 잠시만.
이말년	왜 이래, 갑자기? 못 하겠으면 지금이라도 손 털어. 그런 마음으로는 다방 장사 못 하지. 강단 있게 생겨서는 의외로 사람이 심약하네.
최지숙	어디 아파요, 언니야?
박복자	아, 머리가. 두통이 좀…….

박복자, 최지숙을 그제야 알아보고 놀란다.

박복자	이게 누구야. 지숙이네.
최지숙	사람을 뭐 그렇게 보노, 초면에? 이 언니야가 진짜 어디가 마이 아픈갑다.
박복자	왜 지금 여기 와 있는 거야?
이말년	고민할 거면 없던 얘기로 하고. 난 그럼 그만 가 볼라는데 그쪽은 어떻게 하실라나?

박복자, 말이 없다.

이말년, 출구 쪽으로 저벅저벅 걸어간다.

사람들이 나와 소파 및 소품들을 모두 치워버리려고 한다.

박복자	뭐예요? 어디로 가져가요? 잠시만요.

사람들의 움직임이 멈춘다.

박복자   다방을 안 할 수도 있었을까?

사람들, 움직이며 다방 안의 물건들을 다시 치우려 한다.

박복자   할 거예요. 그냥 좀 처음이라……. 걱정이 돼서요.

사람들, 소파 및 소품들을 다시 제자리에 놓는다.

이말년   걱정할 거 없다니까. 여기는 주방, 저기는 다락. 여기가 방이었던 거지. 그래도 2층집 올리면서 수도 시설 다 넣었다니까. 여기만 수도가 들어오고 이 밑으로 1층들은 다 그냥 벽체라니까. 그러니까 다방을 차리잖아? 어떻게 되겠어? 너도 나도 물 마시고 커피 마시겠다고 바리바리 전화가 오는 거라니까.

박복자   새삼스럽다, 언니. 처음 봤을 때는 그렇게 커 보였었는데 말이야. 맨날 보는 덴데도. 다시 보니 어쩜 이렇게 작나 싶어.

이말년   뭔 소리래? 여기 와봤어?

최지숙   좀 마이 이상한데…….

이말년   답사 왔었구나. 보기보다 야무지네. 장사 잘하겠다! 여기는 어차피 커피 마시러 오는 사람 없어서 크기는 중요하지 않다니까. 순 배달 장사, 배달 장사. 그건 넘어가고. 여기는 최지숙. 우리 수성다방의 간판 아가씨.

최지숙 안녕하세요?

박복자 오랜만이다, 지숙아.

최지숙 진짜 이 언니야가 왜 이런대?

박복자 그러게. 나도 내가 뭐 하고 있는지 잘 모르겠
다……요.

박복자, 잠시 다방을 다시 둘러보며 생각에 잠긴다.

최지숙 아따. 나 안 할라네이.

이말년, 최지숙의 귀를 당긴다.

이말년 (복화술하듯) 너 정말 안 돕고 이럴래?

최지숙 아따! 모지리라메. 저거는 미친년 아니요오. 돈도
없어 뵈. 길바닥에 떨어진 코딱지나 주워 먹게 생
겼고마는.

이말년 권리금 확실히 안길 거라니까. 받으면 너 떼 준다
는데 그걸 못 믿어? 그러려면 우선 돈맛을 뵈줘
야지.

최지숙 오메오메, 으찌 이란까이. 외상을 한 방에 싸악
걷어내는 것이 쉽소오. 사장들이 지랄 옘병을 할
거인디.

이말년 10만 원 더 줄게.

최지숙 그라지요, 언니!

이말년 이제부터는 니가 선생이야, 알겠어? 정신 똑바로

차리라고.

최지숙　　아따. 쪼옴!

이말년　　(복화술하듯) 조용히 말해.

박복자　　잘 가르쳐줘, 지숙아.

이말년　　말이라고. 여기서 잔뼈 굵었지. 이래 뵈도 애가
　　　　　　둘. 어째 부부 금슬은 엄청난가 봐. 서방이 잘해?

최지숙　　그 빌어먹을 새끼, 내가 얘기하지 마라고 말을 했
　　　　　　소, 안 했소. 듣기 싫다고! 확 그냥 내 귀를 짤라
　　　　　　불랑께.

이말년　　아니, 근데 이년이 기차 화통을 삶아 먹었나. 귀에
　　　　　　다 대고…….

최지숙　　아따. 여그서는 무조건 아가씨라매. 아조 그냥 아
　　　　　　줌만 거 동네방네 다 떠들어브러? 매상 확 떨어
　　　　　　지라고?

박복자　　(최지숙에게 불쑥) 남편이 미싱사였어.

최지숙　　뭐라 겠소오?

박복자　　우리 남편도 그거 해. 청계천에서. 아들만 둘이
　　　　　　지? 나도 아들만 둘.

잠시 사이

최지숙　　오메오메. 무선 거어. 그라지 마씨요이. 나 소름
　　　　　　도든게.

최지숙, 일어난다.

이말년	야, 어디 가?
최지숙	밴소요.
이말년	쟤는 긴장하면 꼭 변소부터 찾더라. 그러면 어떻게…… 내일부터 바로?
박복자	뭐 어려울 거 있나요. 커피를 얼마나 탔는데.
이말년	뭔 헛소리야, 정말. 난 모르겠고. 월세 내는 매달 말일 잊지 말고. 현찰로, 알지?

다방의 전화가 울린다.

| 이말년 | 어, 주문 전화. 야! 최지숙! 최지숙—. 변소 간 년을 여기서 부른다고 들리냐고? |

이말년, 전화를 받으려다가 박복자를 쳐다본다.

이말년	받아.
박복자	내가?
이말년	그럼! 실습. 어서. 끊어지겠네.

박복자, 전화를 받는다.

| 박복자 | 네, 수성…… 아니 수정다방입니다. 커피 네 잔? 목소리가 달라요? 아, 나 여기 새로 온 마담. 박 마담이라고 불러주세요. 명화시보리? 알지, 왜 몰라. 관수교 밑으로 쭉 내려와서 대선여인숙 끼고 코너 돌면 딱 그 자리잖아요, 사장님. 아아, 삼촌 |

삼촌! 아직은 삼촌이지.

박복자, 전화를 끊으며 깔깔 웃기 시작한다.

박복자　　　목소리가 어쩜 똑같은데도 젊다. 목소리가 젊어.
　　　　　　　그거 알아, 언니?
이말년　　　걱정이다, 걱정이야.

최지숙, 들어온다.

최지숙　　　아따. 밴소도 못 가게 사람을 불러싸까이.
이말년　　　거기까지 들리디? 배달 들어왔어.
최지숙　　　우디이?
이말년　　　저기 숨넘어가는 박 마담한테 물어봐라.
박복자　　　명화시보리, 커피 네 잔. 지금 바로.

최지숙, 주방으로 간다. 가스버너를 켠다.

최지숙　　　오봉에 커피잔은 이라고 딱 겹쳐노으시고요오.
박복자　　　커피, 프림, 설탕 챙기고, 혹시 모르니까 여기 다
　　　　　　　른 종류들도 좀 챙겨 가면 매상 올릴 수 있겠지.

최지숙, 복자의 유연함에 잠시 당황한다.

최지숙　　　그라긴 한다……. 얘기하다 보믄 한 잔 더 달라
　　　　　　　시는 사장님들도 있그든요. 그라므는 컵에 여분

담고요오.

박복자　　물 끓었네. 마호병에 담아서 이렇게 싸서 들고 가
면 되지?

최지숙　　(당황하며) 그라지요. 어째 이리 잘 안대. 그람 갔
다 오께요오이.

이말년　　박 마담 데리고 가야지?

최지숙　　아따, 꼴랑 네 잔인디 둘이나 가요?

이말년　　나도 갈 거야. 인사시켜야지. 잔 두 개 더 챙겨. 언
능 얼굴 터야 편하게 주문도 하지. 나 같은 왕마
담이 어딨니, 세상에!

최지숙은 잔을 더 챙기고, 이말년은 거울을 보며 옷매무새를 살핀다.

최지숙　　오메. 왕마담 언니까지 가불믄 거기 궁둥이 반쪽
도 못 딜 거인디?

이말년　　밖에 서 있으면 되지. 커피 한 잔에 매상 하나. 내
가 뭐 그냥 가니? 뭘 그렇게 어물쩡거려? 어서 나
서지 않고.

이말년, 나간다.

갑자기 최지숙, 문 쪽으로 가서 작게 말한다. 멀리서 들리는 것처럼 소리
낸다.

최지숙　　이아따아아 ─ 왕언니랑 진짜 같이 가야 된데에?
개킹받네이.

박복자　　킹받는다니? 너 그런 말도 알아?

| 최지숙 | 허벌나게 쌉파서블! 이거시야말로 완내스으. |

갑자기 황진수가 급하게 들어오는데 퇴장하는 최지숙과 잠시 스친다.
황진수는 본인이 만든 방역복 같은 옷을 입었다.

| 황진수 | 이생망, 이게 머선 일이구? 쌉파서블. 이거야말로 완내스! 박 사장님! 긴급 뉴스, 긴급 뉴스. 박 사장님!! |

박복자, 갑자기 사라진 이말년과 최지숙을 잠시 찾다 곧 잊어버린다.

박복자	이 복장은 또 뭐야? 방역 풀린 지가 언젠데 이러고 다녀.
황진수	아, 긴급 뉴스라니까요!
박복자	긴급 뉴스?
황진수	여기 사장님들 있잖아요.
박복자	여기 사장님들이 왜?

황진수, 급하게 주변을 살핀다.

박복자	뭐 찾아? 아유, 정신없어. 오늘이 무슨 요일이니?
황진수	목요일이요.
박복자	그렇구나. 정말 정신이 하나도 없어.

황진수, 아무도 없다는 것을 확인한 후 조용히 말한다.

황진수	사장님, 놀라지 마세요. 여기 대성이랑 명진, 성호 그리고 뒷골목에 울진에서부터 청호, 그리고 그 건너 블록에 대훈이랑……. 아, 너무 많아. 그러니까 여기 사장님들 대부분이요.
박복자	대부분이?
황진수	외계인이에요.
박복자	무슨 소리야, 그건 또. 차라리 평범하게 예수천당 불신지옥을 외치든가 무슨 외계인이야.

황진수, 갑자기 손을 모아 기도하듯 주문을 외우듯 말한다.

| 황진수 | 6차크라를 열어라! 하바나에 연결하라. 열 배 가속하라. |

박복자, 그 모습에 놀라 쳐다보고만 있다.

황진수	사장님, 제가 오랫동안 기도를 드렸잖아요. 하나님의 응답을 기다리면서.
박복자	그래서?
황진수	거기서 어떤 소리를 들었어요. 그건 하나님의 음성이 아니었어요. 이수에라 마리쿠사 하이카카 최타리스 에서에시 미사쉬어.
박복자	뭐 하는 거야?
황진수	외계어예요, 사장님. 어느 날 갑자기 저도 모르게 이런 말을 하는 거예요, 제가! 이건 곧 외계인과 소통할 수 있는 채널러만이 구사하는 언어라는

걸 알게 됐어요.

박복자   외계인이 너한테 말을 한다고?

황진수   모든 사람의 신성이 깨어나면 누구나 채널러가
           될 수 있어요. 지구인 대부분은 채널러거든요. 그
           런데 신성을 깨울 시간이 없어요. 수련이 필요한
           데 너무 바쁜 거죠. 사장님은요, 잠시만요.

황진수, 박복자를 빤히 들여다본다.

황진수   사장님은 은하계 속 아르크투르스라는 별자리에
           서 온 외계인이세요. 목동자리 중 제일 밝은 별이
           고요, 34광년 떨어져 있는…… 아…….

박복자   왜 그러는데?

황진수   리딩을 오래 하다 보면 에너지가 이렇게 소모된
           다고요.

박복자   진수야…….

황진수   금방 회복해요. 잠시만요.

박복자   진수야, 그러지 말고…….

황진수   제 말을 안 믿으시는 거죠?

박복자   안 믿기는. 너무 멀어서…… 어떻게 뭘 타고 왔을
           까 싶으니까…….

황진수, 돌아서 가려고 한다.

박복자   왔으면 돌아가야겠네? 그 은하계 아크르 어쩌고
           로? 근데 어떻게 간다니?

황진수　　걱정하지 마세요. 여기 청계천 사장님들이요, (목소리를 낮춰서) 모두 외계인이시잖아요.

박복자　　그래서?

황진수　　이 진보된 기술이 다 어디서 온 거겠어요? 인간이 스스로 진화, 발전시켰다? 말도 안 되는 소리예요. 지금으로부터 70년 전 외계인들은 이 지구로!

박복자　　이 지구로?

황진수　　날아왔던 거죠.

박복자　　왜?

황진수　　지금 알아보고 있어요.

박복자　　오케이.

황진수　　수억 광년을 넘어 우리보다 훨씬 발달한 기술과 광물을 가지고 들어왔지만 눈에 띄면 곤란하니까 천천히, 조금씩, 기술들을 풀어냈던 거죠.

박복자　　왜 안 돌아가고?

황진수　　그것도 알아보고 있는 중이에요. 그렇게 천천히 하나하나. 볼트 너트 만드는 것에서부터 시작을 한 거예요. 절대 튀게 앞서 나가지 않으면서도 조금씩요.

박복자　　그렇게까지 더디게?

황진수　　그러다가 못 참고 결국 신분을 드러낼 뻔한 사건이 있었잖아요. 10년 전에 인공위성 만들었던 거 기억 안 나세요?

박복자　　알지. 기사도 많이 나고. 그때부터 여기가 인공위성도 만들고 탱크도 만든다는 소리가 나오기 시

	작했잖아.
황진수	지금 이 사장님들이 다시 본인들의 고향으로 돌아가기 위해 우주선을 만들고 있다고요!
박복자	돌아간다고? 지금?

황진수가 갑자기 이상한 말을 하는데 박복자는 알아들을 수가 없다.

황진수	방금 리딩이 끝났어요! 이 외계인들은요, 사람 사는 거 구경도 하고 인간 공부도 할 겸 관광차 왔는데.
박복자	그런데?
황진수	별 볼 일 없으니까. 돌아가기로 한 거예요!
박복자	인간이라고 다 그런 것도 아니고.
황진수	지금 어떤 인간 종자 하나가 우주선을 만든다고 여기 사장님들께 의뢰하면서 다니고 있다고요. 외계인이면서 인간인 척!
박복자	학생인가? 어디 대학이래? 졸업 작품 시즌일 수도 있잖아?
황진수	그건 다 위장 신분이고 분명 아르크투르스에서 온 작전사령관이 분명해요. 어라?
박복자	왜? 뭐? 뭔데?
황진수	저 벽이 왜 저래요?
박복자	아— 무너졌어.
황진수	아니 왜요?
박복자	그러게. 외계인보다 벽 무너진 게 더 황당하지 않아?

황진수	제가 리딩을 해볼까요? 외계인 소행일지도 몰라요.
박복자	그건 나중에 하고. 우선 장사는 해야 하니까 일단 이걸로 좀 막자.
황진수	어떻게 하시게요?
박복자	대충 뭐라도 치게.

박복자, 돗자리를 찾아 와 구멍 난 곳을 막고 못으로 박기 시작한다.

황진수	은박 돗자리를요?
박복자	이 여름만 지나면 돼. 곧 바람 선선하게 불 거고. 그럼 여기도 다 없어지고 나도 없어질 텐데, 뭐.
황진수	사장님, 어디 가시는데요? 정하셨어요?

박복자, 말이 없다.

망치 소리가 요란하게 들린다.

무대 어두워지면서 박복자와 황진수가 퇴장한다.

4장

우주선과 강제 철거

두꺼운 안경을 낀 정소중이 다방으로 들어온다.

가을이다.

정소중   여기가 수성다방이구나. 장난 아니다. 문지방의 작은 직선 하나를 넘어왔을 뿐인데 마치 시간 이동을 한 것 같아. 개인의 기만에서 출발해 타인을 수용하는 범위로 넘어선 이 색감의 조화, 좋아. 어?! 저 빙수 컵은 찢어질 것 같은 냉기를 온전히 받아들이면서 그 고통을 되려 무릎 꿇게 만드는 이 독자적인 구조와 형태. 숭고해.

정소중, 빙수 컵을 스캔하듯이 들여다보고는 신기한 듯 사진을 찍는다. 그리고 벽에 붙은 메뉴판을 본다.

정소중   메뉴판……. 사람들의 시선이 가장 많이 스쳐 간 곳, 마치 그 눈빛들에 침식되어버린 것 같은 저 질감. 여기 사장님에게서, 대가의 냄새가 난다.

정소중, 자리에 앉아 노트북을 꺼낸다.

주방에서 조용히 염탐을 하는 황진수가 보인다.

장용금과 이회중, 차창식이 들어온다.

이회중   일찍 왔네, 정 작가.

정소중   아, 안녕하세요? 저도 좀 전에 들어왔어요. 여기 진짜 대박인데요?

이회중   다방은 처음인가?

정소중   네.

이회중   아직 박 사장님도 못 만났고? 여기 사장님.

정소중   안 계시던데요?

이회중   인사해라. 여기는 장용금 사장님. 여기는 차창식 사장님.

정소중   안녕하세요? 정소중입니다.

장용금   겁나게 젊네잉. 외피가 참 좋다. 부럽네. 나도 바꿀 수 있으면 바꾸고 싶다야.

이회중   행님은 지금도 좋습니다. 한 30년은 거뜬히 쓰십니다.

장용금   인자 너무 낡았지. 우리 기술로다가 다 교체한다 해도 이미 맛이 갔어.

차창식   아직 한창이십니다. 왜 그러세요.

황진수, 장용금의 말에 반응한다.

차창식   반갑습니다. 말씀은 회중 형님한테 들었어요. 서울 생활이 쉽지 않죠?

정소중   저만 그런가요? 다들 그러시잖아요. 기술을 익혀
         일을 하신다니. 정말 대단하세요.

장용금   옛날에야 자리 잡는 것만으로도 힘들었지만은
         인제는 우리가 이 골목의 터줏대감여.

정소중   훌륭하세요.

장용금   우주선을 만들려고 한다고?

정소중   네.

이회중   10년 전에 우리가 인공위성을 의뢰받아서 만들
         어 띄웠던 거 알지?

정소중   알죠. 그때 의뢰한 사람이 저희 학교 선배셨잖아
         요.

차창식   (의미심장하게) 같은 학교?

정소중   (의미심장하게) 네, 같은 학교. 아시죠, 어딘지?

이회중   그 친구는…… 지구를 너무 좋아해.

차창식   그러게요. 바로 이어 우주선을 만들 줄 알았는데.

정소중   지금 뭐 하시는데요?

차창식   바다로 나갔죠. 지구 바다를 살피겠다나? 제주의
         환경 어쩌고 하면서 워크숍 한다고 그러더니 어
         느 순간 통영이더라고요. 그래 서울 안 올라오나
         그랬더니 자기는 바다 사나이인 거 같다나? 글렀
         어요.

장용금   자신의 본분을 잊은 거여. 한번 우주인이면 영원
         한 우주인여. 뱃사람이라고. 그게 말이여, 막걸리
         여?

이회중   이제 정 작가 있잖아.

차창식   맞아요. 우주선을 만든다니 난 벌써 기대가 돼요.

장용금   우리의 미래 아니겠어.

정소중   잘 부탁드립니다.

네 사람은 손목 크로스를 한다.

박복자와 김수현이 들어온다.

박복자   뭐 하는 거예요?

차창식   아, 여기 정 작가님이세요. 인사하세요, 박 사장
           님.

정소중   안녕하세요?

정소중, 박복자에게 무릎을 꿇고 인사한다.

박복자, 당황한다.

김수현, 기분이 나쁜지 인사도 없이 소파에 덜썩 앉는다.

박복자   기술자 같지는 않으시네.

차창식   작가님이세요. 우주선을 만들고 싶으시대요.

박복자   우주선? 뭐 여기서 안 되는 것도 없지만 요즘 같
           아서는 되는 것도 없을 거 같은데 괜찮아요?

장용금   아따, 박 사장은 뭔 그런 김새는 소리여?

박복자   공정이 많이 필요할 텐데. 전자며 공업이며. 근데
           지금 세 사람뿐이잖아요. 8, 9지구 다 철거해서
           뿔뿔이 흩어졌구만 어찌하려고?

이회중   연락처 다 있지. 지구 밖으로 나간 것도 아이고.
           한번 거래처는 평생 거래처 아이가.

차창식   근데 어째 김 박사랑 같이 들어오세요?

박복자	나야 배달 다녀온 거고…….
김수현	앞에서 만났어요. 안녕하세요들?
차창식	기분 많이 안 좋은가 봐.
김수현	사장님, 아이스 아메리카노 한잔 주세요. 그거 마시고 말씀드릴게요. 지금은 너무 열불 나네요. 아, 아니다. 우선 물부터 좀 마실게요.
차창식	그래도 많이 쌀쌀해졌는데 배탈 나.
박복자	젊은 사람들이 그런 게 어딨어.

김수현, 주방 쪽으로 갔다가 황진수를 발견한다.

황진수, 먼저 일어난다.

김수현	엄마야!
황진수	다 들었어요. 나 다 들었다고요.
박복자	아니, 언제부터 거기 있었대?
이회중	뭐? 뭐가?
황진수	여러분들이 저 작가라는 분이랑 우주선 만들겠다는 이야기!
이회중	얌마야! 아니, 그거야 이 작가분이 우주선을 만들어보고 싶다고 처음부터 한 이야긴데 뭘 이렇게 대단한 이야기를 혼자 들은 것매로 씩씩대는데.
황진수	그게 아니라고요. 그게 아니야.
차창식	진짜 왜 그래? 우리가 학생 작업 만들어주고 한 게 한두 번도 아니잖아. 안 그래?
황진수	그거랑 달라요. 이건 완전히 다른 일이라고요.
장용금	뭐가? 뭐슬? 뭐시? 다르다고 이 난리여? 으이?

178

황진수　　　　당신들 다 외계인이잖아!

잠시 사이
장용금이 웃기 시작하자 이회중이 따라 웃는데, 차창식은 어찌해야 하나 답답한 표정을 짓는다.

황진수　　　　웃지 마요. 이번에는 정말 그냥 안 넘어가요.
이회중　　　　얌마야! 안 넘어가면? 그냥 안 넘어가면 우짤 긴
　　　　　　　데?

황진수, 약간 위축되어 김수현에게 다가온다.

황진수　　　　누나, 내 말이 이상하게 들리겠지만요, 이건 다
　　　　　　　사실이에요.
김수현　　　　제가 누나예요?
황진수　　　　제 설명을 들으셔야 해요.
김수현　　　　제가요?
황진수　　　　저는 원래 1999년 예수님의 재림을 대신해 태어
　　　　　　　난 하나님의 사자였어요. 오랜 시간 예수님의 말
　　　　　　　씀을 기다리면서 기도를 하던 중 외계인들이 보
　　　　　　　내는 신호를 듣게 된 거예요. 그렇게 채널러가 된
　　　　　　　거죠.
김수현　　　　아하.
황진수　　　　그런데 아르크투르스라는 별자리에서 지구로 수
　　　　　　　많은 외계인들이 오게 된 거예요. 보통은 조용히
　　　　　　　관광만 하고 돌아가는데 그게 70년 전이라 그만

한국전쟁의 소용돌이에 휘말린 거죠. 숨겨뒀던 우주선이 폭격에 폭파가 돼버린 거예요.

김수현　저런.

황진수　그러니 이 외계인들은 지구에 머물면서 자기네 우주선을 수리할 부품을 찾을 수밖에 없었는데 지구 광물이 맞을 리가 없잖아요. 떠날 수는 없고 광물은 찾아야 하고 그렇게 여기 머물면서 먹고 자고 하려니 돈이 필요할 거 아니에요? 그런 식으로 방법을 찾던 중 어느 날 자신들이 발견한 광물들을 보고 사겠다는 사람이 나오니까 팔고 개발하고 팔고 개발하면서 여기 청계천, 을지로의 기술자들이 된 거라고요. 그런데!

김수현　그런데?

황진수　10년 전 아르크투르스에서 이들을 구조하기 위해 사령관을 보낸 거예요. 근데 그 사람은…….

차창식　10년 전? 설마 여기서 인공위성을 만든 학생?

황진수　그렇죠.

차창식　그게 무슨 소리야.

황진수　그 사람은 그만 지구를 사랑하게 된 거예요. 돌아가는 일에는 관심을 잃어버린 거죠. 그는 자신도 고향으로 돌아갈 수 있는 광물을 인공위성에 넣어 쏘아 올려버린 거예요. 그리고 저 사람.

황진수, 정소중을 가리킨다.

황진수　저 사람이!

정소중   저요?

황진수   바로 저 사람이 이들을 데리고 고향 별로 돌아가기 위해 35광년 떨어진 아르크투르스에서 지구로 날아온 두 번째 사람이에요.

황진수, 여전히 벅차오르는데 부산스럽게 구는 사람들 때문에 집중이 깨진다.

김수현   그렇구나. 박 사장님, 저 아이스 아메리카노 주세요.

박복자   다 넣어서?

김수현   네.

김수현은 앉아 있던 원래 자리로 가고, 박복자는 커피를 타기 시작한다.

황진수   반응들이 왜 이래요? 놀랍지 않아요? 설마 내 말을 안 믿는 거예요?

김수현   믿어요. 아, 누나라고 했으니까 나 말 놔도 되지? 어차피 이분들 올겨울에 여기 철거되면 어디로든 다 가서. 고향으로 가시게 됐으면 잘된 일이지 특별히 강조해서 막 그럴 일은 아니잖아?

황진수   그렇지만 저 사람들은 외계인이라고요. 그게 이렇게 태평하게 받아들일 일이에요?

김수현   그게 왜? 아주 따뜻하고 사랑스러운데? 내가 만나고 온 끔찍한 지구인 얘기 들어볼래?

황진수   싫어요. 지구인은 다 싫다고요.

황진수, 나가버린다.

박복자   진수야! 황진수!

차창식   저 친구 이름이 황진수예요?

박복자   애 엄마가 알려줬어.

이회중   쟈가 엄마도 있나?

박복자   우리 다 엄마가 있지. 이 사장은 뭐 땅에서 났어? 무슨 말이 그래?

이회중   요즘 뻑하면 나한테…….

황진수의 엄마가 다방으로 들어온다. 박복자와 황진수의 엄마만 집중돼서 보인다.

진수모   여기구나.

박복자   뭐 드릴까요?

진수모   제일 비싼 게……. 쌍화차 두 잔 주세요. 한 잔은 사장님 드시고요.

박복자   아이고, 뭐 그러시지 않아도 돼요.

진수모   우리 진수가 여기 자주 들르고, 또 사장님이 얘기도 잘 들어주시고 하신다기에 꼭 인사드리고 싶었어요. 어떤 분이신가 하고.

박복자   진수요?

진수모   예수 복장 하고 다니는……. 진수 엄마예요.

박복자   아이고, 그러셔요? 그러게, 걔가 이런 촌스러운 데를 왜 좋아하는지 모르겠어요. 젊은 사람들은 전혀 찾아볼 수 없는 곳인데.

진수모   편한가 보죠. 또래들이랑은 잘 못 어울려요. 처음
            부터 그러진 않았는데.

진수모, 눈물을 흘린다.

박복자   수건 드릴까요?

진수모   아니요. 안 웁니다. (다시 울며) 마음이 아픈 애를
            그렇게 몰아세웠어요.

박복자   아이고, 자학하지 마세요.

진수모   군대 가서 엄청 맞았나 봐요. 그게 그 애한테는
            치욕이었던 거예요. 정신과 치료를 받고 싶다고
            했는데 그럼 흠이 될까 봐 버텨보라 했어요. 그
            뒤로 더 애가 호구가 됐나 봐요. 군대 있는 내내
            따를 당하고 돈도 뜯기고 맞고 그랬대요. 성인들
            도 그래요? 어이가 없어서.

박복자   그랬구나. 그런 일이 있었군요.

진수모   다 제 잘못이에요. 내가 그때 정신과 치료 받게
            해서 의가사제대를 시켰어야 하는데.

박복자   엄마라고 다 아나요.

진수모   자살 시도를 했어요. 얼마나 놀랐는지. 그 후로는
            잠 안 자고 옆에서 애 아빠랑 번갈아가며 지켰어
            요. 졸리면 내내 성경 읽고. 그랬더니 저 아이가
            갑자기 저렇게 이상한 복장을 하고 길거리를 헤
            매지 뭐예요.

박복자   저 기둥 뒤에서 맨날 서 있다 가시는 거 저 봤어요.

진수모   보셨어요?

진수모, 가방에서 봉투를 꺼낸다.

진수모	받아주세요.
박복자	뭐예요? 아이고, 아니에요.
진수모	아들 커피값이에요. 계산도 안 하고 가잖아요.
박복자	몇 잔이나 마신다고.
진수모	두 잔도 마시고 세 잔도 마시고 하더라고요. 배 고프면 밥을 먹을 일이지.
박복자	그래도 이거는…….
진수모	죄송합니다. 그럼 가볼게요.
박복자	아니, 저 이건 갖고 가시지…….

진수모, 황급히 퇴장한다.

박복자가 진수모의 뒷모습을 멍하니 바라보는데, 모두 박복자의 이야기를 듣고 있는 분위기다.

김수현	그것도 모르고. 나 너무 기운 빠지게 말한 걸까요?
박복자	지극히 열심히 듣고 솔직하게 잘 얘기했어.
김수현	자식! 끔찍한 지구인이 있었구나. 그래서 싫어한 거였어. 내 얘기도 듣고 가면 좋았을 텐데.
차창식	누가 우리 김 박사를 질리게 하는데? 누구야?
김수현	을지로 OB베어 오늘 새벽에 완전히 뜯겼어요. 누가 들어올까 봐 철창까지 용접으로 박았어요. 철창 두께가 제 팔뚝만 해요.
이회중	장난 아니게 두껍겠는데?

184

김수현	아, 정말! 재미도 없고 나이만 많고!
이회중	지가 먼저 얘기해놓고서.
김수현	여기 만선만 열 개예요. 아니, 이제 을지로 OB 자리까지 들어오면 열한 개라고요. 아니 이게 말이 돼요? 이 노가리 골목이 왜 노가리 골목인데요. 을지로 OB 때문이라고요. 자그마치 40년도 전에 들어온 작은 그 호프집 덕분에. 그런데 그걸 몰라요.
박복자	그럼 뭐라도 해보든가.
김수현	연대할 예술인들 모아서 우선 기자회견부터 하고. 그다음에는 문화제로 이어가자고 얘기 중이에요.
박복자	철창으로 다 막았다면서?
김수현	도로변 사용하겠다고 종로구에 집회 시위 신청했어요.
정소중	허가해준대요?
김수현	아, 만선은 여기 다 테이블 깔게 허락했는데 우리 시위 허락 안 하면 안 되죠.
장용금	자본가가 땅 사고 건물 사서 지 허고 싶은 대로 허는 게 자본주의라는 건디 어쩌겠어. 건물이 팔렸잖어.
김수현	공생, 연대, 함께 잘 사는 삶. 그게 우리 삶을 풍요롭게 하는 거잖아요.
이회중	젊다. 젊으니 다 억울하고 속상하고 그라지. 무뎌지려면 시간 많이 필요하겠다.
김수현	젊은이 늙은이 선 긋는 거 진짜 꼰대 같은 거 아

시죠?

이회중 뭐라? 꼰대?

박복자 부자들이 뭐 아쉬워 공생이니 연대니를 하겠어.

김수현 왜요? 왜!

차창식 안 해도 잘살잖아. 필요해야 할 건데 필요가 없잖아. 그게 필요한, 가난한 사람들만 하는 거, 안 보여? 오늘 밤에 나가봐. 일터에서 지친 평범하고 가난한 사람들, 모두 만선 호프 앞에 앉아 한잔 기울이며 위로를 받고 있을걸. 그 사람들한테 을지로 OB베어가 없어지는 거? 안타깝지. 근데 뭐? 그냥 그런가 보다 할 거다.

김수현 아, 그럼 사장님들이라도 좀 나오세요.

장용금 난 안 가.

이회중 나도. 거를 내가 왜 가노?

김수현 사장님네 골목이잖아요.

박복자 거긴 아니지.

김수현 아니라니요?

박복자 차도 건너 을지로3가 아니야.

김수현 와. 그렇게 나누실 거예요? 그거 몇 발 된다고.

차창식 낡은 거는 헐리고 새로운 게 들어오는 게 도시지. 도시는 그렇게 움직여. 그러지 않으면 도시인가. 도시가 움직이지 않으면 사람이 움직여서 다른 곳으로 가는 거야.

김수현 차 사장님 여기 떠나시게 된 거는요? 그것도 도시가 안 움직여서 다른 곳으로 옮기시는 거예요? 있고 싶은데 도시가 밀어내니까 나가시는 거 아니세요? 도시가 그런 자격이 있어요? 도시가 뭔데요?

박복자, 아이스 아메리카노를 가지고 온다.

박복자　　열내면 좋아?

김수현, 대답하지 않는다.

차창식　　전 괜찮아요.

잠시 사이

김수현　　죄송해요.

이회중　　우리는 그 골목 잘 가지도 않는다. 맥주 마실 시간이 어딨노? 공장 일 끝나면 10시고 소주 털어넣고 막차 타고 가기 바쁘지. 거는 을지로 직장인들이 막차로 가는 데다 아이가. 그때만 해도 맥주가 우리한테는 비쌌거든. 요즘은 한 잔에 얼맨고?

장용금　　거그는 우리랑은 또 딴 세상이랑게.

박복자　　그 골목의 사장님들도 거기는 안 가. 그런데 뭐 문화 행사를 하건 시위를 하건 관심이 있을까? 그게 또 이 골목의 다른 생태계인 거야.

정소중, 벽에 쳐진 돗자리 주변으로 가서 툭툭 쳐본다.

정소중   뭐지?

정소중, 길게 쳐보는데 넘어질 것 같다. 넘어가던 정소중이 잠시 멈춘 듯한 느낌으로 기울어져 서 있는 듯하다.

차창식, 얼른 뛰어가 정소중을 붙든다.

차창식   떨어져요. 여기 2층인데. 벽 뚫렸다고요.
정소중   아, 감사합니다. 다칠 뻔했네. 심심해가지고.

황진수, 갑자기 들어온다.

황진수   봤죠? 다들 봤잖아요, 방금! 저 사람이 저 돗자리
                짚었는데 안 넘어가고 약간 기울게 서 있었던 거!
                이게 사람이면 어떻게 가능해요? 저 사람, 외계인
                이 확실해요.
박복자   안 갔어? 커피 한잔할래?
황진수   아니요.
이회중   그러지 말고 와서 앉아라, 이놈아.
황진수   아니요!

황진수, 저벅저벅 걸어 무너진 벽 앞으로 간다. 정소중을 지나친다.

정소중   뭐 하시게요?
황진수   잘 보시라고요. 저 사람은 외계인이고 저는 지구
                인이라는 증거가 이거예요.

황진수, 돗자리를 짚는다. 그대로 돗자리와 함께 넘어간다.

김수현과 박복자, 소리 지른다.

사장들도 놀라 밖으로 뛰어 나간다.

김수현과 박복자도 밖으로 나간다.

5장

깡패와 콩나물

뚫린 벽으로 최지숙이 밀대 걸레를 들고 들어와 바닥을 닦기 시작한다.

2000년대 초 유행하는 노래가 흐른다.

박복자, 자신의 머리를 부여잡고 들어온다. 머리가 깨질 듯 아프다.

박복자	아이고, 머리야.
최지숙	뭣 한디 이라고 늦게 오까이?
박복자	지…… 진수 앰뷸런스 타는 거 본다고…….
최지숙	누구요?
박복자	아니야. 청소하고 있는 거야?
최지숙	저는요오, 일을 열씸히 해요이.
박복자	그럼. 알지.

박복자가 약을 찾는데 이말년이 다방으로 들어온다.

이말년	둘 다 있네. 뭐야, 한가한 거야? 배달로 빌딩 올릴
	판이라는 소문이 여기 골목에 파다하던데.
최지숙	뭔 일이여?
이말년	(박복자에게) 한 달 매상 얼마 정도 올라와? (최지숙

에게) 니가 잘 알겠네?

최지숙　　워메. 내가 어떡게 알겠소? 배달밖에 안 간디. 모른당께.

이말년　　배달 가는 애가 모르면 누가 알아? 월세 안 밀리고 들어오는 거 보면 궤도에는 올라온 거지?

최지숙　　그런 지는 한참 됐째.

박복자　　(혼잣말처럼) 뭐였지? 권리금 얘기였던가?

이말년　　쪼잔하게. 단도직입으로다가 이달 말까지만 하고 정리해줬으면 해.

박복자　　아. 그래, 그거.

박복자, 기억을 더듬듯 이말년에게 시티폰을 쥐여준다.

이말년　　기다려. 내가 오늘 끝장을 낸다니까. 장사 맡겨놨더니 하나는 복장 터져, 하나는 밑 빠진 독이야. 돈이 얼마나 새 나가는지. 내가 한다고 하면 끝이지. 다 쫓아내고 자기가 인수하면 나 좋고 자기 좋고. 자기 식구들 다 데려와. 아가씨 장사 하고 싶은 대로 해. 그럼 그럼.

박복자　　(시티폰을 뺏어 치우며) 저러고 통화를 하는데 이 좁은 골목에 벽이 다 무슨 소용이냐고.

이말년, 원위치로 돌아간다.

이말년　　단도직입으로다가 이달 말까지만 하고 정리해줬으면 해.

최지숙	어메어메. 왕언니 갑자기 뭐뎌!
이말년	인수한다더니 뭐야 이게. 지금까지 소식도 없고.
최지숙	아니, 그라므는 마담 언니를 또 새로 구할라 그라요?
이말년	그럴 거 뭐 있어? 내가 직접 뛰면 되지. 미모 되지, 수완 있지, 이게 내 건물인데 나갈 돈도 없고. 얼마나 좋아.
최지숙	아니 나는 어짜란 말이요?
이말년	어디 갈 데 없어? 지금부터 찾아보든가. 하긴 그 나이에 어딜 또 가겠니. 너도 참 딱하다, 그치?

최지숙, 말이 없다.

박복자	참 못됐어. 생각 없이 시원시원한 건 성격이야.
이말년	이참에 박 마담도 자기 다방을 하나 차려. 언제까지 얼굴마담 하면서 여기 떼 주고 저기 떼 줄 거야.
박복자	그래? 그러지 뭐. 그럼 기다릴 것도 없이 오늘부터 일하서.
이말년	뭐야? 지금 이 태도? 아무리 기분이 나빠도 사람이 같이 지낸 정이라는 게 있는데 면전에서 이러는 건 아니지. 아, 인수인계를 해줘야 할 거 아니야.
박복자	유경험자한테 인수인계할 게 뭐 있어?
이말년	저거 말이야. 사업자등록증!
박복자	그게 뭐? 언니 이름으로 새로 내면 되지.

이말년	세무서 가는 것도 그렇고, 아 쌍! 금융실명제니 뭐니 통장 만들기도 어려운데 세금 신고는 또 어떻게 하냐고. 우리 때는 이런 거 하나 없었어도 장사 잘만 했구먼.
박복자	그거 어렵지 않아. 얼마 벌었다 신고하고 그만큼 세금 내면 되는 거지.
이말년	그러니까 그걸 왜 내냐고. 국가가 뭘 해줬는데? 우리 같은 자영업자들 장사하는 데 보탠 거 뭐 있다고 이제 와서 번 만큼 세금을 내래? 신고 못 해! 안 해! 내가 그걸 왜 해?
박복자	그래서야 되겠어, 언니? 세금 신고 안 했다가는 벌금 폭탄 맞을 텐데?
이말년	알게 뭐야, 씨발. 명의는…… 됐고 니 사업자로 그냥 하자.
박복자	내가 왜? 나는 딴 데 차릴 거야.
이말년	야! 어디다 차리게? 그런 게 어딨어?
박복자	딴 데 가서 가게 내라던 사람이?

최지숙, 갑자기 사업자등록증을 때서 높이 쳐든다.

최지숙	이거시 그라고 중요한 거다, 이거제이?
이말년	뭐 하는 거야?
최지숙	나한테 떼 주기로 한 복자 언니 권리금.
이말년	(말을 가로채며) 뭔 권리금?
최지숙	당장 내노쇼이. 안 그라믄 이노무 사업자 확 다 찢어불랑께이.

갑자기 건장한 어깨가 들어온다.

최지숙, 그를 보더니 주방으로 숨으려 한다.

어깨   거기 딱 서. 어디 가게? 여기 이 좁은 데서. 니년이
             여기서 일하는구나. 너 같은 거는 금방 찾지, 우
             리가 또.

어깨, 커피 보자기를 들고 있다.

어깨   아무리 급해도 말이야, 군인이 총 놓고 가는 거는
             아니지. 받아 가야지?

최지숙, 천천히 다가온다.

어깨   (커피 보자기를 떨어뜨릴 듯 들고) 빨리 와서 가져가.
             떨어진다.

최지숙이 다가오자 어깨가 바로 최지숙의 머리채를 잡는다.

지켜보던 사람들, 놀란다.

어깨   공정거래라는 게 있잖아? 이 동네는 우리가 맡고
             있거든. 우리 아가씨들 데리고.
최지숙   그래서 뭐 어찌라고?
어깨   어쭈! (머리채를 세게 다시 휘어잡으며) 그런데 니가
             공들여 쌓은 이 유통의 물을 흐려? 오봉까지 버
             려가면서 내빼고는 고작 다방으로 오냐? 너 돌대

194

가리지?

박복자   이게 무슨 행패야! 그 손 당장 봐.

어깨   여기 사장이야?

박복자   내가? 아니!

어깨   그럼 뭔데요, 아줌마는?

박복자   오늘부로 짤렸거든. 사장님 저기 계시네.

박복자, 한곳에 웅크리고 있는 이말년을 가리킨다.

이말년   무슨 소리야, 사장은 박 마담이지. 나 아니야. 나
            는 여기 건물주라니까. 그냥 잠시 들러본 건데
            뭐. 긴한 용건이 있는 거 같은데 말씀들 나누셔.
            나는 그럼 그만 가볼 테니까…….

어깨   어디 가, 건물주! 건물주면 이 아줌마가 포주야?

이말년   포주라니? 포주라니! 사람을 뭘로 보고……. 아
            니…… 이게 다 무슨 소리야? 너 최지숙이! 너 설
            마!

최지숙   왕언니, 이러지 마라. 이제 와서 나한테만 뒤집어
            씌우려고…….

이말년   이 미친년이 정말 미쳤나. 너 제정신이니?

어깨   건물주 아줌마, 건물주 아줌마! 좀 조용히 하시
            지!

이말년, 박복자 뒤로 숨는다.

박복자   그 손이나 좀 놓고. 우리가 뭘 어쩔 수 있겠어?

차근차근 말로 해봐요.

어깨, 손 놓지 않고 그대로 있다.

박복자   그렇게 계속 지숙이 잡고 있다고 해결이 되면 그
          러시든가!

어깨, 최지숙의 머리채를 놓고 소파에 앉는다.

박복자   다방에 오셨으니 커피들 한 잔씩 해야지. 어떻게
          타드려?
어깨   비싼 것도 많네.
박복자   돈 낼 거 아니잖아. 그냥 커피 마셔요.
어깨   어째 오늘 짤린 저분하고는 말이 통할 것 같네.
          커피 타줘보쇼, 마셔보자고. 다방 좋네. 소파도
          신식이고, 깨끗하고. 얼마나 되셨을까?
박복자   아침 일도 기억이 안 나는데 장사 시작한 날을 어
          떻게 기억하나?
어깨   그거 말고 저년 끼고 몸장사한 거 말이지.
최지숙   몸장사아? 이 호로새끼가 아니라고! 니가 이이
          뭔가 오해를 한 거 같은디이⋯⋯.

어깨, 테이블을 쾅 친다.
박복자, 커피를 가지고 온다.

박복자   여기는 이 골목이랑 세운 골목까지 해서 배달 장

사 하는 곳이에요. 티켓 다방이 아니에요.

어깨 사장님이 아가씨 관리가 너무 느슨하네. 저년이 저기 뒤쪽 거 뭐냐, 무슨 베어링이지? 여긴 가게도 많아요. 거 사장님한테 몸 대주고 있던데 그걸 몰라.

이말년 뭐야? 어디 베어링? 혹시 뒷길에 영성베어링? 너만 보면 실실 웃던 그 홀아비? 하나님 믿는다고 간판 이름도 영성으로 짓더니 간음을 해?

박복자 언니, 좀.

최지숙 느자구없다, 정말로.

어깨 그 사장은 너무 영감 아닌가? 화대 얼마 받았겠어? 우리한테 정식으로 등록하고 일을 했어봐. 돈 되는 확실한 거만 물어다 주지. 어때? 정식으로 한번 뛰어보는 거. 배달 다방? 한 건에 얼마씩 떨어져? 천 원도 안 되지? 이직해. 자기는 궁뎅이 보니까 딱 이쪽으로 재능 있다니까.

최지숙 아니랑께. 안 한다고.

어깨 본격적인 건 또 싫어? 그럼 지금껏 받은 화대에 벌금까지 해서…… 500 내놓든가.

이말년 5…… 500? 미쳤구나, 정말!

박복자 그거면 돼요? 500만 원?

어깨 아이고, 사장님이 대신 내주시게?

박복자 당장은 못 줘요.

어깨 장난하나?

박복자 일수 찍읍시다.

어깨 뭘 믿고?

박복자   도망 안 가. 못 가지, 나는. 남편이 병원에서 벌써 1년째 자리보전 중이야. 돈 벌어볼까 하고 시작한 다방이라 전부 빚인 데다가 하루만 쉬어도 남편 병원비 못 대. 오늘 보니 사람 찾자고 들면 금방 같은데 내가 어딜 가겠어?

박복자, 주머니에 가지고 있던 현금을 꺼낸다.

박복자   오늘 매상은 이게 다야. 한 달에 한 번씩만 와. 나도 장사는 해야 하니까. 10만 원씩. 5년 거치. 두 달은 이자. 그 이상은 못 해, 나도. 일수 찍을 거야, 말 거야?

어깨   사장님이 똑부러지시네. 반갑수다.

어깨, 커피를 한번에 들이키고는 일어난다.

어깨   그럼 다음 달에 봅시다. (최지숙에게) 언제든지. 갑니다.

어깨, 나간다.

이말년   복자야, 복자야, 박복자! 우리 복자 한 칼 있네.

최지숙   이러니 마담 언니제. 달리 마담인가…….

박복자, 자신에게 다가온 최지숙을 밀친다.

이말년 미친년이 정말 너 제정신이야? 아니 간이 배 밖에
나와도 유분수지. 어떻게 그래? 이 바닥이 어떤
바닥인데 뭣도 모르고 설쳐, 설치기를. 너, 박 마
담 아니었으면 벌써 장기 각서야. 그다음은 쥐도
새도 모르게 끽! 알아?

최지숙 아, 갔자네. 아따, 쑈 좀 그만하씨요. 아! 왕언니가
소개 안 했소?

이말년 그래, 니 개또라이 서방! 그놈이 알기라도 하면
어쩐다니? 아우, 나는 그 미친 꼴 더는 보고 싶지
가 않다. 개병신 새끼. 어디 할 짓이 없어 지 마누
라를, 세상에, 이 골목에서 저 골목까지 끌고 다
니며 팼다니까. 한두 번이었어야지. 아우, 징글징
글해.

박복자 둘 다 나가.

이말년 뭐?

박복자 왕언니 가게 할 거야?

이말년 아니. 내가? 언제?

박복자 그럼 용건 끝났네. 나가. 그리고 너, 짐 싸서 나가.

최지숙 못 나가요. 갈 데 없어. 갑자기 짤리면 그 새끼가
무슨 일이냐고 지랄일 텐데…….

박복자 일 벌이기 전에 그 생각부터 했어야지. 어디 여기
를 몸 파는 그런 데로 만들어! 나, 자랑스럽지는
않아도 부끄럽지 않으려고! 그렇게 칼같이 장사
하는데 니가 이렇게 한번에 진창을 만들어? 나
가! 당장!

최지숙, 박복자한테 매달린다.

최지숙   돈이 급해서어 그래서 딱 두 번이었소. 딱 두 버
언! 그 사장님이 하도 징그럽게 매달려가꼬 불쌍
하기도 하고. 저라고 하고 싶으까이 싶기도 하고
이. 하도 안됐쓰스.

박복자, 최지숙을 밀친다.
최지숙, 다시 박복자에게 들러붙는다.

최지숙   내가 이이 받은 거 다 드릴랑께이. 다시는 안 해.
아따아! 을마 받지도 안 했써라우.

박복자, 최지숙을 잡아서 다방 입구로 끌고 가 내팽개친다.

박복자   나가라고!
최지숙   언니! 니미 씨발 서방 그 호로새끼는 노름에 약까
지 함서 나만 보른 돈! 돈! 다방서 나오는 거 빤
히 알고 귀신같이 걷어 간디 애들 밥은 먹여야 될
것 아니요오! 눈 돌아간디 그라믄 니미 씨발, 내
안 가것쏘오.

짧은 사이

최지숙   언니, 일수, 내가 찍을랑께. 언니가 그 개새끼한테
애기할 때부터 당연히 내가 내야지 했쏘. 그란디

나는 10만 원씩은 어려웅게이. 어, 언니가 우선
내주고 내가 언니한테 일수 찍을랑께. 나 이이 저
기 한 달에 5만 원씩 해주씨요. 10년 일할랑께이.

박복자, 최지숙을 빤히 본다.

박복자	10년? 여기서 그렇게 오래? 그렇게 못 해, 너.
최지숙	애기들만 두고 나 절대로 어디 안 가요, 언니.
박복자	거짓말. 입만 열면 개구라. 나쁜 년. 개 같은 년. 니년들 둘이서. 나를 개좆으로 보면서 비웃었겠지. 나를 등쳐먹으면서. 내가 모르는 줄 알아? 아니거든.

박복자, 순간 당황한다.

박복자	무슨 욕을 이렇게 다양하게 하는 거야. 맛 안 나게?

박복자, 약을 찾아 급하게 먹는다.

박복자	다 두통 때문이야. 이거 다 가짜야. 생각을 안 하면 돼.

6장

조여오는 시간

이회중, 들어와 소파에 앉는다.

갑자기 최지숙과 이말년이 박복자 주변을 어지럽게 배회한다.

최지숙	언니, 손님 왔소.
이말년	손님은 받아야지, 뭐 하는 거야?
최지숙	손님이랑께.
이말년	물 안 줘?
박복자	알았어! 알았다고. 그만 좀 해.
이회중	뭘 했다고? 내가…….

최지숙과 이말년, 퇴장한다.

박복자, 어지러움이 조금 사라진 느낌이다.

이회중	나는 신사니까 참는다. 지금 폭발하면 대참사다!
박복자	미안해. 머리가 좀 아파서. 커피 드려요?
이회중	찬 놈으로.
박복자	쌀쌀한데. 뭐 기분 나쁜 일 있어요?
이회중	기분 나쁜 일이 어디 한두 가지야?

박복자   1번이랑 3번은 어쩌고 혼자래?

이회중, 말이 없다.

박복자   셋이서 싸우기라도 한 거야?
이회중   싸우다니! 우리가 그럴 나인가?
박복자   단단히 삐졌는데?
이회중   내가? 무슨 소리고? 나 하나도 안 삐졌는데?

박복자, 커피를 갖다 놓는다.

이회중   아니, 창식이 이 자식이 어떻게 나한테 그럴 수가
         있노?
박복자   싸웠구먼. 차 사장이 왜?
이회중   며칠 전에 정말 기적처럼 우리 골목에 삼성 납품
         건이 들어왔더라고.
박복자   무슨 일이래?
이회중   옛날에는 그런 대기업 거래처 하나씩은 다 있었
         어, 이거 왜 이래?
박복자   이 골목이 처음부터 철거 얘기 나오는 동네는 아
         니었지. 그런데 어떻게 들어온 거래?
이회중   그래서 내가 창식이 이 새끼한테 섭섭하다는 거
         아이가. 창식이 새끼가 부품 칠해서 납품하는 거
         래처 사장이 삼성 하청인기라. 거기서 새 라인이
         들어가는데 샘플 필요하다고 업자를 찾는 기지.
         그런데 창식이 그 새끼가 내가 아니라 용화주물

김 사장을 소개했다 카네. 용화 거기 지금 신났
어. 오랜만에 불 댕긴다고 김 사장 입이 귀에 걸
렸더라니까.

박복자   확실한 거야? 엎어졌을 수도 있고. 김 사장 귀에
입 걸린 거 봤어?

이회중   내가 쇳물 냄새는 또 기가 막히게 맡는다고. 요새
누가 쇠를 녹이노, 일거리도 없는데. 그런데 어제
부터 그 쇳물 냄새가 딱 나는 거라. 그래 가봤다
는 거 아이가, 내가 직접!

박복자   차 사장이 뭐 이 사장님만 소개해야 한다는 법
있어?

이회중   아니 그래도 우리는 20년을 동고동락한 파트넌
데 이거는 거의 배신 수준인 기라.

김수현과 장용금, 차창식이 들어온다.

김수현   여기 계셨네.

장용금   뭐라 그랬냐. 여기 있을 거라 했잖어. 쟈가 가면
어딜 가겠냐.

차창식   형님, 형님—.

이회중, 돌아앉아 커피를 마신다.

차창식   노조에서 들었는데 용화 김 사장님 사정이 너무
안됐더라고요.

장용금   나도 알지. 그래서 사람이 너무 순하면 안 된당게.

박복자　　그 소리는 또 뭐야?

김수현　　김 사장님이 용화 인수받은 지 꽤 되셨잖아요. 근
　　　　　데 사업자를 안 바꾸셨더라고요.

박복자　　뭐? 지금까지?

차창식　　계속 코로나 지원도 못 받고 이번에 감정평가 합
　　　　　의금도 이전 사장 앞으로 가게 생겼어요.

박복자　　아니, 그 사장 바보야? 왜 사업자 신고를 안 했
　　　　　대?

김수현　　전 사장님한테 기술부터 가게까지 물려받으신
　　　　　거잖아요. 그러니까 죄송하시다나. 사업자 넘겨
　　　　　달란 소리를 못 하셨대요.

박복자　　김 박사는 이제 여기 사람 다 됐네.

장용금　　그 전 사장 옛날부터 사람이 아주 독했당게. 월급
　　　　　안 주고 다쳐도 병원에도 안 보내고 그렇게 사람
　　　　　내보낸 게 한두 번이 아녀. 김 사장이 겁나게 잘 버
　　　　　틴 거여. 그렇게 사람 이용하는 새끼들이 있당게.

차창식　　당연히 회중이 형님 먼저 떠올렸어요. 그런데 김
　　　　　사장님 사정이 너무 딱하시다 보니 소개를 할 수
　　　　　밖에 없더라고요. 계속 그렇게 일이라도 하고 계
　　　　　셔야 증빙할 때 힘을 쓰시니까 우선 삼성 건이라
　　　　　도 물고 계시라고 소개해드린 거예요.

박복자　　잘했네! 이 사장님, 안 그래요?

이회중　　누가 그러지 말라더나? 그 얘기를 와 지금 하는
　　　　　건데? 내를 얼마나 더 쫌생이로 만들어야 속이 시
　　　　　원하겠노! 싸뭐이가 뭐 그냥 태어나는 줄 아나?
　　　　　정보와 쩐, 이게 싸나이를 만드는 거라고. 뭐 인

	마, 나는 괜찮아? 내도 일이 없어 죽겠다고 고마.
장용금	너하고 김 사장하고 같어?
이회중	김 사장 같은 사람 있으니 그럼 나는 말도 못 해요, 씨발. 언제까지 놀아요?
장용금	그걸 못 버텨? 그려도 니가 선배잖어. 돈도 김 사장보다 더 벌었고. 쫌만 더 버텨봐.

이회중, 울컥한다.

장용금	회중이 우냐?
이회중	울긴 누가 울어요? 그냥 나도 일이 하고 싶다는 거죠.
차창식	제가 생각이 짧았습니다. 형님 이렇게 절박하신 줄 모르고.
이회중	절박한 게 아니고. 말을 말자. 너 때문에 더 비참하다. 내가 정말.

이회중, 다방을 나가려다 멈춰 선다.

| **이회중** | 내가 돈 못 벌어서 이런 줄 아냐? 아이다. 내 그리 맞아가며 기술 배울 때도 하나도 힘들지 않았다. 기술이 최고니까. 나만 한 기술자 없다는 자부심! 나한테는 그거 하나야. 내가 쇳물 부어서 만든 걸로 대학생들 몇을 졸업시켰는지 몰라. 미대 졸업 작품 만들어 갔던 애들에 공대 과제한다는 애들까지. 갸들 지금도 가끔 놀러 온다. 후배도 소개 |

시켜주고. 그럴 때, 그때가 제일 뿌듯해! 아냐고!
근데 나를…… 나를 돈이나 밝히는 무식한 업자
나부랭이로 만들어?

장용금 아니, 누가 너를 업자라 그랬어.

이회중 (장용금의 말을 가로채며) 내는요! 내도 예술가요,
예술가! 불 다루고 쇠 다루는. 아시냐고요! 씨발!

이회중, 다방을 나간다.

장용금 회중아!

차창식, 따라 나가려 한다.

장용금 됐어. 그냥, 내비둬. 따라간다고 잡힐 분위기가 아
녀.

차창식 그래도요.

장용금 저녁에 소주나 한잔허자. 회중이헌티는 내가 연
락하께.

김수현 지금 저렇게 그냥 가서도 될까요?

장용금 기분이 거시기헐 때는 그냥 거시기허게 냅두는
게 좋아. 그리야 몸에 탈이 안 나. 저놈은 아주 그
냥 장수할거여.

정소중, 뒤를 힐긋하고는 황진수가 있는 걸 보고도 모른 척 천천히 다방으
로 들어온다.
뒤이어 한 손에는 쌍안경을 들고 목에 원거리 녹음기를 멘 황진수가 보인

다. 팔과 다리에 깁스를 했다. 다방으로 들어오지는 않고 정소중을 관찰만
한다.

정소중   안녕하세요?

장용금   아이고. 정 작가, 어여 와. 작업은 잘돼가고?

정소중   네에, 사장님들 도와주신 덕분으로요. 이 사장님
         은 안 계시네요. 여기 다 계실 줄 알았는데.

장용금   정 작가 왔다고 내가 문자 하께. 금방 올 거여.

정소중   사장님, 저 여기 커피 주세요.

박복자   네.

차창식   그래서 장소는 어디로 알아보고 있어요?

정소중   그게 지금 제일 문제이기는 한데요, 러시아로 나
         가기가 어려울 거 같아요.

장용금   암만해도 전쟁 중잉게. 비행기값도 장난이 아니
         지?

정소중   기술자들 다 가셔야 하니까 만만치가 않네요. 전
         쟁 통에 유가가 너무 올랐어요. 물가도 장난이
         아니고. 유럽이고 어디고 다 마찬가지예요.

장용금   하여튼 가진 것들이 더 한당게. 땅덩어리도 넓은
         놈들이 독립헌다면 독립 좀 허게 놔두지. 그걸 붙
         잡고 늘어지고 난리여, 난리가! 21세기에 전쟁이
         웬 말이여.

차창식   차라리 고흥으로 갈까요?

김수현   고흥이요?

차창식   나로우주센터 발사대를 대여해서 하면요?

정소중   알아봤는데요, 발사대 한 번 이용하는 데 16억이

김수현	드럽게 비싸네.
차창식	고흥까지 싣고 가야 하니 운반비만 해도 만만치 않겠구나.
정소중	비용도 비용이지만 혹시라도 기사화돼서 노출이라도 되면 곤란하지 않을까요?
장용금	그거는 절대 안 되지.

노출이라는 말에 황진수는 약간 격하게 반응한다.

박복자, 커피를 가지고 온다.

장용금	근디 요새 그놈 안 보이네. 정 작가 스토커.
정소중	(급히 말을 막으며 작게) 황진수 씨요? 밑에 있어요.
장용금	(작게) 밑에 어디?

장용금, 일어나 창문 가까이 가서 살핀다.

| 박복자 | 모른 척해요. 애 놀라요. |

장용금, 다시 자리에 와 앉는다.

장용금	뼈 뿌려진 거는 아직도 안 붙었는갑네?
박복자	그게 그렇게 금방 붙나요. 것보다. 그 참에 애를 아예 입원시켰던 모양이에요.
김수현	그런데 저러고 돌아다녀요?
박복자	병원에서 자꾸 자해를 해서 그냥 나가고 싶은 데

로 가라고. 퇴원을 시켰대요. (정소중에게) 엄마한
　　　　　테 전화받았지요?

정소중　　네. 좋은 분 같으시더라고요.

박복자　　진수도 그래.

정소중　　그렇더라고요. 처음에는 좀 무서웠는데 지금은
　　　　　아무렇지도 않아요. 저한테 해코지하고 그러지는
　　　　　않으니까요.

장용금　　쟈 엄마는 전화를 안 하는 데가 없네. 번호는 또
　　　　　어뜨케 알았으까? 진수가 엄마를 닮았는갑다야.

박복자　　그런 농담 하고 싶어요?

장용금　　(헛기침을 하며) 하긴 뭐 이르케 쫓아다닐 날도 얼
　　　　　마 안 남았어.

차창식　　아무래도 이 우주선 작업이 청계에서의 마지막
　　　　　작업이 되지 싶어요.

정소중　　정말요?

박복자　　최근에 삼성인가 이 사장이 울고불고한 거 있잖
　　　　　아.

차창식　　금방 끝났어요. 샘플 몇 개 만들어보던 거라.

장용금　　다른 일거리도 안 들어오고. 우주선 올라가기 전
　　　　　에 이사 준비도 허고 그러면 그기 마지막이 되것
　　　　　네. 여그서 마지막 작업.

황진수, 또 반응한다.

장용금　　시간이 어째 요로코롬 빠른지 모르것다.

전화벨이 울린다.

박복자, 깜짝 놀라 전화를 받는다.

| 박복자 | 여보세요? 아, 네에. 네에. 죄송해요. 놀라셨죠? 저는 괜찮아요. 네에, 제가 오늘은 일찍 들어갈게요. 네에, 들어가세요. |

박복자　　여보세요? 아, 네에. 네에. 죄송해요. 놀라셨죠? 저는 괜찮아요. 네에, 제가 오늘은 일찍 들어갈게요. 네에, 들어가세요.

장용금　　누군디 그렇게 받어?

박복자　　우리 남편 돌봄이 선생님. 남편이 발작을 일으켰대요.

김수현　　가보셔야 하는 거 아니에요?

박복자　　처음도 아니고. 지금은 괜찮아졌다니 좀 일찍 퇴근하면 돼요.

차창식　　어째 요즘 자주 그러시는 거 같아요.

박복자　　그러게. 잦아졌네. 영감탱이 드디어 죽을 때가 됐나?

정소중　　사장님…….

박복자　　(일부러 화를 내듯 퉁명스럽게) 왜? 나 징그러워요?

정소중　　아니요. 오래 돌보셨다는 얘기 저도 들었어요. 아무나 못 하죠. 사장님은 진짜 하늘에서 내려온 여왕님이세요. 아름답고 멋지세요.

박복자　　아이쿠야! 뭔 소리래? 작가님은 작가님이시네. 거짓말도 술술.

정소중　　정말요.

전화벨이 다시 울린다.

이말년이 보인다. 늙은 모습이다.

복자, 전화를 받는다.

이말년   아, 왜 이제 받는 거야.

박복자   벨소리부터 짜증스럽더니 어쩐 일이야.

이말년   안부 물을 줄 몰라? 전화 예의하고는.

박복자   월세 들어갔을 텐데?

이말년   감정평가 나왔으니 얼마 받는지 알지?

박복자   언제 보낼 건데?

이말년   썩을 년이 정말…… 사람 말은 듣지도 않고 따박따박.

박복자   사람으로 봤어야지.

이말년   개쓰……. 내가 왜 열을 내. 월세 올릴 거야!

박복자   연말이면 허물 건물에 무슨 월세를 올린다고? 그리고 5프로 이상 인상 안 되는 거 알지? 월세 상한선이라는 게 있어요, 왕언니.

이말년   5만 원! 5만 원이면 5프로지? 이번 달부터 올려내. 아니면 보상금에서 깎고.

박복자   보상금을 왜 끼고 있겠다는 건데? 나 이사 나갈 거니까 내놔.

이말년   언제? 언제 이사 나갈 건데?

박복자, 말이 없다.

이말년   날짜를 말해. 월세 빼고 그대로 입금해줄게.

이말년, 박복자에게 다가온다.

이말년	못 나가지. 보상금에 여기 보증금 더해도 어디 전세도 못 구하는 그 돈으로 어딜 가겠어? 꼴에 자존심 세운다고 따박따박 씨부려대는 지금 니년 꼴이 얼마나 같잖은지 알아?
박복자	니가 그때 지숙이를 붙잡지만 않았어도 내가 벌써 나가고 없지.
장용금	박 사장, 진정혀.
이말년	니? 니? 너 말 다 했어! 그 레퍼토리 왜 안 나오나 했네. 야, 다 자기 선택이지. 누가 누굴 붙잡아?
박복자	니가 그때!

박복자, 말을 하려고 하는데 생각이 안 난다.

박복자	그러니까…… 그때…….
이말년	미치고 팔짝 뛰겠네. 지가 돈 필요하다고 한 달만 더 일하겠다고 하다가 그 미친 새끼가 또 눈 돌아서는. 아휴, 말하기도 지겨워. 아니, 지 서방한테 맞아 죽은 걸 왜 내 탓을 해, 왜? 아주 재수가 옴 붙으려니까 아니 남의 건물에서 그 무슨 지랄이야. 싸우고 쥐팰 거면 지네 집에서나 할 일이지.
박복자	(혼잣말처럼) 서방한테 맞아 죽어? 그랬었나?
이말년	나는 뭐, 평생 아이고 시원하다, 아이고 잘 죽었네, 그러면서 사는 줄 알아? 나도 트라우마야. 그 다방만 들어서면 끔찍해 죽겠다고. 팔려고만 하면 사람 죽은 자리라고 떠들어대서 계약도 못 하

게 해. 나가지도 않아. 자그마치 20년째야, 20년
째.

박복자 나는 절대 못 나가지. 계속 사람 죽은 자리라고
떠들 건데? 이 월세를 포기한다? 미쳤어? 나 아니
면 있겠다는 사람 없지? 내 알지. 그리고 19년이
야, 정확히는. 셈도 못 하나?

이말년 돈 돈 돈, 그놈의 돈! 그 돈 때문에 니가 니 발목
잡고 평생을 그러고 있는 거야. 알아, 이 개같은
년아. 이제 철거된다는데 어쩌나? 그대로 매장되
겠네. 아주 생매장 꼴이 나셨어요. 이렇게 꼬실 수
가 없어. 내 백 년 묵은 체증이 다 내려가요.

박복자 나한테 할 소리는 아니지. 돈독 오른 건물주 주제
에.

박복자가 전화를 끊어버리면 이말년은 사라진다.
차창식, 잠시 안절부절못하다가 다른 이야깃거리를 찾는다.

차창식 아…… 참, 길 건너 골목 끝에 먼저 나가신 우진
공업 자리 있잖아요. 거기 뭐 가게 같은 게 새로
들어오나 봐요.

장용금 아…… 가게? 다 무너질 건디 머 덜라고?

차창식 그게…… 젊은이들이 여럿이 같이 임대했다고 하
던데 저도 자세히는 모르겠어요.

장용금 그려……. 여서 장사할라 그렁가? 희한한 사람들
이네. 여 뭐 볼 거 있다고.

박복자, 여전히 말이 없다.

김수현　　아! 자개 상자가 딱 보이는 곳에 있네요.

잠시 사이

차창식　　박 사장님 찾으시던 증빙 자료는 그럼 완료네요?
박복자　　내가? 무슨 증빙 자료?
차창식　　벽에 묻어둔 자개 상자니까 그 안에 뭐라도 있을
　　　　　　거라고 회중 형님이 그러시던데?
박복자　　아니야. 없어. 이 사장님 잘 모르면서 그냥 또 아
　　　　　　무 말이나 했나 보네.
김수현　　그럼 뭐 들었어요? 저기.

박복자, 자개 상자를 바라보기만 한다.

장용금　　선반에 떡허니. 저렇게 보이게 냅둬도 되는 거여?
박복자　　당연하죠. 잘 보이라고 저기 됐어. 잊어버리지 않
　　　　　　게.
장용금　　그렇게 더 궁금허네잉.
박복자　　안에는 아무것도 없어. 빈 상자.

박복자, 자개 상자 쪽으로 가서 상자를 든다. 천천히 어루만진다.

박복자　　낡았지만 예뻐서 쓸모없게 된 게 여기랑 딱 어울
　　　　　　리잖아. 그래서 저기 됐지.

7장

선택

무대 어두워지면서 TV만 켜진다.

자개 상자를 들고 있는 박복자만 잘 보인다.

박복자, 갑자기 켜진 TV를 본다.

이어 이명박이 청계천 복원을 공약으로 내건 뉴스가 나온다.

영상이 진행되는 동안 무대 밝아지면 장용금이 중년의 모습으로 카페에
앉아 있다.

장용금 외에는 아무도 보이지 않는다.

장용금   혼자…… 계시네요.

박복자   어서 와요.

박복자, 젊어진 장용금을 보고 놀란다.

박복자   어째 이래 젊어졌대요?

장용금   섭섭허네요. 인제 오십댄디 저 한창이랑게요.

장용금, 박복자에게 유독 수줍음을 탄다.

박복자	장 사장님, 오늘 유난히 귀엽네요.
장용금	귀엽……. 제가요? 어디가…….
박복자	우리 장 사장님, 싸나이인 줄만 알았는데 그때 그 시절에는 참 순진했어요.
장용금	놀리지 말어요.

TV에서 이명박이 시장으로 당선된 뉴스가 나온다.

| 박복자 | (혼잣말처럼) 이명박 시장 당선이면 몇 년도야. 저 뉴스 들려요, 장 사장님? |

장용금에게는 뉴스 소리가 들리지 않는지 반응이 없다.

젊어진 이회중, 들어온다.

이회중	장 사장님 여기 계시네요.
장용금	어이, 이회중이. 어쩐 일이여? 점심시간도 아닌디?
이회중	사장님이 잠시 자리 비우셔서요. 저도 심란하고 해서 커피나 마실까 하고.
박복자	이 뉴스 안 들려요?
이회중	사장님은 어쩐 일이세요?
장용금	다방에 커피 마시러 오지, 어쩐 일은. 글고 성님이라고 하랑게. 몇 번을 말혀.
이회중	예, 형님.

이회중, 장용금에게 무척이나 공손하다.

화면에는 청계천 복원 공사에 대한 찬반 논란 관련 뉴스와 박경리 등 예술가들이 지지하는 뉴스가 나온다.

박복자   안 들리나 보네. (혼잣말처럼) 딴따라들이 참 애 많
          이 썼어. 그럼 뭐 해. 복원 공사 하면 노점상 상인
          들 결국 다 쫓겨나는데 저게 다 무슨 소용이야.
          그게 이제 내 일이 됐어. 우리까지 쫓겨날 줄 누
          가 알았어. 여기서 천년만년 돈 벌며 살 줄 알았
          는데.

다시 공사가 시작되었다는 뉴스, 내몰리는 상인들과 갈 곳 없어진 상황에
대한 뉴스가 짧게 이어진다.

이회중   박 마담! 박 마담!

박복자, TV를 끈다.

박복자   네, 커피 드려요?
장용금   박 마담님, 박 마담님!
이회중   예, 형님!
장용금   바쁘신 거 같은디 커피 두 잔만. 그래도 되까요,
          박 마담?
박복자   그럼요.
이회중   다방에 와서 커피를 시키는 게 당연한 건데 될까
          요…… 지요. 예, 형님!

이회중, 냉장고에 가서 물을 꺼내 마신다.

218

장용금   이명박이 당선되더만 허는 꼬락서니 봐라. 용역 불러다가 새벽에 싸그리 밀어버리는구마잉. 길바닥에 오뎅이고 순대고 난리가 나부렀어, 아주 그냥. 머 더는 짓이여 저게. 인자 저 노점상들 다 어뜨케 되는 거여. 깽판이구마잉.

이회중   그렇네요, 형님.

장용금   저게 바로 화장실 갈 때허고, 나올 때 다른 사람 마음인 거여. 표 찍어달라고 헐 띠는 세상 죄 다 지은 사람마냥 내 앞에서 굽신거리드마는 시장 되이까는 공약이고 뭐고 다 지 허고 싶은 대로 허는 거 봐. 돈 있는 놈덜이 저덜 돈 지켜줄 놈 뽑지 우리 같은 사람덜 신경이나 쓰간디. 글먼 돈 없는 놈이라도 우리 돈 키아줄 놈을 뽑아야 허는디 어뜨케 이 모양이냔 말여.

이회중   그러게요, 형님.

장용금   너는 인자 어쩔라고?

이회중   예?

장용금   앞으로 말이여. 청계 복원허고 여그 공사 들어온다는디 너는 어쩔 거냐고.

이회중   아…… 고민 중이에요.

장용금   너덜 사장이 가게 인수하라 그랬담서?

이회중   어떻게 아셨어요?

장용금   이 골목에 비밀이 어딨냐.

이회중   그렇구나.

장용금   인수혀.

이회중   예?

장용금	노점상 밀려도 우리는 건재하잖여. 지금이 기회라니께. 니 가게 차리고 니 장사 혀. 너덜 사장이 거래처도 몇 군데 넘겨준다고 했담서. 그런 사장 잘 없다.
이회중	그런데 인수하려니까 권리금이…….
장용금	그거 비싸다고 생각하면 내 장사는 절대 못 해.
이회중	우리는 안전하겠죠?
장용금	여기 이 안에까지는 못 건드려. 여기가 얼마나 그 물망맹키로 촘촘헌디. 우리가 호락호락허이 가만히 있것냐?
이회중	매일 방송에서 저렇게 떠들어대니까 불안해지네요.
장용금	재개발 소리는 일제강점기 때부터 나왔당게. 근데 어뜨케 됐어. 여그 살던 사람들 어디 보낼 데가 마땅찮았거덩. 지금도 봐. 이 많은 기술자들을 다 어디로 보낼 테나 있간디. 불가능해. 청계천 복원허먼 상인들도 안정될 거고. 다들 돌아와 그 자리서 일 그대로 한당게. 긍게 우리는 우리만 잘 허먼 되는 거여.
박복자	(멀리서 혼잣말처럼) 답답한 소리들 한다, 정말.
이회중	정말 그럴까요?
장용금	청계 기술 이거는 우리나라 경제 기반여. 손을 어뜨케 대겄냐. 인수하고 니 장사 혀. 내가 도와주게.
이회중	아이고, 형님이 계시면야 저야…….
박복자	우리도 다 밀려난다고. 이 바보들아! 우리도, 저

노점상처럼!

젊은 이말년, 급하게 들어온다.

이말년　　　　저기, 그러니까 옷 좀. 어머 장 사장님이랑 회중이

　　　　　　　삼촌이네?

박복자　　　　뭐 달라고?

이말년　　　　사장님과 삼촌들 죄송한데 잠시 고개 좀 돌려서

　　　　　　　커피에 집중해주실래요?

이말년, 박복자에게 눈짓을 한다.

박복자, 단박에 알겠다는 표정을 짓는다.

박복자　　　　장 사장님?

장용금　　　　어뜨케…… 이러면 되것어요, 박 마담. 뭐 더냐,

　　　　　　　돌려.

남자들, 벽을 보고 있는 듯한 시선으로 커피를 마신다.

이말년　　　　(박복자에게 조용히) 안에 입을 거. 뭐 티나 바지 있

　　　　　　　어?

박복자　　　　다락에 뭐라도 있지 싶은데…….

이말년　　　　아, 빨리, 급해!

박복자는 다락을 뒤지고, 이말년은 다방 문을 열더니 들어오라는 손짓을
한다.

이말년의 윗도리를 입고 아랫도리는 속옷 외에는 안 입은 거 같은 최지숙이 다방 안으로 들어온다.

박복자, 그 모습에 잠시 놀라지만 장용금과 이회중을 의식해 찾아낸 원피스를 재빨리 최지숙에게 입힌다.

박복자   장 사장님, 커피 다 드셨어요?

장용금   아, 다 먹었어요.

박복자   그럼 그만 일어나시죠. 저희 이제 배달도 나갈 거
           고 해서.

장용금   아아, 가야죠. 머 뎌? 인나.

이회중   예, 형님.

이말년과 박복자가 최지숙을 살짝 가린다.

남자들, 최지숙이 있다는 걸 알지만 말 걸지 않고 모른 척 다방을 나간다.

이말년   또 와요, 멋진 사장님들.

두 사람이 나가자 최지숙이 모습을 드러낸다. 머리는 심하게 헝크러져 있고 온몸이 멍 자국이다. 입가는 찢어져 있다.

이말년   여름 원피스를 주면 어떻게 해? 이 가을에.

박복자   있는 게 그것뿐이야. 그건 왜 다락에 처박혀 있었
           는지. 또 맞았니?

최지숙   네.

박복자   너 언젠가는 그놈한테 맞아 죽어.

최지숙   그럴 거 같아요. 좀 덜 아프게 한번에 죽여줬으면

	좋겠는데.

박복자   그런 말이 어딨어?

최지숙   그라제. 그래도 인냐 이이 오늘은 팬티 부라자는
          차고 있어가꼬 드을 쪽팔려 부러써어. 그 호로새
          끼가이 인자는 떡칠 힘도 없는가아. 그라고 뚜드
          러 패고 나므는 꼬옥! 떡 한 번 쳤는디 인자는 안
          하드라고. 그래가꼬 그란가아. 홀딱 베끼지를 안
          는당께. 아— 나야, 뭐 인자 온 동네방네 내 보지
          안 까도 되고, 이라고 다방까지 도망온 게 얼마
          나 좋은가이. 아따, 내가 동네 보지였당께이.

최지숙, 웃다가 찢어진 입 안쪽 때문에 쓰라려한다.

최지숙   아따, 니미 씨발. 이도 나가부렀네이. 아, 왕언니.
          담배 좀 조보씨요이.

이말년   너는. 너는! 도망을 나와도 항상 지갑이랑 담배
          는 꼭 챙기라고 했지.

최지숙   아따이, 눈이 안 떠진디이.

이말년   드럽게도 부었네. 아니, 그 새끼는 생각이 있다니
          없다니. 몸뚱이로 돈 벌어서 갖다 바치는데 거기
          다가 주먹질이야? 또라이 새끼 같으니.

이말년, 지갑에서 담배를 찾는다.

끄지 않은 TV에서 영화 <알라딘>의 홍보 영상이 나온다.

박복자는 TV를 꺼버린다.

최지숙은 영화 <알라딘>의 'A Whole New World'를 흥얼거린다. 'A

Whole New World'란 소절만 잘 들리고 나머지 영어 가사는 전혀 모르는
듯하다.

이말년   이 순간에도 노래가 나와?

최지숙   아, 텔레비전에 나왔자네. 언니, 〈알라딘〉 아요?
응? 하늘을 씽씽 날아다녀부러. 그 호로새끼가
나 처음 꼬실 때이…… (웃으며) 극장에 데려가가
꼬이 처음 같이 본 영화가 이거여어. 그때는 이이
그 호로새끼가이 내 손을 잡고 싶어가꼬이 사시
나무 떨 듯이 떨었는데이. 아따, 나도 영화를 어
찌고 봤는지 모르겠당께. 나중에 애기들 보라고
하앙시 어린이 TV 틀어논디 이거시 나오는 거여
어. 아따, 〈알라딘〉 안 머싰소오? 양탄자를 타고
잉 씽씽 날아다닌당께. 다리를 우째 저냐 안 물어
보더라고. 아, 안 물어본 사람이 처음이었당께. 그
호로새끼가.

최지숙, 다시 'A Whole New World' 부분만 나직이 부른다.

이말년   알라딘 그 새끼는 뭐 다를 거 같니? 공주 덕분에
왕 되고서는 마누라는 내팽개치고 술이나 처먹
겠지. 양탄자는 개뿔!

최지숙   아니, 그라믄 자스민 공주도 불행한 거 아니요오.
아따, 너무 속상한디!

이말년   자스민이 누구야?

최지숙   아따아. 알라딘 부인 아니요오!

이말년	미쳤니? 돈 있는데 왜 불행해. 젊은 시종이랑 즐길 거 다 즐기고, 그래 자스민은 양탄자 타고 그 위에서 하겠네. 그거야말로 진짜 하늘을 나는 기분 아니니?
최지숙	아따, 나도 양탄자 하나 있었으믄 조커따! 하늘을 씽씽 나는 양탄자!

이말년, 자기 말에 신이 나 웃는다.

최지숙, 따라 웃는다.

박복자, 두 사람을 어이없이 쳐다본다. 머리가 아파온다. 약을 하나 털어먹는다.

박복자	도망가.
최지숙	아따, 지견 거, 그 소리. 나 안 나간당께.
이말년	그래 애. 또 잡힐 건데 뭐 하러 힘을 빼냐…….
박복자	입도 뻥긋하지 마, 언니는.
이말년	애는! 대책은 세우고 도망을 가도 가야지, 아니면 결국 잡혀서 정말 뼈도 못 추리게 맞아요. 한 달이나 입원했던 거 벌써 잊었어? 또 입원하고 장사 못 하고 그러면 그때는 어쩔 건데?
박복자	그렇지, 그거 때문이지.
이말년	무슨 소리래?
박복자	언니 뽀찌 못 받을까 봐 애 살살 꼬셔서 여기 붙잡아둔 거잖아. 어디 못 가게. 내가 몰라, 그걸? 언니 때문에…… 언니 때문에. 이번에는 절대 안 돼.

박복자, 주머니에서 돈을 꺼낸다. 카운터 밑에 쟁여놓은 다발 몇 개도 꺼낸다. 모두 돈이다. 그리고 신발을 벗어 최지숙에게 준다.

이말년	어머, 가게에 비상금도 뒀어? 배달 나갔다가 누가 가져가면 어쩌게?
박복자	어디 두는지 아는 사람만 가져갈 수 있으니 범인은 정해져 있네.
이말년	야! 나 안 그래, 절대.
박복자	신어. 썩을 년이 그 키에 발이 어쩜 그렇게 작니?
최지숙	언니, 진짜 왜 그런데?
박복자	어디든 가, 제발. 맞아 죽을 수는 없어.
최지숙	내가 죽는대? 그럼 우리 애들은?

짧은 사이

박복자	그럼 이게 죽은 삶이지 산 사람 꼴이니! 애들 걱정하지 마. 니가 어디든 정착하게 되면 나한테 전화해서…… 길게 말할 것도 없어. 그냥 동만 얘기해. 내가 애들 데려다줄게. 안 키울 거면 그렇게 해. 고아원도 좋아. 지들 팔자지. 괜찮아. 그게 무슨 대수야. 낳아줬으면 할 일 다 했어. 그러니 가! 가라니까 뭐 하고 섰어!
최지숙	나 이대로 가라고?
박복자	그래! 니 남편이 금방 왔어. 금방 왔다고. 그 전에 내가 뭘 해야 하는데……. 그게 뭐였더라. 생각이 안 나. 중요하지 않아. 일단 얼른 가라고.

이말년, 그사이 박복자와 최지숙 모르게 어딘가로 전화를 걸려고 수화기를 든다.

박복자	그 전화기 딱 내려놔.
이말년	아니, 급하게 전화할 데가 있어서 그러는 건데 왜 남의 전화를…….
박복자	지숙이네 집으로 하는 거잖아. 남편을 불렀어, 저 언니가. 그거 내려놔. 당장!
이말년	거기 할 거 아니었어.
박복자	아니든 기든, 당장!
이말년	아, 알았어.

박복자가 시선을 최지숙에게로 돌리는 아주 짧은 찰나 이말년은 재다이얼 번호를 누르고 수화기를 삐딱하게 놓아 끊기지 않게 둔다. 박복자는 알아차리지 못한다.

박복자	가. 정말 가야 돼. 그럼 바뀌는 거야.
최지숙	언니 오늘 특별나게 더 이상하네이.

최지숙, 박복자의 기세에 눌려 움직이기 시작한다.
이말년, 문 앞을 가로막는다.

이말년	이렇게는 안 되지. 내 돈은 안 갚고 갈 생각이야?
박복자	왕언니.
이말년	계산은 하고 가야지. 지숙이 처음 다방 와서 옷 사 입고, 화장품 사고, 방 사글세에 내가 투자한

돈이 얼만데. 그거 저년이 다 갚는다고 하고 빌려
간 돈이었다고. 그런데 그냥 가? 내가 몰랐으면
모를까 절대 안 되지.

최지숙, 이말년을 바라본다.

이말년　　복자 년이 얼마 줬어?

최지숙, 아무 말이 없다.
이말년, 갑자기 정신없는 최지숙을 소파에 앉힌다.

박복자　　뭐 하는 거야? 그 손 놔. 얘 가게 두라고.
이말년　　차분히 생각을 해보자고. 이제 정말 잡히면 안 되
　　　　　　잖아. 방법을 세워야지. 복자 니년이 더해. 나가라
　　　　　　고 소리만 지르면 끝이야? 집도 절도 없는 혈혈
　　　　　　단신들끼리 작당이 되냐고…….

박복자, 최지숙에게 다가온다.

박복자　　안산으로 가. 가까우면 더 못 찾는 법이야. 거기
　　　　　　우리 친정 엄마 혼자 계신 거 알지? 그리로 가 있
　　　　　　어. 거기서 기력 회복하면서 어디로 갈지 뭘 해 먹
　　　　　　고살지 생각을 해보자. 다방엔 다시는 들어오지
　　　　　　말고.
최지숙　　언니야.
박복자　　청승 떨 시간 없어. 빨리 가.

최지숙이 박복자에게서 떨어져 다방 문 쪽으로 다가가는데 이말년이 문
앞에 선다.

박복자   저 미친년이 진짜 죽고 싶어 환장을 했나. 안 비
               켜?

이말년   이년이 어디 언니한테 지랄이야. 다방 접고 싶어
               환장했어? 빌릴 때는 좋고 갚으라고 하니까 그냥
               내빼겠다는 게 이게 말이 돼? 제발 좀 상식적으로
               생각하자. 이 또라이 년들아!

그러는 사이 최지숙의 남편이 칼을 들고 멀리서부터 다가오는 소리가 들
린다.

남편   (목소리만) 최지숙이! 오늘 너 죽고 나 죽자! 너 다
               방에 있는 거 다 알아! 당장 안 내려와!

최지숙   나 어떻게 해요, 마담 언냐?

박복자   기어이 니년이…… 니년이 저놈을 불렀어?

이말년   누가 뭘 불러? 전화 끊어버렸잖아.

최지숙, 내려가려 한다.
박복자, 최지숙을 붙잡는다.

박복자   미쳤어? 내려가지 마. 여기 문 잠그고 나랑 있으
               면 돼.

남편이 최지숙을 부르는 소리가 계속 들린다.

최지숙, 내려가려 한다.

박복자, 소파로 입구를 막는다.

최지숙　　아따, 문 부셔불고 들어올 거여. 그라믄 돈 들자
　　　　　　네. 아따, 수리는 누가 공짜로 해준다 카요!

박복자　　왕언니, 애 좀 붙잡아.

이말년　　내가 왜?

박복자　　사람 죽는 꼴 보고 싶어?

이말년　　아, 알았어. 소리는 왜 지르고 난리야.

이말년까지 와서 최지숙을 붙잡는다.

최지숙, 이말년의 팔등을 문다.

이말년은 비명을 지르며 떨어지고 그 틈에 최지숙은 부엌에서 칼을 들고
나온다.

이말년　　남의 팔등은 왜 물어?

최지숙　　으응! 언젠가는 이이! 꼭 한번 물어뜯어불고 싶었
　　　　　　쏘이.

이말년　　미친년!

최지숙　　마담 언니! 이래가꼬는 못 벗어나거쏘. 절대로 안
　　　　　　끝나제. (잠시 웃다가) 내가 이! 저 호로새끼 죽여
　　　　　　부러야것소! 그래야 다 살제. 아 — 지만 겁줄 줄
　　　　　　안가. 나 가네이! 언니, 우리 애기들 저녁 좀 챙겨
　　　　　　주씨오. 언니만 믿쏘이!

박복자　　지숙아! 지숙아!

최지숙, 뛰쳐나간다. 삐 소리가 길게 들린다. 최지숙의 비명 소리다.

잠시 사이

이말년, 밖을 내다보다 놀라 비명을 지르며 주저앉는다.

이말년　　지숙이, 칼 맞았나 봐. 어떻게 해. 어떻게 해!

이말년은 사방을 살피는데 박복자의 반응이 없자 냅다 도망친다.

박복자　　어째 이래? 이거 다 내 환상 아니야? 그런데 왜
　　　　　　환상적이지가 않아?

박복자, 자개 상자를 찾아 닦다가 닫았다 열었다를 반복한다.

박복자　　좀 더 멀리. 더 뒤로. 제발. 응? 어떻게 하면 되는
　　　　　　거야.

박복자, 너무 힘을 주는 바람에 뚜껑이 떨어져버린다.

박복자　　이걸 어째? 어떡하면 좋아.

박복자, 갑자기 자기 머리를 쥐고는 짜듯이 때리듯이 한다.

박복자　　니 머릿속은 어째 이래? 왜 이 따위로만 자꾸 흘
　　　　　　러가? 다들 다시 살아볼 수 있잖아. 평범하게 그
　　　　　　렇게. 그게 뭐 그렇게 대단한 일이라고 이렇게도
　　　　　　안 되는 거야?

사이렌 소리와 앰뷸런스 소리가 시끄럽게 울린다.

무대 어두워진다.

8장
아이스 아메리카노와 죽음

작업복을 입은 사람들이 접근 금지 띠를 다방 입구와 건물 전체에 친다.
재개발 안내문을 잘 보이는 곳에 세우고 종이로 인쇄한 안내문도 붙인 후
퇴장한다.
'청년커피'라는 간판이 걸린다. 수성다방의 길 건너 골목으로, 을지로 OB
베어 근처다.
장용금이 아메리카노를 들고 나오고 뒤이어 김수현과 이회중, 차창식, 정
소중이 줄줄이 나온다. 모두 아메리카노 테이크아웃 잔을 들고 있다.
앞치마를 한 청년이 따라 나온다.

김수현	드시고 가셔도 되는데.
장용금	괜찮어. 앉을 데도 없구먼, 뭐.
청년	처음 오셨는데 음악도 들으시고 화장실도 이용하시고 그러면 좋죠.
이회중	화장실도 만들었어요?
청년	네, 카펜데 당연히 있어야죠. 수도 끌어다 했어요.
차창식	비용이 만만치 않았을 텐데?
청년	제가 원래는 인테리어를 했어요. 설비는 거의 원가나 다름없어서요.

정소중　　　직선과 모서리를 감싸 안는 날선 친절. 도시의 차
　　　　　　가운 커피 머신, 그 어지러운 속도감. 서로의 온기
　　　　　　를 나누는 개인조차 수용하지 못하는 이 날카로
　　　　　　운 질감. 슬퍼. 이 커피 컵은…… 버려지는 모든
　　　　　　것들의 상징. 일회일 수밖에 없는 우리 인생을 대
　　　　　　변하는가? 여기 사장님에게서는…….

이회중, 정소중을 잡아끈다.

장용금, 청년을 위아래로 훑는다.

장용금　　　참 희한허네.

이회중　　　그러게요. 잡고 있으니 엄청 뜨겁네.

청년　　　　뚜껑 덮어드릴까요? 컵 홀더도 있는데.

이회중　　　그거까지는 뭐 필요 없고.

청년　　　　산미는 괜찮으세요?

이회중　　　산미?

청년　　　　원두 볶는 정도에 따라 신맛이랑 여러 가지 맛이
　　　　　　결정되거든요. 그게 제일 중요하죠.

차창식　　　맛있어요. 익숙지 않아서 그렇지, 따뜻하고 양도
　　　　　　많고.

이회중　　　좀 신맛이 나기는 해. 탄 맛인가?

김수현　　　와, 대박! 커피 맛 다 느끼고 계시네요.

이회중　　　내가 또 이 혀가 보배거든. 뭐든 찍어 먹어보기만
　　　　　　해도 간이 맞나, 안 맞나 딱 알지.

장용금　　　콩 볶아서 물에 걸러내는디 탄 맛 나는 거야 당
　　　　　　연허지.

이회중	형님은 시작하는 청년들 응원을 못 할망정 태운
	맛이라니요.
장용금	아, 그만 가!

장용금이 버럭하면서 앞장서는데 박복자가 무대로 들어온다.

장용금, 들고 있던 커피를 뒤로 숨기다 쏟는다.

| 장용금 | 앗! 뜨거. |

박복자, 핸드백에서 수건을 꺼낸다.

박복자	가만히 들고 계시지 뜨거운 걸 왜 흔들어요.
장용금	뭔 일여?
박복자	월말이잖아요. 은행 갔다가.
김수현	박 사장님, 이거 진짜 좀 어색할 수 있는 상황이
	긴 한데요, 완전 제대로 설명드릴 수 있어요. 전
	혀 그런 거 아니거든요.
박복자	김박까지⋯⋯. 다들 여기 서서 뭐 해요?

박복자, 슬쩍 가게를 둘러본다.

박복자	응, 이제 영업 시작하나 보네요.
청년	네, 안녕하세요.
박복자	전에 부동산 사장님하고 인사했던 청년 아니네.
청년	아, 네. 그 친구는 시장 갔어요. 저랑 같이 동업해요.
박복자	아는 동생이랑 창업을 한다고 하더니 정말로 젊

구나. 이십대 후반?

청년 아, 그 정도는 아니고요, 서른세 살이에요.

박복자 요즘 젊은 사람들은 진짜 젊게 사는구나. 부럽네요.

청년 사장님도 엄청 미인이세요.

박복자 장사 잘하시겠다. 간판도 깔끔하고 예쁘고. 확실히 달라.

청년 아이고, 뭘요.

박복자 그럼 다음에 또 봐요. 나도 이제 가게 가봐야지.

청년 언제 커피 한잔하시러 오세요.

박복자 나도 커피 파는데. 그래도 남이 타주는 커피가 제일 맛있는 법이니까. 마시러 갈게요.

박복자, 앞장서면 다들 줄줄이 따라간다.

청년 안녕히 가세요.

장용금 박 마담, 어디 가?

이회중 설마 가게 가는 거니? 철거한다고 안내문 다 붙고 그랬던데 거기를 뭐 하러…….

박복자, 다방 앞의 안내문과 접근 금지 띠를 아무렇지 않게 뜯어버린다.

차창식 아, 박 사장님. 그거 건드리면 안 될 텐데…… 불법일 텐데…….

박복자 합법이란 게 처음부터 있었나 모르겠네. 돈 많은 놈 편한 대로, 권력 쥔 놈 입맛대로 휘두르는 게 법 아니었어?

박복자, 다방 안으로 들어간다.

눈치만 보던 사람들도 박복자의 기운에 이끌려 모두 다방 안이다.

사람들, 김수현을 박복자 쪽으로 민다.

김수현, 어쩔 수 없이 박복자 앞에 선다.

김수현   저기, 그러니까요, 사장님. 제가 다 설명드릴 수 있어요. 을지로 OB베어 때문에 문화제 하고 있다고 말씀드렸잖아요.

박복자   응. 그건 잘돼?

김수현   만선 사장이 저희 신고하고 난리도 아니에요. 아아 아무튼 그런데요, 저기 카페 사장님이 커피 머신을 가져와서 문화제 하는 사람들한테 커피 한 잔씩 나눠주고 그러시니까, 팔아드리고 싶어서 제가 사장님들 모시고 한번 가본 거예요. 사장님들은 정말 안 가고 싶어 하셨거든요. 근데 저 때문에 어쩔 수 없이 끌려가신 거라니까요.

박복자   알았어.

장용금   김 박사가 꼭 거기서 한번 보자고.

이회중   인터뷰할 게 있다는데 장소가 있어야지.

박복자   우리 건물만 그렇지, 거기는 아직 띠 안 쳐졌죠?

차창식   여기까지 왔으면 수일 내로 금방이겠죠. 짐 빼고 이사하느라 가게는 정신이 없어서요.

이회중   커피가 단맛이 없고 순 — 쓰기만 하고. 안 맞더라고요.

차창식 컵이 대접이에요. 맛이 없으니까 이렇게 많이 주나?

박복자 됐어. 시작하는 사람들 장사에 웬 쓸데없는 소리.

장용금 의도가 불순혀.

김수현 무슨 의도요?

장용금 보상금 바라고 들어온 거 아닌가 싶다 이 말이지.

박복자 아이고, 장 사장님. 거기는 재개발구역도 아니고 언제 한다 만다 그런 소리도 없는데 뭘 믿고 기다려요. 저 청년들 우리처럼 늙어질 때쯤이면 모를까.

장용금 그려?

박복자 망해먹고 방황하다가 선배 커피 머신 들쳐 업고 일단 나온 거라대. 여기 임대료야 제대로 된 임대료도 아니니까. 대충 자기들 기술로 수리하고 시작해본다고. 부동산 중개인이랑 우리 다방 와서 차 한잔하고 시장조사 다 하고 그러고 가데.

차창식 다방이 이 골목 소식통의 시작이자 끝이죠. 박 사장님은 모르시는 게 없으셔!

김수현 아, 괜히 쫄았잖아요. 처음부터 알고 계시다고 말씀을 해주시면 좋았…….

박복자 상도덕이라는 게 있지. 젊은 새끼들이 개념 없이 다방 옆에다 아메리카노 가게를 내? 여기 사장들이 시간이 없는 사람들인데 언제 거기 가서 커피를 사 마신다고. 그렇게 얘기했구만 기어이 들어와? 다방이 배달 안 했으면 커피는 어떻게 마시고 물은 또 어떻게 마셔! 매출 안 올라서 커피 기계마저 여기 사장님들한테 내놓고 나가게 되는 꼴을 보고야 말지, 내가. 누울 데를 보고 다리를 뻗어야 하는데 저렇게 젊은 사람들이 이 재개발 지역에 들어와 뭘 하겠다고.

박복자가 격양돼 말하는 바람에 아무도 찍소리 못 한다.

박복자   참 신기해. 이것저것 다 따져봤을 텐데 또 막 들어와요. 저런 게 젊음이겠지. 맞아, 사람이 북적대야지. 골목에는 역시 사람이 차야 해. 아니면 그냥 지나가는 길일 뿐이거든. 골목에는 머물러. 사람도 머물고 물건도 머물고. 기억도, 세월도 머물다 가는 거 같애.

김수현   그럼요, 사장님! 와, 우리 박 사장님 시인!

박복자   커피를 쏠 거면 공평하게 여기서도 쏴야지, 안 그래, 김 박사?

김수현   그럼요, 제가 원고 마감한 게 있어서요, 오늘은 커피로다가…….

박복자   커피야 마셨는데 또 마시면 심장 튀어나오게? 쌍화차로 한 잔씩들 마셔야지. 밖에서 아메리카노 들고 있느라고 얼마나 추웠겠어?

김수현   그럼요. 쌍화차. 그거 마셔야죠.

박복자   사장님들 것하고 김 박사 거에다가 내 것까지 다섯 잔 탈게. 선불이야.

김수현   선불이요? 갑자기……. 아, 드려요. 마침 제가 현찰을 또 많이 뽑아가지고.

김수현, 지갑을 열어보고 5만 원밖에 없어 잠시 망설이다가 그 지폐를 건넨다.

박복자, 5만 원을 받아 거스름돈을 천 원짜리로 한 장 한 장 세고는 천천히 건넨다.

박복자　　　딱 맞네. 2만 원. 옛날에는 팁도 있고 그랬어. 커피가 500원 하던 시절에는 거스름돈 준다고 하면 사장님들이 100원씩 찔러줬지. 100원이 지폐였던 시절에 말이야.

김수현, 박복자가 주는 대로 다 받는다.

박복자, 차를 타기 위해 돌아선다.

이회중　　　(조용히 김수현에게) 그걸 다 받으면 어떻게 해! '천 원씩 해서 5천 원은 팁이에요' 했어야지.

부엌에서 박복자가 쌍화차 잔을 꺼낸다.

박복자　　　쌍화차는 내가 직접 다려. 마차 이런 거는 분말 써도 이거는 내가 직접 달이지. 손님들이 맛 금방 알아채거든. 조금만 덜 달여도 그 맛이 안 난다고 성화야. 달걀노른자는 언제부터 띄웠나 몰라. 쌍화차 쓰니까 고소하게 먹으라고 띄운 건지.

이회중　　　에이, 그거야 먹을 게 많이 없었으니까 단백질 보충하라고 띄운 거지. 다방 마담이나 돼가지고 그걸 모르면 어……

장용남, 이회중의 입을 막는다.

박복자   쌍화차에 노른자 같애, 우리 다방이. 시꺼먼 기름
때, 작업하고 남은 기레빠시들. 칙칙하고 어두운
작업실, 거기 웅크리고 있는 이 사람들. 일만 하
는 사람들. 정말 촘촘했어. 그냥 골목이랑 한 덩
어리셨지. 거무튀튀한 이 쌍화차처럼 말이야.

정소중   진국 위에 영롱한 노랑.

박복자   맞아. 그 골목길 끝에 반짝반짝 빛나는 수성다방
이 있었어.

이회중   어째 저래 왔다 갔다 하는지…….

장용남   (말을 막으며) 그려. 수성다방이 젤로 빛났어.

차창식   (이회중에게 눈치를 주며) 그럼요.

이회중   아, 그럼. 그럼.

김수현   지금도 제일 빛나요, 사장님.

박복자, 어느새 쌍화차를 다 탔다.

박복자   그럼 됐지, 그럼 된 거야.

박복자, 차를 가져와 테이블에 놓고 자신도 앉는다.

박복자   뜨거울 때 살짝 입술 대고 후루룩 해야 돼. 잔 들
어요.

모두 박복자의 말에 따라 잔을 드는데 박복자의 전화벨이 울린다.

박복자, 잔을 내려놓고 전화기를 들고 한쪽으로 간다.

박복자의 눈치만 보던 사람들은 다들 그제야 한숨을 돌린다.

박복자　　　여보세요? 네에. 남편이요? 네에. 갈게요. 지금, 바
　　　　　　　로 갈게요.

박복자, 전화를 끊는다.

사람들, 다시 긴장한다.

이회중　　　바깥…… 아니 저기 남편분이 또 쓰러지셨대?

박복자, 긍정도 부정도 아닌 표정을 한다.

김수현　　　아, 어떻게 해? 가보셔야죠.

박복자　　　천천히 가면 돼. 우선 차 들어요. 차 다 드시면 설
　　　　　　　거지해놓고. 급할 거 없어.

차창식　　　정말 그래도 괜찮아요?

박복자　　　그럼.

장용금　　　들어, 들자고. 언능.

이회중　　　아직 뜨거운데…….

장용금　　　확!

장용금, 제일 먼저 한번에 쌍화차를 들이마신다.

차창식도 후후 불어 급하게 먹느라 바쁘다.

이회중도 따라 마신다.

| 장용금 | 다 마싯다. 인나들. |
| 차창식 | 네, 저도 대충 다 마셨어요. |

장용금, 이회중에게 다시 눈치를 준다.

이회중	아, 응. 남편 잘 보살피고.
차창식	내일 아침에 봬요.
김수현	갈게요, 사장님.
박복자	앉아요.

사람들, 다시 앉는다.

| 박복자 | 쌍화차 향이 좋지요? 사람들이 이게 얼마나 몸에 좋은지 몰라. 아침저녁으로 마시면 원기 회복에도 좋고. 우리 남편도 이거나 아침저녁으로 마셨으면 좋았을 텐데. 우리 그이 갔대요. 차 들면서 우리 그이 좀 생각해줘요. 좋은 세상 누려보지도 못하고 골골하기만 하다가 가는 불쌍한 인생이라도 기억하는 사람 몇 있어야 가는 길이 덜 외롭지 않겠어요. |

박복자, 쌍화차를 마신다.

사람들은 어찌할 바를 몰라 하다가 다시 잔을 들어 쌍화차를 마신다.

암전.

9장

떠나는 날

무대에는 공사장의 분진을 막기 위해 쳐놓은 방진막이 보인다.

이른 새벽이다. 박복자가 무대로 들어온다. 머리에 상중을 표시하는 흰 머리핀이 보인다. 처음처럼 윗옷을 벗어 다락에 두고 물과 수건을 챙긴다. 접시에 커피잔과 커피 재료들을 놓고 마지막으로 보온병에 뜨거운 물을 담는다. 준비를 하는 동안 계속 휴대폰을 확인한다. 보자기로 쟁반을 싸 묶고는 말없이 휴대폰을 들여다본다. 그러고는 자신의 행동에 어이가 없다는 듯 피식 웃은 뒤 보자기 꾸러미를 테이블에 놓으며 소파에 앉는다.

박복자 전화 오는 데도 없는데 이건 왜 하나 모르겠네.

박복자의 시야에 자개 상자가 들어온다. 박복자, 얼른 일어나 주방으로 간다. 천천히 자개 상자를 열어본다.

황진수, 들어온다.

황진수 사장님, 저 왔어요.

황진수 뒤에 최지숙이 들어와 서 있다.

최지숙   언니, 나 왔소.

박복자, 둘을 함께 보며 이야기한다.
황진수가 움직이면 그 주변으로 최지숙이 함께 움직인다.

최지숙   겁나게 반갑제?
박복자   어서 와. 어떻게 왔어?
황진수   그냥 여기 계속 왔다 갔다 해요.
박복자   커피 줘?
황진수   네.
최지숙   오메, 겨울이여. 니 밖에 그라고 있으믄 얼어 죽는
            다이. 니 불알 다 떨어진다이.
황진수   다방 들어오니까 좋네요.
박복자   다방 없어져. 사장님들도 이제 몇 분 안 계신데
            잠복을 좀 줄이는 게 어때?
황진수   그게 바로 외계인들이 이 행성을 떠날 날이 멀지
            않았다는 증거예요. 최종 책임자들만 남은 거라
            고요. 사장님한테만 말씀드리는 건데요, 이제는
            증명이 문제가 아니에요.
박복자   밝혀내는 게 목적 아니었어?
황진수   아니요. 저도 외계인들과 같이 아르크투르스로
            가려고요.
박복자   같이 간다고? 사장님들이 그러시재?
황진수   얘기도 안 들어줘요. 그래서 몰래 숨어들 거예요.
최지숙   오메, 오메, 대그빡아. 아따아 저 꼴통 어찌야쓰
            까이.

황진수	막바지다 싶을 때, 그때. 그 타이밍을 놓치면 끝장이에요. 그래서 잠복을 멈출 수가 없어요.
박복자	너무 추우면 한 잔씩 하러 와.
황진수	사장님이야말로 여기 이렇게 들어와서 커피 끓여도 돼요?
박복자	몰라. 될 대로 되라지.
황진수	사장님도 외계인들이랑 아르크투르스로 가실 거예요?

박복자, 피식 웃는다.

| 황진수 | 전 지구가 싫어요. |

박복자, 커피를 들고 나온다. 세 잔이다.

박복자	마시자.
최지숙	오메, 내 껏도 있었어이?
황진수	세 잔이네요.
박복자	응.
황진수	장례식은 잘 치르셨어요?
박복자	응.
황진수	못 가봐서 죄송해요. 자리를 비울 수가 없었어요.
박복자	응.
최지숙	아따, 홀가분하것네. 지긋지긋한 병 수발에 그 성질머리에. 오메, 지겨거. 오메, 지겨거.
박복자	우리 그이 나한테 다시없을 사람이야. 사람들한

테 성질 많이 냈어도 나한테 그런 적은 없었어. 내
가 잡아먹을 듯이는 많이 했지.

황진수   사장님은 남편분이랑 행복하셨어요?

박복자   보여줘?

박복자, 주방으로 간다. 자개 상자를 꺼내 열어본다.

최지숙, 따라와 본다.

황진수도 함께 본다.

최지숙   이거시 머여? 전단지여? 팥빙수 개시! 중구, 을
지로 전 지역 배달. 대표 메뉴, 쌍화차, 오미자
차……. 아니 이 신문이 언제 쩍 꺼여?

황진수   광고네요. 수정다방 개업. 따뜻한 커피 배달해드
림. 오전 오후 항시 대기. 모임 및 회의의 거점, 수
정다방으로 오세요. 편안함을 드립니다. 주인백.
사장님이 내신 거예요?

박복자   아니. 남편이.

최지숙   돈 벌어 오라고 해?

박복자   우리 잘살자고. 우리 남편은 부끄러울 거 없다고
했어. 열심히 일하면 뭐든 귀한 직업이라고 했지.
다리 다치기 전까지는 항상 다방 문 열어주고 끝
나면 데리러 오고. 사람들이 기둥서방이냐고. 그
래 내 '진짜 서방이요' 그러곤 했어.

황진수   날짜 봐. 대박!

최지숙   오메, 언니랑 내가 그때 만났소오?

황진수   성냥갑이랑 재떨이도 있어요. 이런 성냥갑은 처

음 봐요.

박복자   다방에서도 쓰고는 했었는데 남편이 담배 끊는다면서 그것도 같이 넣어서 저 벽 미장할 때 묻고 발랐어. 그렇게 시작했어, 이 다방을.

박복자, 자개 상자를 사랑스럽게 바라본다.

그런 박복자를 황진수도 최지숙도 의미심장하게 쳐다본다.

최지숙   미련을 갖지 마라브러. 언니야는 여기 은제 떠날 껀디?

박복자   살면 얼마나 살겠니. 그런데 이사는 무슨. 그냥 여기서 죽었으면 좋겠다. 어느 날 갑자기 그냥 픽 쓰러지면 좋겠어.

황진수   사장님이 왜요? 충분히 오래 사실 거예요.

박복자   비밀이다. 너만 알고 있어야 해. (자신의 머리를 가리키며) 나 여기 안에 종양이 있대. 수술이 안 된대. 시한폭탄 같아서 언제 펑 하고 터질지 몰라.

최지숙은 황진수를 겁주지만 황진수는 최지숙을 인지하지 못한다.

최지숙   펑 터지면 죽는다?

황진수   네? 사장님 죽는 거예요?

박복자   넌 자해 좀 그만해.

최지숙   아, 나중에 여자친구헌티 으뜨게 보여줄라 카나아. 설명할라믄 대그빡에 육수 쪼까 흘리건네이. 중요한 순간에 그라고 앉아 있으믄 볼만하거써

이.

황진수　요즘에는 잘 안 해요.

최지숙　이제 남은 시간 언니를 위해서 쓰시오. 여그 말고 좋은 데 가서 좋은 거 많이 보고 맛있는 것도 먹고. 다른 사람들 같으면 재수 없어서도 이사 가요. 잊으려고 가든 새출발하려고 가든. 언니는 뭐 볼 거 있다고 여기 이러고 있었대? 언냐야말로 안 무서워? 사람이 죽었다고.

박복자　안 무서워. 뭐가 무섭데? 원혼인들 내가 지한테 한 게 얼만데 설마 나한테 해코지할까 그렇게 생각했지.

최지숙　언냐가 이리 붙잡고 있었으이 내가 지박령처럼 이렇게 구천을 헤매지요.

박복자　어머! 나 때문에 지숙이가 극락왕생 못 하는 걸까?

황진수　개신교 신자로서 극락왕생 같은 건 없어요. 다 지옥불 앞에서 심판받고 천국 갈지 지옥 갈지 정해지는 거예요.

박복자　우리 지숙이는 천당 갈 거야. 여기 허물어지고 나도 없어지고 그러면.

황진수　없어질 거란 소리 좀 그만하세요.

갑자기 작업복을 입은 철거반이 우르르 들어온다.

반장　오늘은 이 건물이에요. 다들 안전모 잘 착용하셨죠?

철거반   예!

반장   이거는 절대 벗으면 안 됩니다. 안전사고 났는데
         모자 없다? 그러면 산재 안 돼요. 저기 포클레인!
         위치 잘 맞추세요. 또 우르르 무너지면 난리 납
         니다. 아시겠죠? 다들 순서대로 안전하게만 하면
         아무 문제없습니다. 그럼 시작합시다!

벽 뚫는 소리, 포클레인 함마 소리, 철거용 드릴 소리가 들리기 시작한다.

최지숙   뭐여? 공사 시작이여?

황진수   나가요, 사장님. 여기 있다가는 다쳐요.

최지숙   오메, 드디어 여그가 사라지는 거시여? 언니! 아
         따, 인자 때가 돼브렀는갑쏘.

박복자   어디 가게?

황진수   사장님, 왜 그래요?

박복자, 최지숙을 따라 창문 쪽으로 다가가 창문을 밟고 올라선다.

반장   스톱! 스톱! 저기 2층에 사람! 사람이 섰어요. 거
         기 함마. 멈추라고!

박복자, 최지숙을 향해 씩 웃는다.

최지숙   나 가요잉. 우리 애기들 돌바조가꼬이 겁나 고맙쏘
         이. 애기들이 싸가지 없는 거슨 내가 사과하께이.

박복자   고맙다, 알아줘서.

최지숙, 창문 너머로 사라진다.

박복자가 최지숙을 따라가려는데 철거반 반장이 모자를 벗으면 정소중이다.

정소중　　여왕님! 저희가 왔습니다.

갑자기 모든 소리 사라지고 여왕의 대관식에 어울리는 오케스트라 음악이 들려온다. 무대는 따뜻한 조명으로 꽉 찬다.

철거반이 하나, 둘 작업복을 벗으면 장용금이고 이회중이고 차창식이다. 그들은 우주복 같기도 하고 연미복 같기도 한 복장에 망토를 두르고 있다. 모두 박복자를 향해 무릎을 꿇고 인사한다.

정소중　　여왕님, 기뻐하십시오. 드디어 고향 별로 돌아갈 우주선이 완성되었습니다.

장용금　　오늘에야 이 소식을 전함을 꾸짖어주시옵소서. 그동안 우리 별까지 갈 추진력이 되어줄 광물을 찾느라 산과 들을 헤매며 수많은 나무와 돌 들을 분석하느라 너무 많은 시간을 보냈습니다.

이회중　　그 수많은 광물을 녹이고 에너지를 뽑기를 반복하던 중 바로 이 초록 폴리에틸렌 모노사 방진막에서 추출된 성분이 여왕님과 반응하면서 우리를 아르크투르스까지 도착할 수 있도록 무한 연료를 뽑아낸다는 걸 알게 되었습니다.

차창식　　분사 형식으로 끊임없이 우주선 엔진에 쏘아주면 정전기에 의해 초록이 엔진에 장착, 동력에너지로 전환되면서 추진력을 갖게 되는 것입니다, 여왕님. 여왕님이 바로, 우리가 그토록 찾던, 우리의 열쇠였던 것입니다!

박복자   내가 열쇠?

차창식, 한 명의 인부에게 손짓을 한다. 안전모와 마스크를 벗는데 김수현
이다.

김수현   저는 당신의 지구인 시종입니다. 신분을 숨긴 채
           여왕님을 보좌할 수밖에 없었다는 점을 지금이
           라도 밝힐 수 있어 너무나 감격스럽습니다. 여왕
           님, 이제 그 지구 옷은 벗어버리시고 이 망토를
           걸치소서.

김수현, 방진막 하나를 떼어내 박복자의 어깨에 둘러준다.

김수현   여왕님은 이제 어디든 가실 수 있습니다. 이 망토
           를 두르고 계시다 필요할 때 언제고 바닥에 깔고
           밟으시면서 어디든 원하시는 그곳으로 가시게
           될 것이옵니다. 하늘을 날 때 앞 모서리를 꼭 잡
           는 거 잊지 마시고요.

박복자   떨어질까?

김수현   걱정하지 마시옵소서. 이 망토가 어디든 여왕님
           보다 한 발 먼저 가 있을 것이기에 여왕님께서 혹
           시라도 떨어진다 한들 여왕님을 안전하게 받쳐
           줄 것입니다.

박복자   마법의 양탄자, 하늘을 나는 양탄자구나. 지숙이
           가 그렇게 갖고 싶어 했던.

모두　　　　그러하옵니다. 여왕님.

박복자　　　그럼 이제 모두 우리의 별로 돌아가는 거야, 다
　　　　　　함께?

장용금　　　그러하옵니다, 여왕님.

이회중　　　저희의 손을 꼭 잡으소서.

박복자가 장용금과 이회중의 손을 잡는다. 동시에 차창식이 뒤로 와서 박복자의 어깨에 양손을 올린다. 박복자와 장용금, 이회중과 차창식 머리 위로 강렬한 빛이 떨어진다.

신비한 음악이 흐른다.

김수현　　　그럼 여왕님, 함장님, 사령관님, 부사관님. 모두
　　　　　　안녕히 돌아가십시오. 모시게 되어 너무나 영광
　　　　　　이었습니다. 지구인을 대표해 마지막 인사 드립
　　　　　　니다. 잘 가십시오.

빛은 더 강해지고 신비스러운 음악도 고조된다.

네 사람이 위를 쳐다본다.

황진수, 앞으로 나온다.

황진수　　　잠시만요! 잠시만!

음악과 조명이 조금 줄어든다.

황진수　　　제발! 나도 데려가요. 박 사장님, 아니 여왕님! 저
　　　　　　를 당신의 새로운 시종으로 받아주시옵소서. 목

숨을 바쳐 충성을 다할 것을 지금 이 자리에서 맹
세합니다. 저를 데려가주세요, 네?

박복자, 황진수에게 손을 뻗는다.
황진수는 기쁜 마음으로 박복자를 향해 손을 뻗는데 갑자기 박복자가 손
을 거두어버린다.

박복자   자기는 더 살아. 나처럼 사라지지 마. 그리하여
              (목소리가 확장되면서) 여왕으로서 명한다. 밥을 먹
              고 걸으라. 그리고 숨 쉬라. 마주치는 모든 것과
              눈을 마주치고 이름을 불러라. 그리하면 모두 미
              소 짓게 될 것이다. 모두 살지어다.

순간 박복자와 장용금, 이회중, 차창식 쪽의 조명이 완전히 꺼지고 김수현
도 보이지 않는다.
음악도 조명도 사라지고 무대에는 황진수만 남는다.

황진수   여왕님?

황진수의 입가에 미소가 어리는데 눈은 슬프다.

황진수   잘 가요. 나의 여왕님.

무대 완전히 어두워지면서 아무 소리도 들리지 않는다.

막

화성엔 소피

등장인물　　박소영　　　　삼십대 초반, 성매매 여성

　　　　　　　　이레네　　　　사십대 중후반, 수녀, 쉼터 활동가

　　　　　　　　클라라　　　　오십대 후반, 수녀, 쉼터 원장수녀

　　　　　　　　황진수　　　　육십대 초반, 포주

　　　　　　　　다역　　　　　봉사자 / 주방 이모 / 소영 모 / 유리방 언니

　　　　　　　　　　　　　　　들 / 청년

시간　　　　현재

공간　　　　쉼터 상담실 및 사무실, 골목, 수녀원 원장실

무대　　　　한쪽으로 성매매 여성을 위한 쉼터의 사무실이 보인다.

　　　　　　집무 책상, 손님맞이용 소파와 탁자가 놓여 있다. 그 맞은편

　　　　　　으로는 상담을 위한 둥근 탁자와 여러 개의 의자들이 있다.

　　　　　　탁자 위에는 차를 마실 수 있도록 준비된 찻잔 세트와 간단

　　　　　　한 간식이 올려져 있다. 두 공간은 장에 따라 다른 장소이기

　　　　　　도 하고 한 공간으로 인식되기도 한다.

　　　　　　책상 왼편으로 화장실 문이 보인다. 나무문에 반투명 유리 창

　　　　　　문이 높게 나 있는 형태로, 화장실에서는 샤워가 가능하다.

　　　　　　책상 오른편에는 기도실 문이 보인다. 화장실 문과 별반 차이

　　　　　　가 없지만 조금 크다. 책상 뒤쪽 벽에는 십자가가 걸려 있고

　　　　　　세월을 알 수 없는 장식장 안에는 다소 촌스러운 인형들과

　　　　　　초, 다기 세트가 뜨개천 위에 놓여 있다. 모든 것들이 그 자리

　　　　　　에 놓인 지 오래된 느낌이다.

　　　　　　무대 앞쪽 구석에 거리가 보인다. 인도 옆 평범한 도로지만

　　　　　　붉은 등이 들어오며 유리방들이 작게 보인다. 주 무대에 비해

　　　　　　크지 않고 장면이 진행되는 동안 명확히 드러나지는 않는다.

1장

클라라와 이레네

무대 밝아지면 책상에 앉아 사무를 보고 있는 클라라가 보인다.

문을 두드리는 소리가 들린다.

클라라　　　네?

이레네　　　이레네입니다.

클라라　　　들어오세요.

이레네, 들어온다.

클라라, 자리에서 일어나 이레네가 마실 차를 챙겨 소파로 가서 앉는다.

클라라　　　긴히 상의드릴 일이 있어 좀 보자고 했어요. 방해
　　　　　　　한 건 아니죠?

이레네　　　아, 그럼요.

클라라　　　상담사 공부는 거의 끝나가지요?

이레네　　　네에. 학회 과정은 모두 마쳤습니다.

클라라　　　그럼 이제 어떻게 되는 거죠?

이레네　　　실습이랑 훈련이 좀 남아 있긴 한데요. 우선은 좀
　　　　　　　있다가 등록할까 해요.

클라라	왜요? 공부가 재미없었어요?
이레네	아뇨! 무척 즐거웠어요, 원장수녀님.
클라라	그런데요?
이레네	제가 수녀인 게 내담자에게 어떤 느낌으로 다가 갈지. 상담받는 내내 강요당하는 그런 기분이 들 지는 않을까요.
클라라	이 복장이라서? 우리 이야기는 그럼 다 강요예요.
이레네	그런 뜻은 아니고요…….
클라라	아니면 신청해요.

클라라, 이레네의 잔에 차를 따라준다.

클라라	뭐든 해보면서 견뎌내겠다 하지 않았나요? 처음 생각을 믿으세요. (차를 권하며) 좀 들어요.
이레네	네.
클라라	쉼터에 대해 이야기하고 싶은 게 있어요.
이레네	무슨……. 쉼터에 무슨 일이 있는 건가요?
클라라	아니에요. 늘 똑같죠. 캠페인하고 활동가분들 만 나고, 회의하고.
이레네	다른 수녀님들 고생하시는데 저만 수업 핑계로 계속 나가보지도 않고…….
클라라	그렇군요! 이레네 수녀님만 못 가봤군요. 벌써 그 게 언젠데. 희한하죠?
이레네	죄송해요.
클라라	아이고. 미안해하지 말아요. 모든 게 하느님의 계 획이실지도 몰라요.

이레네　네?

클라라　최근 쉼터 원장님이랑 의견을 좀 나눴는데 우리 피정의 집이 그쪽과 연계를 해보면 어떨까 해요.

이레네　연계요?

클라라　수녀님들을 쉼터 상담사로 보내볼 계획이에요.

이레네　그 일이라면 지금도 하고 계시잖아요.

클라라　올빼미 걷기도 그렇고 아침 봉사도 그렇고 기본적으로 성매매를 막고 있으니 분위기가 점점 안 좋아지고 있어요. 포주들이 뭐라고 감언이설 하는지 모르겠지만. 언니들이 저번 주부터 데모를 시작하셨어요.

이레네　데모요? 언니들이요?

클라라　시가 올해 안에 철거하겠다 공표했거든요. 그래도 언니들이 쉼터로 나오기도 하고 우리가 업소에 들르게도 해줬는데 이제는 누구도 접근을 하지 못하고 있어요.

이레네　그럼 봉사는…….

클라라　거의 멈춘 상태예요. 그러니 어떻게든 방법을 찾을 수밖에요.

이레네　어떤?

클라라　우리 안에서 사람을 찾아야죠. 수녀라고 인지된 사람 말고요. 이레네 수녀님처럼 아직 아무도 만난 적 없어서 알아볼 사람이 전혀 없는 그런 수녀님이요.

이레네　네?

클라라　이레네 수녀님이 쉼터 상담가로 들어가셔서 그

언니들을 위해 일을 해줬으면 좋겠어요. 먹고 자고 하면서요.

이레네 제가 할 일은…….

클라라 상담과 재활이에요. 수녀도 활동가도 아닌 상담 사들은 아직 접촉을 하고 있으니까.

이레네 하지만 전 아직 정식 상담사도 아닌데…….

클라라 이때를 어떻게 극복하냐가 관건입니다. 그래야 우리의 목표도 달성하고요.

이레네 목표요?

클라라 당연히 언니들의 탈성매매입니다. 그것보다 초목 적은 집결지 철거고요.

이레네 하지만…….

클라라 너무 겁내지 말아요. 나도 함께 갈 거예요.

이레네 원장수녀님도요?

클라라 이레네 혼자만 보낼 수는 없잖아요.

이레네 여기 일은 어떻게 하시고요.

클라라 병행하면 되지요. 종신서원 전 이름이 무엇이었지 요, 이레네 수녀님?

이레네 김수현입니다.

클라라 미안해요. 들어도 들어도. 김수현 자매님, 수녀인 거 들키지 말아야 해요. 절대 비밀입니다. 거기선 그냥 김수현 자매님이신 거예요.

이레네 원장수녀님, 생각하시는 의도는 정말 잘 알겠습 니다. 다만 제가 잘 해낼 수 있을지 잠시만 생각 할 시간을…….

클라라 베일을 벗고 사복 생활을 하며 성도들을 만나는 일은 또 새로울 거예요.

이레네　　수녀원에서 조용히 기도하는 삶을 원했지 새로움은 저에겐…… 독과 같아요.

클라라　　왜 그렇게 생각해요. 모든 인생은 사실 도전이잖아요. 성직자라고 다를까. 공기와 같은 신앙생활 속에서 의미를 찾아가는 중에 하느님을 만나는 거죠.

이레네　　맞는 말씀입니다. 그런데…….

클라라　　김수현 이레네 수녀님. 센터 자매님 일로 아직도 힘든 거 알아요. 하지만 한번 생각해보세요. 지금 왜 회의가 드는지, 앞으로 뭘 해야 할지, 어떤 마음으로 수도자의 길을 가야 할지. 하느님께서 준비해두신 답과 만나게 될 거예요. 짐 정리 도와줘요?

이레네　　아니요. 혼자 할 수 있습니다.

클라라　　그럴 줄 알았어요. 역시 이레네 수녀님이에요.

클라라, 이레네를 감싸 안는다.

이레네, 얼떨떨하다.

클라라　　이레네 수녀님만 믿어요.

이레네　　네에…….

클라라　　그럼 나가보세요.

이레네는 퇴장하고, 클라라는 휴대폰을 꺼내 전화한다.

클라라   네, 원장님. 클라라예요. 말씀대로 진행하려고요. 이레네 수녀님이라고 상담사 자격증 과정도 거친 분이세요. 저희 수녀님들을 무시하신 거 나중에 후회하실 거예요. 그럼요. 이번 주말에 갈 거니까 숙소랑 인수인계 부탁드려요. 저도 갑니다. 관리 감독이 필요하지요. 못 할 게 뭔가요. 그럼 주말에 뵐게요.

클라라, 전화를 끊는다.

클라라   아, 언제 갈지 그 얘기를 안 하면 어떻게 해. 이레네 수녀님! 이레네!

클라라, 문을 열고 나간다.

2장

이레네의 첫 내담자

이레네, 기도실 문을 열고 들어온다. 평상복 차림에 약간 긴장한 모습이다. 벽에 걸린 십자가를 보고 성호를 그은 후 간식과 차를 챙긴다.

이레네　　　(혼잣말처럼 작은 소리로) 긴장하지 말자. 긴장할 거 없다. 긴장하지 말자.

박소영,, 들어온다. 코에 큰 반창고를 붙였다. 박소영, 그대로 가만히 서서 이레네를 바라보기만 한다. 갑자기 이상행동을 하며 알아들을 수 없는 소리를 하기 시작한다.

이레네, 당황한다.

봉사자의 목소리가 들린다.

봉사자　　　(밖에서 목소리) 언니, 언니.

박소영　　　(밖을 향해) 여기요. 그냥 가시라니까요. 누굴 애로 아나.

봉사자, 들어온다.

봉사자		(숨을 몰아쉬며) 화장실 앞에서 혼자 한참 있었잖
		아요. 언제 들어왔대? 수현 샘, 우리 왔어요.

이레네		어서 오세요.

봉사자		표정이 왜 이래? 귀신이라도 본 사람처럼?

이레네		아니에요.

봉사자		(박소영에게) 언니, 여기가 상담실. 이미 알고. 의료
		지원 신청하신 거, 병원 가기 전에 상담부터 먼저
		받고 그러고 이제 지원을 받는. 그런 형식적인 거.
		완전 아늑하죠?

박소영		숨 좀 돌려, 언니.

이레네		(박소영에게) 잘 오셨어요. 반갑습니다.

박소영		저 아세요?

이레네		소영 님이시잖아요. 저번 주에 통화했던. 제 목소
		리 모르시겠어요?

박소영		아니요.

봉사자		(박소영을 노려보며) 아이, 상냥하기도 해라.

이레네		잘 오셨어요. 이리로 앉으세요. 차 뭐 드릴까요?

박소영		괜찮아요. 안 마실래요.

이레네		선생님은요?

봉사자		전 괜찮아요. 상담 카드 우선 작성하고 계세요.
		나 아이 하원 좀 시키고 그러고 올게요.

이레네		가신다고요?

봉사자		오늘 엄마 병원 예약이 갑자기 당겨져가지고. 애
		하원시킬 사람이 저밖에 없네요. 언니, 어색하고
		그렇지 않죠? 제가 얘기한 그대로죠?

박소영, 말이 없다.

이레네　　언제쯤 오세요?

봉사자　　뭐…… 한 30분? 여기 엎어지면 코 닿을 거린데. 내가 말이 많아가지고 누구 붙잡고 또 막 수다만 안 떨면 10분 안에도 와요. 그럼 얼른 갔다 올게요. 언니, 파이팅!

봉사자, 문을 열고 나간다.

이레네, 어색하다.

이레네　　이렇게 대면하니 좋네요. 식사는 하셨을까요?

박소영　　지금 시간도 그렇고. 잘 안 먹어요.

잠시 사이

이레네　　잠은 푹 주무시고요?

박소영　　더 잘 거였는데 끌려 나와서.

이레네　　아, 그렇죠? 아무래도 이 시간은 언니들에게는 좀 이른 시간이에요.

박소영　　언니들이요?

이레네　　보통 그렇게 부르셔서 저도……. 괜찮으실까요?

박소영　　아 — 나보다 들어 보이는데 웃긴다 했죠. 상담 시작인 거예요?

이레네　　아, 네에. 그냥 몇 가지 질문들이에요. 술은 좀 드세요?

박소영　당연히 마시죠. 안 마시고 어떻게 일을 해요? 이 상한 걸 묻네.

이레네　아, 이건 첫 상담 오시는 분들께 드리는 기본적인 질문…….

박소영　설마 나를 방석 언니로 아는 거예요?

이레네　아뇨. 그럴 리가요. 궤짝부터 놓고 마시며 하는 일을 유리방 언니들이 어떻게 해요.

박소영　바보짓이지. 매상 올리랴 몸 상하고 연애는 연애대로 해야 하고. 어떻게 거기까지 가나 몰라.

이레네　소영 님은 얼마나 마셔요?

박소영　안 마셔요, 난. 쪼다같이 내가 다 계산해야 하는데 왜 마시겠어요?

이레네　그렇군요.

박소영　정신 바짝 차려야지. 안 보이는 데서 일대일이 사실 진짜 기 빨리는 거거든요. 어떤 놈이 들어올 줄 알고. 그건 상상해본 적 없죠?

박소영, 웃는다.

이레네　약 같은 건……?

박소영　그냥 남들 먹는 그 정도?

이레네　하루 먹는 양이랑 종류를 말씀해주실래요?

박소영　어쩜 이렇게 말랐대? 술도 안 하죠? 결혼은 했어요? 싱글인가?

이레네　궁금해요?

박소영　나만 떠드는 건 아니죠.

이레네	앞으로 천천히 얘기해요. 여기까지 오시느라 힘드셨겠어요. 정말 큰 결정 해주셨어요.
박소영	뭘 물었다고 말을 돌리고 이러실까?
이레네	말을 돌리긴요. 그게 아니라……. 저도 사실 좀 어색해서요.
박소영	노처녀신가? 설마 아다?

이레네, 당황한다.

| 박소영 | 난 그게 궁금하더라. 정말 한 번도 안 한 건지 소소한 경험이라도 있는 건지. 요즘은 손가락이랑 기구는 안 치더라고. 그러면서 지들 경험 없다 광고하고 돈 왕창 받고. 떡잎부터 난 년들이 있어요. 타고난 년들. 난 왜 못 그랬나 몰라. |
| 이레네 | (말을 돌리려고) 아, 봉사자 선생님은 아웃리치 때 만나신 거세요? |

박소영, 대꾸하지 않는다.

이레네	아, 봉사활동 나가는 걸 아웃리치라고 그렇게 말해요. 저는 아직 한 번도 나가본 적은 없지만 이번 선물 반응이 좋았다던데 유용하셨어요? 샴푸랑 보디 워시로 바꾸길 정말 잘했나 봐요. 다들 잘 썼다고…….
박소영	잘난 척하기는. 누굴 거지로 아나.
이레네	네?

박소영   그 정도는 우리도 사! 장사하는데 연장 안 들고
         할까 봐 그걸 선물이라고. 이 언니들은 늘 이래.
         재수가 없어.
이레네   아, 미안해요. 설명하려다 보니까.
박소영   집에 갈래요. 집에 가고 싶어요.

박소영, 가방에서 담배를 꺼내 피우려고 한다.

이레네   여기 금연이거든요.

박소영, 이레네를 노려보다 담배를 던져버린다.

이레네   정말 죄송해요. 제가 불편을 드렸어요. 큰 실례를
         했어요.

이레네가 다가가자 박소영이 물러선다.

박소영   지금 간다고, 씨발. 괜히 왔어.

박소영, 문 앞으로 성큼성큼 다가간다.

이레네   봉사자분 오시려면 시간이 걸릴 텐데…….

박소영, 멈춘다.
이레네, 책상 쪽으로 가 전화를 걸려고 수화기를 든다.

박소영	아, 그럼 어떻게 가. 내가 미쳐, 정말.
이레네	(전화기를 내려놓으며) 제가 모셔다드릴게요.
박소영	싫다고! 가까이 오지 말라고!
이레네	아, 그럼 버스를 타고 가실래요? 여기 나가면 바로 정류장이라 금방이에요.
박소영	(소리치며) 씨발.
이레네	(소리치며) 아! 버스가 아니잖아! 버스가 아니라고!
박소영	(소리치며) 나 버스 타본 적 없어요. 버스 탈 줄 몰라요.
이레네	그렇죠. 버스는. 정말 너무 미안해요.
박소영	우린 택시만 탄다고요.
이레네	그래요. 맞아요.
박소영	뭘 알아! 개뿔도 모르면서.
이레네	품위를 유지해야 하니까. 대빵들이 대중교통 못 타게 하고 꼭 모범택시 타게 하는 거요. 화장 끝나고 출근할 때는 특히. 미안해요. 갑자기 생각이 안 났어요.

박소영, 다시 이레네를 유심히 본다.

박소영	상담자 선생님이 맞기는 한 거죠?
이레네	언니가 제 첫 내담자세요.
박소영	제가요?
이레네	상담을 제대로 한 것도 아니니 아직 처음이라 할 수도 없는 거네요.
박소영	아, 내가 처음이야? 내가? 악! 이상해.

박소영, 이레네에게 다가가 이레네의 몸을 더듬는다.

박소영　　　망쳐버릴까? 아니면 살려? 나도 그럴 수가 있는
　　　　　　　거야?

박소영, 컵에 물을 따라 이레네에게 건넨다.
이레네, 받아 마신다.

박소영　　　목 많이 타셨나 보네.

이레네　　　고마워요.

박소영　　　이래서야 상담을 하시겠나, 정말.

이레네　　　미안해요.

박소영　　　아이고— 상담 선생님도 인생 고달프구나? 하긴
　　　　　　　다 똑같지, 뭐. 여기까지 와서 나 같은 년 상대할
　　　　　　　때는 다 그만한 곡절이 있지. 조상신이 돌보시니
　　　　　　　까 염려할 거 없어요.

이레네　　　조상신이요?

박소영　　　상담이라고 꼭 뭘 이야기해야 하는 건 아닌 거
　　　　　　　죠? 나는 내 얘기 하기도 싫고 상담도 싫거든요.
　　　　　　　뭐 뻔한 얘기를 구질구질하게…….

이레네　　　뻔하지 않아요.

박소영　　　이 언니도 연민이 아주 뻗쳤네, 뻗쳤어. 눈빛이 그
　　　　　　　래. 내가 막 뭘 풀어헤쳐냈으면 좋겠어요?

이레네　　　아니에요.

박소영　　　폭로하듯이 인생이 어땠고 어쩔 수 없었고 버려
　　　　　　　져서 어쩌고저쩌고. 씨발. 꼭 그런 거 기대하더라.

에로틱하게 이야기를 만들어내지 않을 수 없게.

박소영, 코의 반창고를 뗀다.

이레네	떼도 돼요?
박소영	아물었어요. 멍도 초저녁에 다 빠졌고. 아우― 이제 좀 숨을 쉬겠네.
이레네	다치신 거예요?
박소영	딱 보면 모르겠어요? 성형이지.
이레네	예뻐요. 정말. 자연스러워요.
박소영	드럽게 부자연스럽네, 정말. 실장 오빠가 손님 떨어진다고 하도 지랄지랄을 해서. 어쩔 수 없이 800 가불해서 했어요.
이레네	(놀라며) 800? 미안해요. 너무 큰돈이라.
박소영	갈래요. 활동가 언니 어디쯤인지 전화 좀 해주세요.
이레네	지금요?

이레네, 차트를 들고 빠르게 적어나간다. 덩달아 말도 빨라진다.

이레네	그럼 몇 가지만 더요. 빚은 얼마나 돼요?
박소영	갚아주시게? 전화 안 할 거면 내가 하고.
이레네	혹시 가게 사람들 말고 따로 연락하며 지내는 지인은 있어요?
박소영	있겠어요?
이레네	지금 임신 중이에요?

박소영   씨발, 재수 없게.

박소영, 휴대폰을 꺼내 전화한다.

이레네   미안해요. 1차 상담 때 필히 나눠야 하는 몇 가지
           가 있어서.
박소영   (전화에 대고) 어디예요? 정문? 그럼 전화를 해야
           지, 왜 받고 있어요! 다 지랄이야, 아주. 그냥 거기
           있어요. 나가요. 아, 상담 끝났어요.

박소영, 전화를 끊는다.
이레네, 스스로 생각해도 자신이 한심해서 적던 노트를 내려놓고 멍하니
있다.
박소영, 문을 열고 나가려다가 이레네를 본다.

박소영   저기, 나는 나중에 여기 나가면 대궐 같은 집 마
           나님 될 거거든요. 그게 내 소원. 그래서 미친 듯
           이 벌어야 돼. 여기 나갈 생각이 1도 없다고. 그러
           니 언니들이 뭐 반갑겠어. 당분간만. 이빨만 아니
           면 올 일 없어요. 이건 뭐, 너무 복잡해. 성형이야
           실려 가기만 하면 되는 거였는데 치과는 왜 보내
           줄 생각을 안 하는 거야. 씨발, 생각할수록 열받
           네……
이레네   다시 오신다는 거죠? 한 주 뒤 이 시간에?
박소영   장담은 못 하고요. 나도 바쁜 사람이라.
이레네   미안해요, 오늘. 다음엔 좀 더 잘해볼게요.

박소영   정답처럼 처앉아 있더니. 그럼 안녕!

박소영, 문으로 나간다.

이레네   잘 가요!

이레네, 깊은 숨을 쉰다. 성호를 그으며 기도실로 들어간다.

이레네   (안에서 목소리) 성부와 성자와 성령의 이름으로
              아멘. (큰 소리로) 하느님, 이래서 제가 못 한다고
              했잖아요!

3장

클라라와 포주

무대 밝아지면 클라라가 문을 열고 들어와 외투와 햇볕 가리개용 모자를
벗어 건다.

문 두드리는 소리가 들린다.

클라라   저기, 나는 샤워할 거니까. 먼저들 들어요.

문 두드리는 소리가 다시 들린다.

클라라   안나 수녀님 아니에요?
황진수   아닙니다. 들어가도 되겠습니까?

클라라가 아직 답을 하지 않았는데 황진수는 문을 열고 들어와 사무실을
둘러본다.

클라라   어서 오세요.
황진수   저 아세요?
클라라   아까 길에서 봤잖아요.
황진수   아, 저 보셨어요?

클라라　　　황 삼촌이시잖아요.

황진수　　　잘 아시네. 저도 수녀님 알아요. 클라라 원장수녀
　　　　　님, 맞으시죠? 어릴 때 엄마 손에 이끌려 성당 갔
　　　　　었죠. 이래 봬도 모태 신앙이거든요.

클라라　　　그렇게 만나자고 요청드릴 때는 일언반구 없으
　　　　　시더니 어쩐 일이세요? 언니들 다 데리고 들어가
　　　　　신 길 아니었어요?

황진수　　　애들이야 잘 들어갔죠. 재워야 또 일을 하니까요.
　　　　　아, 저희 애 때문에 많이 놀라셨죠?

클라라　　　그분은 괜찮으세요?

황진수　　　애가 조실부모하고 이 집 저 집 떠돌다 보니. 애
　　　　　정결핍에 조울이 심해요. 수녀님이 이해하세요.

클라라　　　119를 타시지도 않고. 피 많이 흘리시던데.

황진수　　　쇼죠, 뭐. 뻑하면 자해를 하는 애라.

클라라　　　그런 분을 앞세우시다니요.

황진수　　　자발적으로 나선 거예요. 수녀님에, 경찰에, 기자
　　　　　들까지 사진을 막 찍어대니까 놀래가지고. 지들
　　　　　끼리는 여기 사수하겠다고 띠 둘렀는데 활동가
　　　　　들은 막아서지, 아, 근데 어마어마한 소문이 있더
　　　　　라고요.

클라라　　　무슨 소문이요?

황진수　　　그 활동가 중에 우리 쪽 출신도 있다면서요? 무
　　　　　슨 돌연변이래.

클라라　　　걷기 때마다 휴대폰 들고 찍으시더니 사람 찾으
　　　　　려고 그러신 거였어요?

황진수　　　기자만 찍으란 법 있습니까? 우리도 찍어야지요.

클라라　　　황 삼촌이 아무리 오래 계셨다 해도 화성골 여성
　　　　　　들을 어떻게 다 기억하겠어요.

황진수　　　왜 못 해요. 아기 때부터 이모, 이모 하던 언니들
　　　　　　이랑 일하는 건데.

클라라　　　네. 부모님 일 물려받으신 거라고 들었어요.

황진수　　　이제는 형제들이 다 같이 하죠. 그래서 모르는 사
　　　　　　람도 없고. 수녀님이 아직 잘 모르셔서 그런데.
　　　　　　오신 지 얼마나 되셨다고요?

클라라　　　2개월 차입니다.

황진수　　　새삥이시네. 여기 생리는 도통 모르시겠어.

클라라　　　알아가고 있습니다.

황진수　　　언니들 안 나가요. 못 나가는 게 아니라니까. 백
　　　　　　퍼. 갈 데도 없고. 돈맛을 봤거든요. '숏타임'이든
　　　　　　'긴밤'이든 지 하기 나름인데 공장이니 서빙이니
　　　　　　성에 차나. 어딜 가든 꼬리표 따라붙고, 누가 알
　　　　　　아보면 또 바로 짐 싸야 하고. 그러니 언니들이
　　　　　　이렇게, 이러고 기를 쓰고 나와서 데모를 하는 거
　　　　　　지. 다시 말씀드리지만 절대! 우리가 강제로 시키
　　　　　　는 거 아닙니다.

클라라　　　상복은 황 삼촌 아이디어 아닌가요?

황진수　　　어째 아셨을까? 괜찮죠? 소복 입고 하니까 너무
　　　　　　귀신 같아서 새롭게 바꿨죠.

클라라　　　새로울 것까지야.

황진수　　　그래도 그러고 있으니까 저희 골목으로는 전혀
　　　　　　못 들어오시겠죠?

클라라　　　평화 걷기예요. 굳이 막고 계신 곳을 뚫고 들어갈

이유가 없죠. 언니들이 다칠 수도 있고요.

황진수　　우리가 이 언니들을 생각하는 마음은 똑같습니다. 안 그래요?

클라라　　별 황당한 소리를 다 듣겠군요.

황진수　　왜 이러실까, 정말. 제가 지금 정말 아주 목이 다 탑니다. 맏이라고 꼭 이럴 때만 저를 대표로 내세운다니까요, 이 새끼들이.

클라라, 작은 냉장고에서 물병을 꺼내 잔에 물을 따라 황진수에게 건넨다.

황진수　　수녀님은 보자. 한 오십대 중반? 아직 짱짱하시죠?

클라라　　네. 그래서 다음주, 그다음 주 계속 걸을 계획입니다.

황진수　　업장 주변을 그렇게 돌면 안에서 일 준비해야 하는 사람들 기분은 어떻겠습니까. '낮이모'들이 아주 성화예요. 장사 안 된다고.

클라라　　24시간으로 돌리면 되겠어요? 여기 앞이 바로 주택가예요.

황진수　　저도 쉬게 하면 좋죠. 근데 손님들이 찾아오시니 어쩝니까.

클라라　　업장을 닫으시면 되죠.

황진수　　식구들 챙겨야죠. 생계가 걸렸는데. 어떻게 문을 닫아요.

클라라　　누구 생계요? 삼촌 생계요, 언니들 생계요?

황진수　　이렇게 자꾸 훅훅 들어오시는 건가요? 이제 막

물 한 잔 얻어먹었구만 야박하시네. 살살 얘기합시다.

클라라 저도 막 들어와서, 꼴이 말이 아니네요. 연락을 하고 오셨으면 좋았을 것을요.

황진수 씻으셔야겠네요. (손짓을 하며) 제가 뭐 안 본 몸이 없어서요. 부끄러워 마시고요.

클라라 그러시든가요.

클라라, 화장실로 들어가려 한다.

황진수 (웃으며) 농담이죠. 오래 안 있을 겁니다. 여기 참 오래됐어요. 아시죠?

클라라 일제 때부터 만들어진 집창촌이잖아요.

황진수 거참! 화성골이요, 수녀님. 화성골 좋잖아요. 어디 계곡 같고. 교외로 시원하게 쉬러 가는 그런 느낌.

클라라 화성골을 계곡으로 아는 사람이 있나요? 다 집결지부터 떠올리지.

황진수 이번 시장이 여기 출신이라면서요? 저기 밑에 조리읍이 고향이라고 들었어요.

클라라 네. 토박이시더라고요.

황진수 시장님이 참 바르게 크셨는데 너무 한쪽으로만 보셨네. 이 동네 경제가 다 이 화성골 언니들 덕분인 걸 몰라. 여기 개천 시작하는 이 라인의 미용실, 목욕탕, 옷 가게, 밥집, 약국까지 다 누구 덕에 먹고사는데. 그 뿐인가요? 그 밑으로 생긴 맥주 골목은 또 어떻고요?

클라라　　어떤데요?

황진수　　서로 좋은 게 좋은 거 아니겠습니까? 안 그래요, 원장수녀님?

클라라　　뭐가 좋은 거고 누가 좋은 건데요?

황진수　　거참! 저는 그냥 원장수녀님께 부탁을 좀 하려고 하는 겁니다.

클라라　　시와 협상을 하시게요?

황진수　　철거는 안 되죠. 그쪽 요구안대로는 받아들일 수가 없어요.

클라라　　그럼 안 되겠네요. 협상을 안 하시니 철거당하시는 수밖에.

황진수　　수녀님이 믿는 저 하느님인가, 마리아인가, 그 신은 사람을 그렇게 편애하라고 가르쳐요? 왜 우리는 나 몰라라 하시고 성폭력이니 인권침해니 이상한 소리를 하시면서 우리 언니들을 불쌍한 사람 취급만 하시냐고요.

클라라　　누가 불쌍한 사람 취급을 해요?

황진수　　이것도 다 엄연한 일이지요. 개들 생활인이에요. 아니 애들이 지 좋아 들어와서 일하는 걸 우리가 지금 가둬놓고 감시하고 뭐 그런 줄 아세요? 옛날처럼 그런 장사 아니에요. 소개쟁이 선불금 갚고 우리 빚 정리하면 언제든지 자유롭게 자기 가고 싶은 데로 가는 그런 자영업이다 이 말씀이에요.

클라라　　그것만 갚으면 되는 구조였다면 금방 다 나갔겠

죠. 누가 남아 있을까요? 방값에, 화장품값에, 약
값에 시작도 전에 언니들 빚 얹히고 지각하면 벌
금에, 하루 쉬면 50만 원 기본으로 얹히고. 무슨
수로 그 빚을 갚나요? 일을 하면 할수록 빚이 쌓
여가는 구조잖아요.

황진수 우리 수녀님 공부 많이 하셨네. 근데 너무 나대지
마세요, 수녀님. 그 옷 입고 계신다고 그게 방패
가 되는 게 아니거든요.

클라라 신성한 교회에서 감히 수녀에게 협박을 하다니.
제정신입니까?

황진수 여기가 교회예요? 쉼터 사무실이지.

클라라 하느님을 모시는 사람이 있고 기도할 수 있으면
어디든 교회지요.

황진수 아이고. 예, 수녀님. 신성하고 성스러우시고 고결
하시지요.

클라라 점잖게 말씀을 하시든지. 빈정대실 거면 그만 나
가주세요. 저도 더는 못 듣고 있겠습니다.

황진수 생각해보니 그렇네. 뭐 달라. 안 그래요?

클라라 무슨 말씀이세요?

황진수 아니 수녀님, 우습잖아요. 저기 일하는 애들하고
수녀님하고 무슨 차이라고. 다 같은 여자로 태어
나서 말이에요. 남자 받드는 건 똑같은데 안 그
렇습니까?

클라라 뭐…… 이런…….

황진수 막말로 그렇잖아요. 사람들의 자유로운 상거래
를 수녀님이 뭔데, 시장이 뭐라고. 여기 없애겠다

고 큰소리친 인간치고 성공한 인간 단 한 명도
없었습니다. 다들 그렇게 이목만 좀 끌다가 사라
졌지.

클라라   이제부터는 아니죠. 아니고말고요. 사람을 돈으
로 사고팔다니 지금이 어느 시대입니까? 절대 안
됩니다. 모든 이에게 똑같은 평화를 주신 하느님
입니다! 우리는 그분의 자녀들이고요.

황진수   어느 시대든 다를까요? 성매매가 없었던 때가 있
었을까? 왜 눈 가리고 아옹 하십니까. 세상 만들
어진 역사 이래, 언제든 어디서든 일어나는 성범
죄의 발생을 줄이고자, 우리 누이들을 성폭력으
로부터 보호하기 위한 우리의, 스스로 희생하며
노력한 우리 언니들의 공로를 어찌 이리 몰라주
십니까?

클라라   뭐, 보호요? 언니들 착취하면서 잇속만 채우는
파렴치한들이 어디서.

황진수   파렴치한이라니! 우리도 엄연히 이 땅의 시민입니
다. 납세의 의무 꼬박꼬박 이행하면서 성실히 살
고 있다고요!

클라라   요점이 뭐예요?

황진수   그러니까, 제 말씀은요. 철거는, 당장은 그렇고 3년
만 유예해주시면 그동안 정리하겠다, 그거죠. 그
걸 수녀님이 시장님한테 잘 말씀드려주시기만 하
면 된다, 그래서 시장님을 자연스럽게 협상 테이
블에 앉혀만 주시면 그럼 끝이다, 이 말씀입니다.

클라라   제가 왜요?

황진수   협상하자면서요.

클라라   철거 외에 다른 제안은 있을 수 없습니다.

황진수   아니, 그럼 저 언니들은 다 어쩌라는 겁니까?

클라라   언니들을 도울 방법은 얼마든지 있어요. 업주들
이 지운 빚, 파산신청할 수 있게 도울 거예요. 선
불금은 갚을 필요가 없다는 대법원 판례도 있습
니다.

황진수   빚만 갚으면 끝이게요? 사람이 뭐 길바닥에서 산
답니까?

클라라   쉼터에서 머물면 돼요. 직업교육도 시키고 학교
도 갈 수 있게 될 겁니다.

황진수   학교요? (웃으며) 임시잖아요. 애들 다 돌아온다니
까요. 여기 없다고 어디 갈 데 없을까 봐요? 오피
를 가든가 키스방을 가든가……. 결국 음지로 다
겨들어 갑니다.

클라라   옛날이면 그랬겠지만 지금은 아니죠. 아니고말고
요.

황진수   당신이? 겨우 두 달 이 안에서 깨작거려놓고서
는? 설치고 돌아다니면서 하느님 어쩌고저쩌고.
세상 물정 뭘 알아? 사회 경험이나 있나? 그러면
서 지 잘난 줄 알고 고귀한 척 이래라저래라. 꼴
값이에요, 예!

황진수, 위협적으로 클라라에게 바짝 다가선다.

클라라   무식하고 저급한 인간. 나가요!

황진수　　아이쿠, 무서워라.

클라라　　협상 따위 절대 없어요. 시장님이 하시겠다고 해도 내가 말릴 겁니다.

황진수　　고작 수녀 주제에. 요즘 세상에 무슨 권위가 있다고. 이렇게 하고 한 달에 얼마 받으세요?

클라라　　당장 안 나가요!

황진수　　갑니다. 부디 편안한 밤이고 낮 되세요. 안 그랬다간…….

황진수가 말하며 문을 여는데 문 뒤에 이레네가 서 있다.
대화를 듣던 이레네, 놀란다.

황진수　　큰일 날 수 있어요. 여기서 조금만 나가죠? 죄 논밭에 밤 되면 사방이 깜깜해요. 사람도 안 다니는 그런 시골이거든요. 영광이 성부와 성자와 성령께 처음과 같이 이제와 항상 영원히. 아멘.

황진수, 이레네에게 들어가라는 몸짓을 하고는 퇴장한다.
무대 어두워진다.

4장

이레네와 소영의 비밀

무대 밝아지면 원형 탁자에 앉아 있는 이레네가 보인다.

박소영, 들어온다.

박소영　　　수현 언니!

이레네　　　놀라라. 무슨 좋은 일이라도 있어요?

이레네, 찻잔을 챙긴다.

박소영　　　혼자 버스 타고 왔어요. 활동가 언니 없이요.

이레네　　　아 진짜?

박소영　　　활동가 언니도 그러더만. "아 진짜?" 무슨 유치원
　　　　　　　선생들이야, 뭐야?

박소영, 상담 테이블의 의자에 앉는다. 이레네가 보고 있던 파일을 자기 쪽
으로 돌려놓는다.

박소영　　　빨리빨리 해요. 오늘은 무슨 얘기를 해요?

이레네　　　글쎄. 그건 자기가 생각해 왔어야죠.

박소영   질문이 쉽지가 않아요. 언니처럼 재미없는 사람
         한테 자꾸 말을 시키는 것도 고역이고요.

이레네   그래도 상담은 상담이니까 질문해주세요. 이건
         소영 씨가 제안한 거잖아요. 질문 못 듣겠다고.

박소영   그랬죠.

이레네   난 소영 씨만 믿고 있어요. 빨리 끝내자면서요.

박소영, 파일을 자기 쪽으로 가져가 유심히 내려다본다.

박소영   그럼 상담을 시작하겠습니다.

잠시 사이

이레네   뭐 해요? 나에 대해 궁금한 거 없어요?

박소영   아니, 상담사가 왜 된 거예요, 도대체? 이렇게 소
         질도 없으면서. 질문입니다!

이레네   나는 대학을 졸업하고 한동안 직장에 다녔어요.

박소영   평범하네요.

이레네   그러다 스물아홉이 됐는데 뭔가 인생이 심심한
         거예요. 너무 무미건조하다는 생각?

박소영   그래서요?

이레네   회사를 때려치우고 밴드에 들어갔어요. 노래를
         하고 싶었거든요.

박소영   미쳤다!

이레네   상담 중 감정 드러내기 없기.

박소영   씨발. 그래서요?

이레네	재미있었어요. 즐거웠고요. 나름 좀 불렀어요. 그런데 진짜가 나타난 거지. 음색이며 분위기며. 생각해보면 건반도 같이 했으니까 노래를 시켰던 건데. 나는 뒷전이 됐죠. 처음에는 당연하다 했거든요. 그런데 나중에는 좀 부아가 나는 거예요.
박소영	원래 에이스 하다가 젊은 애들한테 밀리면 그런 기분이 들어요. 천년만년 에이스 할 거 같겠지만 세월을 어떻게 이겨?
이레네	비유가 적절치 않아요.
박소영	그래서요?
이레네	베이스 오빠랑 연애를 하더라고요. 내가 좋아하고 있었는데. 그래서 그 밴드를 나왔어요. 그 번뇌들을 어찌해야 할지 모르겠는 거예요. 큰맘 먹고 상담소를 찾았는데…….
박소영	좋았구나. 그래서 마음공부를 시작하게 됐다?
이레네	기도를 시작하면서……. 뭐, 그런 셈이네요.
박소영	연애도 밍밍해. 사람도 맥없어. 타이밍이 아니라니까, 연애는. 외로워서 대충 맞추잖아요? 그래 봐야 얼마 못 가고 금방 쫑 나지. 언니 쭉 옆에 있었잖아. 근데 안 됐지? 그 뉴페이스니까 가능한 거예요. 아시겠어? 안 되는 년은 결국 안 되는 거라고.
이레네	상담사가 뭐 이렇게 매워요? 소영 님은 그런 사람 있었어요?
박소영	그럴 리가. 무슨 연애. 다 거지 같았지 뭐.

젊은 황진수가 등장한다.

황진수   야!

벽을 타고 붉은빛이 들어오면서 무대는 어린 시절 박소영의 유리방으로
바뀐다.
박소영, 황진수의 고함소리에 놀랐다가 다시 무심해진다.

황진수   몇 시냐, 몇 시야. 지금 일어나면 사우나는 언제
　　　　　가고 미용실은 언제 가!
박소영   배고파요. 밥은 안 먹어요?
황진수   주방 이모 안 계셔?

황진수, 기도실 문을 연다. 주방 문이다.
이레네, 파일을 보며 상황을 살핀다. 황진수의 말에 이레네가 대답을 해도
무방하다.

황진수   이모!
주방 이모   왜.
황진수   계시네.
주방 이모   그럼 어디 가?
황진수   여기 라면 하나만 끓여주세요. 파랑 땡초 좀 많이
　　　　　썰어 넣고. 아니 햄 치즈 예쁘게 썰어 넣고.
주방 이모   북엇국 남았는데?
황진수   그냥 좀 끓여줘요.
주방 이모   어리니 좋구나. 아주 특별 대우다야. 다들 주는

대로 처먹고 출근하는구면.

말이 채 끝나기 전에 황진수는 문을 닫아버린다.

박소영   저 그냥 북엇국 먹을게요.

박소영, 주방으로 들어가려고 한다.

황진수   앉아!

박소영, 다시 제자리에 앉는다.

황진수   내 말이 지겹냐?
박소영   (눈치를 살피며) 말씀하세요.
황진수   배은망덕한 년. 지명 좀 있다고 유세할 게 아니
                야. 그것도 한때다. 빨리 벌어 빚을 갚아야지.
박소영   그래야죠.
황진수   차라리 소개쟁이 선불금이 낫지. 남친이 팔아넘
                겨 생긴 빚은 좀 그렇지 않냐? 뭐 하는 놈팡이를
                만났기에 지금 이런 시대에 인신매매도 아니고
                이런 데 팔리기나 하는 거야?
박소영   제가 제 발로 들어온 거예요.
황진수   어린년이 일찍 사회생활 시작했으면 남자 보는
                눈이라도 있어야 하는 건데. 지 팔자 지가 꼬는
                거지.
박소영   지금 급해서 그렇지, 갚으러 온다고 했잖아요! 조

건 하는 거랑 별다르지도 않고…….

황진수　어 — 그 새끼가 그렇게 꼬셨어? 여기가 낫다고?

박소영　모텔 아니면 노숙이잖아요. 떼로 사는 것도 지겹
고. 씻기도 불편하고 자기도 그렇고.

황진수　그렇지. 맞아! 이제 여기가 집이지.

박소영　남친 빌려 간 돈 갚고 보증금 조금 마련하면 바
로 나갈 거예요.

황진수　아이고. 무슨 구중궁궐 구해? 벌써 석 달이 지났
습니다. 요즘 부동산 가면 널린 게 방이야. 올 거
였으면 진즉에 왔겠지요.

박소영, 말이 없다.

황진수　울게?

박소영　아니요.

황진수　애들은 이쯤 되면 울던데.

박소영　안 울어요.

황진수, 박소영을 빤히 쳐다본다.

황진수　내일 놀래?

박소영　왜요? 어떻게 쉬어요?

황진수　누가 쉬래? 놀러 가겠냐고.

박소영　어디를요?

황진수　금성닭집이라고. 읍 쪽으로 가다 보면 도리탕 기
깔나게 끓이는 데가 있어. 빨간 거 싫으면 통닭을

먹든가.

박소영   저 거기 모르는데.

황진수   내가 데려가지.

황진수, 살짝 웃어 보이며 밖으로 나간다.

주방 이모   (안에서 목소리) 라면 다 됐어.

박소영   네.

박소영, 기도실이자 주방으로 들어간다. 곧이어 라면을 받아 나와서 자리에 앉아 먹는다.

주방 이모가 따라 나온다. 파일을 들고 있는 이레네여도 무방하다.

주방 이모   황 실장이 닭집 가자지?

박소영   어떻게 아셨어요? 어떻게 하면 좋을지 모르겠어요.

주방 이모   여기 정신 나간 년 또 하나 있네. 야, 이 미친년아. 피임약 잘 먹고 콘돔이나 꼭 챙겨 가.

박소영   아니, 그게 아니고 밥을 먹자고…….

주방 이모   그 새끼는 그 집 닭에 환장을 했나, 맨날 거기야. 그렇게 꼭 데리고 나가서는 언니들 자빠뜨리지. 밥도 지가 안 사면서. 내 얻어먹었다는 언니를 본 적이 없어. 말은 기술 보고 테크닉 전수한다는데 지 재미 보자고 그러는 거면서 핑계는. 언니들한테 기술 좀 확실히 물어서 나가. 괜히 또 지랄이니까. 매상 안 올라간다고 염병, 첨병이라고. 알겠냐?

주방 이모, 문을 열고 들어가버린다.
박소영, 젓가락을 놓는다.
그 순간 황진수, 들어온다.

박소영   여기 들어온 첫날에요, 한밤중에 실장 삼촌이 제
방에 들어왔어요. 제 발로 들어와도 그런 건 겁
나거든요. 이불을 꼭 쥐고는 자는 척하는데 실장
삼촌이 이마를 짚어요.

황진수   열은 없네.

박소영   그래요.

황진수   굶었나, 몸은 또 왜 이래.

박소영   이래요. 그러고는.

황진수   내일 눈뜨면 주방 이모부터 찾아. 몸부터 추슬러
야지.

박소영   그러고는 나가요.

황진수, 퇴장한다.
박소영, 미소를 지으며 그 모습을 지켜본다.

박소영   누가 내 이마에 손 짚어주는 사람 없었거든. (웃으
며) 맛있어. 김치 딱 한 조각만 더 있으면 좋겠네.

박소영, 라면 국물을 마신다.

박소영	넘어가지도 않는 닭도리. 그걸 억지로 다 먹고 결국 모텔 갔잖아.
이레네	닭볶음……. 아니에요.
박소영	갔더니 거기 경찰이 있네. 우리 가게 단속 나왔던 그 경찰. 그 새끼는 참변태. 결국 내가 침대에다 토했잖아. (웃으며) 아주 질겁을 했지. 그 후로 우리 업소는 한 번도 단속에 안 걸렸어요. 석 달에 한 번씩. 외교라고 하면서 말이야. 꼭 그 경찰이 나를 지목해요. 그럼 닭볶음! 먹고 모텔 가고. 그래서 난 닭볶음탕이 싫어. 이상하게 헛구역질이 나.

박소영, 라면에 젓가락을 대다 급하게 놓는다.

박소영	다 먹었네. 이걸 다 처먹었어. 뚱뚱하면 휘파리 이모가 손님도 안 넣어줘요.
이레네	아주 싹 비웠네요.
박소영	어쩌다 이 이야기를 하는 거야, 대체? 언니 이야기 하고 있었잖아요. 탄수화물이 이렇게 무서워.

이레네, 쟁반을 치운다.

이레네	기도하다가 봉사도 하고 공부도 하고 상담사 과정도 거치고 그렇게 지금 여기죠.
박소영	좋아요?
이레네	글쎄요.

박소영   자기 결정을 자기가 모르면 누가 알아요! 생각해
          서 한 것들일 거 아니에요!
이레네   상담사 선생님이 너무 고압적이세요. 무서워요.
박소영   아 씨! 그럼 관두시든가요.
이레네   질문 겨우 하나 하고 그만해요?

박소영, 쓰던 파일을 이레네 앞으로 돌려놓고 일어선다.

박소영   갈래요.
이레네   벌써요?
박소영   다 채웠어요. 오늘 치 상담.

박소영, 돌아서서 문 앞에 우두커니 선다.

이레네   왜요?

박소영, 이레네에게 다가온다.

박소영   아이를 가지면 처음에 뭘 해요?
이레네   음…… 글쎄요. 우선 주변 가족들에게 알려야겠
          죠? 갑자기 왜…….

이레네, 입을 다문다.

박소영   아이를 가졌어요.
이레네   그랬군요.

| 박소영 | 누구 아이인지는 대충은 알겠는데 그 사람이 어떤 사람인지는 몰라요. 손님이었으니까. 무슨 말인지 알죠? |

박소영　누구 아이인지는 대충은 알겠는데 그 사람이 어떤 사람인지는 몰라요. 손님이었으니까. 무슨 말인지 알죠?

이레네　그럼요.

박소영　낳을 생각 없어요.

이레네　그래요?

박소영　세 번째 질문이요. 이제 어떻게 해야 해요?

이레네　나 말고 누구한테 이야기한 적 있어요?

박소영　아니요. 아직 아무도 몰라요. 알면 난리가 나겠죠. 내가 질문했잖아요.

이레네　낳을 생각이 없다면 산부인과에 가서…….

박소영　가서요?

이레네, 말이 없다.

박소영　같이 가주면 안 돼요?

이레네　진료를 받게요?

박소영　지우게요.

이레네　저는…… 가톨릭 신자예요.

박소영　그런데요?

이레네　가톨릭은 낙태를 반대해요.

박소영　날 도울 수 없다는 거예요?

이레네　아이 지우는 일 자체를 찬성할 수가 없어요.

박소영　뭔 개소리야? 내가 병원에 가겠다는데 지금 설마 뭐 낳아 키워라 그런 소릴 하게요?

이레네　그건 아니에요.

박소영   그 소리가 그 소리지.

이레네   미안해요.

박소영   아, 씨발. 언니가 뭐가 미안해요. 알았어요. 내 알
           아서 하면 돼요.

이레네   병원에 가게요?

박소영   그럼요! 갈 수 있어요. 활동가 선생한테 얘기하
           면 되지. 설마 그 언니도 가톨릭 신자예요? 아, 좆
           같네, 정말. 괜히 얘기했어. 그럼 누구한테 얘기하
           지? 여기는 다 수녀들뿐이잖아요. 상관없어. 혼자
           갈 건데 뭐.

이레네   맞아요. 그래요. 수녀라서 더 그래요. 내가 수녀
           라서. 낙태는 안 됩니다. 절대.

잠시 사이

박소영   언니 수녀예요? 진짜예요? 이름이 뭔데요?

이레네   이레네예요.

박소영   그게 뭔데요? 증명할 수 있어요?

이레네   그걸 왜 굳이 거짓말하겠어요.

박소영   여지껏 했잖아요, 거짓말.

이레네   미안해요.

박소영   괜찮아요. 사실 뭐, 언니가 상담사건 수녀건 나한
           테는 하나도 안 중요해. 우리 단골 중에 종교인
           많아요. 이름만 대면 다 아는 유명한 사람들. 사
           람들 앞에서는 그렇게 선한 척, 뒤에서는 거짓말
           하는 데 선수들이라는 거 내 이미 다 알지.

이레네	미혼모를 위한 시설이 많아요. 찾아볼게요.
박소영	왜요?
이레네	소영 자매님…….
박소영	나는 지울 거라니까. 내 알아서 가요. 여기 오듯이 가면 되는데 뭐. 나 혼자서 못 할까 봐? 할 수 있어. 한다고! 성당 다니는 사람은 그럼 아무도 애 안 지우겠네? 그런데 왜 애 낳는 사람이 없대? 성당 다니는 사람들은 기도하고 고해하고 용서받고. 참 편하고 좋아. 씨발, 세례를 받아야겠어. 그래야 주도권이 나한테 오지. 내 마음대로 하고도 기도하면 끝이게!

박소영, 나가려고 한다.

이레네, 박소영을 잡는다.

뿌리치려는 박소영과 잡고 놓아주지 않는 이레네 때문에 둘은 한 덩어리처럼 보인다.

이레네	어디 가요?
박소영	병원이요. 놔요.
이레네	소영 님, 잠시만요.
박소영	이거 놓으라고요!
이레네	나랑 잠깐만 기도해요.
박소영	그럼 애가 떨어지나? 그렇기만 하다면야 당장이라도 하고.
이레네	나는 상담사로서 지금 여기 있어요. 소영 씨는 내 첫 내담자고요. 그리고 지금 어려움에 처했어요.

수술을 하는 건 소영 씨의 선택이에요. 나는 상담
사로서, 소영 씨가 처한 어려움에 대해 전문가로
서 조언을 할 수 있어요. 어떤 경우든 소영 씨가
원하는 방향으로, 소영 씨 의지대로 뭐든 선택할
수 있도록 도와야 해요. (소영을 놓아주며) 그게 수
술이라 해도요.

박소영   무슨 소리예요?

이레네   병원을 알아볼게요.

박소영   진심이에요?

이레네   네. 내 도움이 필요하다면. 같이 가요.

이레네가 앞장서서 퇴장하는데 박소영의 엄마가 거리 쪽에서 보인다.

이레네가 소영모 역할을 해도 무방하다.

다음 장면의 배우는 박소영의 상담 내용이 재연되는 것처럼 연기한다.

소영모   많이 바빠?

박소영, 엄마를 알아보고 잠시 멈춘다.

박소영   (이레네가 나간 쪽을 보다가) 괜찮아. 얘기해.

소영모   아니, 왜 얘기했잖아. 아빠 임플란트.

박소영   엄마, 좀 천천히 하면 안 돼? 내가 당분간 일을
좀 쉬어야 할지도 모르겠고.

소영모   왜?

박소영   그냥 좀.

소영모   그러면 안 되는데. 이번 달 생활비는 들어왔던데.

치과 치료비는 몇백이란 말이야.

박소영　300씩 꼬박꼬박 보냈잖아. 모아둔 거 없어?

소영모　우리 생활비에 니 동생까지 하면. 그게 돈이니?
유세는.

박소영　누가 유세야.

소영모　힘든 거 아는데 집 사정이 그렇잖아. 아빠가 당장
밥도 못 먹는다니까. 니가 열심히 좀 해. 너 말고
누가 일을 해.

박소영　동생도 취업했잖아.

소영모　경기도서 출퇴근한다고 차 지르고는 할부도 못
갚고 있어. 아주 내가 정말 어디 파출부라도 나가
고 싶은데…….

박소영　투석하는 사람이 뭘 해.

소영모　그러니. 너밖에 더 있어? 손님들은 많지? 넌 예쁘
니까 사랑받을 거야. 그렇지?

박소영　당장은 없고. 구해볼게.

소영모　급해!

박소영　제발 좀……. 제발 엄마! 어떻게 엄마라는 사람이
그래?

소영모　나도 이러고 싶지 않아.

박소영　그럼 안 하면 되지! 태영이 돈 벌잖아. 아빠 임플
란트, 카드 긁으면 되지! 도대체 자동차 할부금
이 얼만데! 나보다 많이 빚졌대? 나만큼 생활비
갖다 바쳤어? 공부도 안 시키고 공장이나 보냈으
면서 어떻게 나한테 이래!

소영모　엄마가 미안해. 엄마가 미안하다.

박소영　　　　나 일 쉬어야 해. 임신했다고. 중절해야 해서…….

소영모　　　　그래?

소영모, 미소를 지으며 최대한 친절한 태도로 박소영에게 다가온다.

소영모　　　　그럼 수술을 좀 미루면 어때? 배가 조금 불러도
　　　　　　　　가능하잖아. 오히려 그런 거 좋아하는 사람도 있
　　　　　　　　어!

박소영　　　　뭐?

무대 완전히 어두워진다.

5장
포주

밝은 대낮, 유리방 앞 거리.

황진수, 등장한다. 구멍이 숭숭 뚫린 큰 깡통을 들고 있다. 깡통에는 끈이 달려 있고 그 끈은 나무 대로 연결되어 있어 들 수 있다. 쥐불놀이 깡통과 흡사하다.

아직 잠이 덜 깬 유리방 언니가 황진수를 따라 함께 등장한다.

황진수　　　왜 너뿐이야?

유리방 언니1　언니들아 ―.

황진수, 말을 하면서 깡통 안에 마늘과 마른 고추, 소금, 후추 등을 넣는다.

황진수　　　하여튼 오지게 재수가 없는 년들이 있어. 임신을
　　　　　　　해? 누구 장사 말아먹을라고? 그러면 그 가게는
　　　　　　　재수 옴 붙는 거라고 몇 번을 얘기해!

황진수, 바닥에 침을 뱉은 후 부적을 꺼내 불을 붙여서 깡통에 집어넣는다.

연기가 조금씩 올라온다.

그때 다른 유리방 언니들이 무대로 나온다.

| 황진수 | 언니들아, 제발. 응? 손님 맞을 때 끌어안고 얼굴 안 보여주는 그런 꼼수 부리지 말랬지. 표정으로 손님의 만족도를 최대한 끌어올리면서도 이 새끼들이 콘돔을 빼나 안 빼나 잘 감각해야 한다고 몇 번을 말하냐. 나의 조언을 들어처먹지를 않아요. 귀찮다고 그러고 끌어안고만 있으니 콘돔을 빼도 모르지. 아니 그 잠깐, 5분을 연기 못 하겠더냐? 프로 의식이라고는 1도 없는 것들. 우리 손님이 너희에게 바라는 대로 그대로 너희도 손님에게 해주란 말이야. 마태복음 7장 7절에서 12절 말씀이다. 그게 돈 받고 서비스하는 똔똔의 법칙이야. 알겠어? |

황진수, 연기가 올라오는 깡통을 들고 이리저리 흔든다. 소독하는 듯한 모습이다.
유리방 언니1, 손으로 비는 동작을 한다.

황진수	그리고 샤워실에서부터! 주도권 넘기지 말라고! 알겠어? 앞판 뒤판은 기본! 괜히 귀찮다고 대충 씻기고는 손님 하고 싶은 대로 두다가는 거기서부터 그냥. 알지? 여기저기 멍 들면 추해. 몸을 아낄 줄을 몰라. 우린 뭐다?
유리방 언니들	(작게) 프로다.
황진수	똑바로 안 해? 뭐라고?
유리방 언니들	프로다!
황진수	샤워실 주도권 절대 사수한다.

유리방 언니들   샤워실 주도권 절대 사수한다.

황진수   손님을 믿으면 뭐다?

유리방 언니들   천하의 바보다.

황진수, 깡통에 물을 부어 불을 끈다.

황진수   (유리방 언니들에게) 카드맨한테 줄 30만 원 있어!

유리방 언니2   그냥 내가 가서 현찰 뽑아 오면 되는데 꼭 그렇
                게까지…….

황진수   야 이 쪼다야. 너는 손님 잡고 있어야지. 내가 잡
                고 있으리? 돈 뽑아 온다면서 토낀 손님이 얼마
                나 많았냐.

유리방 언니2   ATM기 엎어지면 코 닿을 거리를 무슨 30만 원
                씩이나. 따지고 보면 실장님이 내는 게 맞지 않
                아?

유리방 언니3   아가씨 때려치우고 언니가 할래, 카드맨?

유리방 언니2   내가 그걸 어떻게 하니? 앤 뭘 처먹고 이렇
                게…….

유리방 언니1   그 야밤에 누가 오토바이 타고 여길 왔다 갔다
                하고 싶겠어.

황진수   토론들 끝나셨어? 길게 말 안 한다. 장부에 올린다.

유리방 언니들   네.

황진수   그리고! 다시 말하지만 임신은 절대 안 돼. 병원
                가도 절대 봐주는 거 없어. 너희들만 손해인 거
                야. 알겠지?

유리방 언니들   네.

유리방 언니3	근데 실장 오빠, 소영이 그년은 진짜 튄 거야, 뭐야?
황진수	에이스 너는 닥쳐줄래?
유리방 언니3	아니, 임신했어도 잠적해서 이제 여기 없는 년인데 굳이 굿을 해야 해? 나 돈도 없고 어제도 공쳤단 말이야. 굿값을 또 내?
유리방 언니2	입안의 혀처럼 굴던 년이 별일이다, 정말. 맨날 돈 돈하면서 데모 앞장서던 년이. 그래도 금방금방 찾아오더만 천하에 황 실장이 못 잡는 년도 다 있어.

황진수, 갑자기 폭주한다.

황진수	야이! 씨발년아! 아가리 안 닥쳐! 내가 못 잡는 년이 어딨어?
유리방 언니2	아니, 나는 그러니까…….
황진수	나는 거룩해. 알아? 내 성의를 개한테나 주고 그러면 안 되지. 마태복음 7장 6절! 너희의 진주를 돼지한테 던져봐야 결국 돌아오는 건 아무것도 없어. 그것들이 니네 성의를 짓밟아버린다고. 뒷덜미 꽉 물리는 수가 있어.
유리방 언니1	그럼. 암만.
황진수	다들 명심해. 빚 안 갚고 토껴봐야 결국 끝은 섬 아니면 죽는다는 거. 알겠어? 그년도 돌아와. 돌아오게 돼 있어!
유리방 언니1	당연하지. 다들 새겨들었지? 저년은 괜한 얘기를 꺼내가지고.

유리방 언니2	완장 납셨네.
유리방 언니1	황 실장 오빠, 그만 진정해. 시간도 많이 갔고 우리 준비도 해야 하는데……. 아, 없는 년 못 한 만큼 매상 올려야지.
황진수	눈치들 챙겨. 그럼 이만 해산!

황진수, 퇴장한다.

유리방 언니1	야, 너!
유리방 언니2	뭐!
유리방 언니1	황 실장이 떠들 때는 그냥 좀 가만히 처듣고 있으면 안 되겠니?
유리방 언니3	진주에 돼지 참 좋아해.

언니들, 대화하며 퇴장한다.

황진수, 창에 나타난다. 소년처럼 순수하고 아이를 잃은 어머니처럼 처절한 모습이다.

| 황진수 | 예수께서 말씀하셨다. 아버지, 저들을 용서하소서. 저들은 자기들이 하는 일을 알지 못함이나이다. 아버지, 둥지를 떠나 광야를 헤매고 있는 소영이 년을 붙잡아주시고 제 품으로 인도해주소서. 아버지, 저들을 용서하소서. 저들은 자기들이 하는 일을 알지 못함이나이다. 오, 아버지. |

황진수, 퇴장한다.

6장

클라라와 이레네의 대책

기도실이 밝아지며 클라라와 이레네의 목소리만 들린다.

두 사람, 누가 들을세라 소곤거리듯 이야기한다.

클라라 이레네 수녀님, 어떻게 이런 일을 벌여요. 이게 말이 된다고 생각해요. 이레네 수녀님은 상담사이기 이전에 수녀입니다. 낙태라니요.

이레네 죄송합니다.

클라라 이 일을 어떻게 보고하면 좋을지 정말 감도 잡히지 않아요. 이건 우리 방식이 아니에요. 이레네 수녀님은 모든 가톨릭 수도자들과 여기 동료들 그리고 우리 교인들의 믿음에 똥물을 끼얹은 거나 다름없어요.

이레네 변명의 여지가 없습니다. 어떤 처분이든 달게 받겠습니다.

클라라 그런 태도가 더 불쾌해요. 지금 독립투사가 아니에요, 이레네 수녀님. 나는 지난 일주일 동안 두 사람이 어떤 대화를 나눴고 어떤 경위로 병원에 가게 됐는지 소상히 알아야겠습니다.

이레네   네.

클라라   지금부터 내가 이레네 수녀님께 아주 직설적인
           질문을 할 거예요. 성실히, 숨김없이 답해주세요.

이레네   네.

클라라   소영 자매가 임신한 건 어떻게 알았어요?

이레네   소영 자매님이 상담 왔을 때 저에게 알려줬습니
           다.

클라라   병원에 가서 아이를 지우자고는 누가 먼저 말했
           습니까.

이레네, 말이 없다.

클라라   이레네 수녀님!

이레네   해결 방법은 무엇이 있는지 물었어요. 저는 우선
           주변에 알려야 한다고 했고…….

클라라   그리고요?

이레네   아이를 낳을 건지 물었지만 원하지 않는다고 했
           어요. 그래서 제가 본인의 의사에 따라 산부인과
           에 가서 진료를 받을 수 있다고 했습니다.

클라라   그다음은요?

이레네   소영 자매님은 진료를 원하는 게 아니었기 때문
           에 제가 소영 자매님에게 산부인과에 가면 낙태
           를 할 수도 있다고 얘기했습니다.

클라라   권유였나요, 설명이었나요?

이레네   제 뉘앙스까지는 잘 모르겠습니다. 듣는 사람에
           따라 다르게 받아들일 거라고 생각합니다.

클라라   분명하게 말씀하셔야 해요. 그렇게 하는 게 좋겠
다고 추천을 했나요, 아니면 여러 방법 중 하나라
고만 말씀하셨나요?

이레네   전자든 후자든 결국 저는 방법을 말했습니다. 어
쨌거나 차이는 없다고 생각합니다.

클라라   따지고 보자면 결과는 똑같지요. 그렇지만 우리
는 결과를 좇는 사람들이 아닙니다. 보고 행한
모든 순간에 하느님과 함께하셨나요? 나는 이레
네의 생각이 궁금해요. 어떤 심정으로 소영 자매
에게 수술을 얘기했는지. 그게 중요한 겁니다.

이레네   저는…… 추천했습니다.

클라라   세상에나! 이레네 수녀님, 제정신이신가요?

이레네   그리고 반대하기도 했습니다.

클라라   그게 무슨 소리입니까? 추천을 했다는 거예요,
반대를 했다는 거예요?

이레네   수녀임을 밝히고 신념상 낙태를 권하거나 도울
수는 없다고 했습니다.

클라라   수녀임을 밝혔다고요?

이레네   네.

클라라, 상담실 밖으로 나온다.

이레네, 따라 나온다.

클라라   소영 자매는 뭐라고 하던가요?

이레네   처음에는 믿지 않는 눈치였지만 저는 거짓말할
이유가 없고 소영 자매님은 안 믿을 이유가 없다

고 말하니 금방 수긍했습니다.

클라라	비밀이란 말씀은 하셨나요?
이레네	아니요. 그 부분은 확실하게 대화하지 않았습니다.
클라라	그리고 나서 소영 자매는 병원을 가고 수술을 한 거네요.
이레네	저는 수녀이기도 하고 상담사이기도 합니다. 종교적인 제 믿음을 말씀드린 후 상담사로서의 조언을 진행했습니다.
클라라	종합해보자면 결국 추천하고 돕기까지 한 거군요.

이레네, 말이 없다.

클라라	무슨 말씀을 좀 해보세요. 박소영 자매는 이레네 수녀님의 말을 듣고 살인을 저질렀습니다. 이레네 수녀님은 살인 공모자예요.
이레네	원장수녀님…… .
클라라	그러니까 무슨 말씀이라도 해보시라고요.
이레네	모자보건법상 강간 등 원치 않는 임신의 경우 임신 중단은 합법입니다, 원장수녀님.
클라라	세상에나! 어떻게 그런 말을.

두 사람, 더 이상 낮춰 말하지 않는다.

클라라	법이 교리에 우선합니까?

이레네, 말이 없다.

<table>
<tr><td>클라라</td><td>이레네 수녀님, 말씀하세요.</td></tr>
</table>

클라라 이레네 수녀님, 말씀하세요.

이레네 아닙니다.

클라라 사람은 죄 속에서 태어납니다. 오직 마리아만이 성령으로 원죄 없이 예수님을 잉태하셨습니다. 예수님을 품는 순간 인간으로서의 원죄는 모조리 사라졌으니까요. 그래서 우리 가톨릭이 뱃속의 태아를 생명으로 본다는 원칙에 입각해 오랫동안 낙태를 반대해온 것입니다.

이레네 원장수녀님, 신학자 토마스 아퀴나스는 40일까지는 아이에게 영혼이 깃들지 않는다고 하였습니다. 그래서 그사이 자연히 유산되거나 사산되거나 부모에 의해 낙태되는 모든 경우가 가능하다고 하였습니다.

클라라 정말 어이가 없네요. 나랑 지금 교리로 따져보자는 거예요?

이레네 그게 아니라, 교리 역시 시대에 맞춰 정해저 내려왔고 또 필요에 의해 움직였다는 말씀을 드리고 싶었습니다.

클라라 이레네 수녀님, 하느님이 보이지 않습니까?

이레네 항상 제 마음 안에 계시며 죽은 후 부활하여 천국에서 만난다고 믿습니다.

클라라 그 마음 안에 왜 이런 불손한 생각이 가득하게 됐을까요? 가슴이 아픕니다, 정말. 우리나라에서 아기는 태어나자마자 한 살이라고 합니다. 왜 그러

겠어요. 뱃속의 시간까지 생명으로 쳤기 때문입
니다.

이레네 임산부가 만일 유산을 하게 된다면 그럼 그 아이
는 세례도 받지 못했으니 지옥행인데 자궁 세례
는 안 하지 않습니까. 그건 이 세상과 만나는 그
순간부터 그 아이의 영혼을 인정한다는 뜻 아닐
까요?

클라라 지금이야 많은 아이들이 건강하게 태어나지만 옛
날에는 그렇지 않았잖아요. 생명으로 보지 않아
서가 아니잖습니까. 낳아야지요. 부모가 정히 키
우기가 힘들다면 법적으로 제도적으로 보호하고
지원할 수 있는 여러 장치가 얼마든지 있습니다.

이레네 원장수녀님, 제 말씀은 신도들의 생각이 조금씩
바뀌고 있다는 거예요. 그들의 생각은 그러한데
교회는 너무나 안일한 것 아닌가 의문이 듭니다.
프란체스코 교황님도 다시 생각해볼 문제라고
언급하셨습니다.

클라라 교황청에서는 그 언급에 대해 요즘의 시각으로
살펴 읽을 수도 있다는 것이지 꼭 짚어 낙태를 말
씀하신 건 아니었다고 공식 발표했습니다! 교황
님의 말씀은 모두를 편견 없이 사랑해야 한다는
것이었어요. 동성 커플에게도 축하를 보내신 분
입니다! 그게 우리가 실천해야 하는 사랑이란 것
이고요. 생명을 죽이고 살리는 일은 다수결이나
사회적 합의로 결정할 수 있는 일이 아닙니다.

이레네 원장수녀님, 저는 우리가…… 아니 제가 종교인

으로서, 지금 세상에 왜 필요한 것인지, 제가 필요한 사람인 건지 의문입니다.

클라라 이레네! 도대체 왜 마음 안에서 믿음의 기둥을 붙잡지 못하는 거예요? 진정한 사랑이 무엇인지, 무엇이 참사랑인지 내 안에서 찾아 실천해야 한다고 몇 번을 말했습니까.

이레네 명자 님의 마지막 전화에 답을 드리지 않았습니다. 너무 싫었습니다. 삑하면 울려대는 전화기. 징징대는 목소리. 또 핑계를 대면서 돈이나 달라고 하겠지. 사람이 이렇게 싫을 수가. 제가 전화만 받았어도 명자 님이 그렇게 가시지는 않았을 거예요. 제가 전화만 받았어도.

클라라 명자 님이 스스로 그렇게 가신 거 이레네 수녀님 탓이 아닙니다. 준비 안 된 분을 우리 모두 함께 내보냈던 겁니다. 과감하게 해보려던 건데……. 무모했어요. 반복해서는 안 되지요. 지금부터 바로잡아나가면 되고요.

이레네 그게 안 됩니다, 원장수녀님. 저는 도저히 삼켜지지가 않습니다.

클라라 나 역시 쉽지 않아요. 하지만 우리 일이 있잖아요. 나아가야 해요. 오직 믿음 안에서 행동해야 합니다. 우리는 파괴자가 아니에요.

이레네 저는 누구도 사랑하지 않는 것 같습니다.

긴 사이

클라라	피정의 집에서 기도와 묵상을 하도록 하세요. 일주일이면 좋겠습니다.
이레네	알겠습니다.
클라라	이레네 수녀님은 특히 침묵의 기도를 권합니다. 외부와 일절 접촉하지 마시고요.
이레네	소영 자매님은 어떻게…… .
클라라	내 알아서 잘 돌봅니다. 스스로를 돌보세요. 그만 나가보세요.
이레네	네.

이레네, 문을 열고 나간다.

클라라, 한숨을 쉬며 책상에 앉는다.

무대 어두워진다.

7장

소영의 꿈

박소영, 앞치마와 청소 도구를 들고 원장실 안으로 들어온다.

클라라, 박소영을 보며 반갑게 맞이한다.

클라라 몸은 좀 어때요?

박소영 그냥 그렇죠.

클라라 크게 어려운 일은 없지요?

박소영 네에.

클라라 자취 생활은 하실 만하고요?

박소영 그냥 그렇죠.

클라라 임시 숙소 때보다야 훨 좋지 뭘 그래요.

박소영 뭐.

클라라 대답이 너무 짧다. 묻는 사람 기운 안 나게.

박소영 어제 택배가 와서 새 이불을 뜯었거든요. 손님 거 말고 내가 덮을 내 이불이요. 머리까지 뒤집어쓰고 누웠는데 아침까지 푹 잤어요. 됐어요? 이 청소는 언제까지 해요?

클라라 파산신청 승인돼서 구직 내용 계속 보내야 하는 거 아시잖아요.

박소영　　　대충 써 내면 되잖아요.

클라라　　　직업교육이라니까요. 사진도 필요하고.

박소영　　　아 씨! 그래서 또 어디서부터 어디까지요?

클라라　　　오늘은 여기 사무실이랑 지하 성당 청소 부탁해
　　　　　　요.

박소영　　　지하요?

클라라　　　왜요?

박소영　　　저 혼자서요?

클라라　　　좀 넓기는 해도 항상 청소를 하고 있어서 할 게
　　　　　　그렇게 많지 않아요.

박소영　　　그러니까요. 깨끗한데 뭐 하러 청소를 해요?

클라라　　　어떻게 깨끗할 수 있었겠어요. 매일 청소를 하니
　　　　　　그렇겠죠? 그러니 청소는 매일 해야죠.

박소영　　　청소라는 게 더러워져야 하는 거잖아요. 깨끗하
　　　　　　면 그냥 사용하는 거고.

클라라　　　이제 사용할 거잖아요. 그러니 청소를 다시 해야
　　　　　　죠.

박소영　　　그게 뭔 바보 같은 쳇바퀴냐고요.

클라라　　　(박소영을 지긋이 응시하며) 그래서 인생이 그렇게
　　　　　　빛이 나는 거예요. 안 그래요?

짧은 사이

박소영　　　개똥 같은 소리.

클라라　　　뭐라고요?

박소영　　　혼자는 무섭단 말이에요.

클라라	성당이 무서워요?
박소영	거긴 좀 음하단 말이에요.
클라라	(웃으며) 성당이 음하단 소리는 또 처음 들어보네요.
박소영	너무 휑한데 의자만 많고 성모상이랑 십자가도 그렇고. 귀신 나올 거 같다고요.
클라라	말 걸면서 일하세요.
박소영	누구한테요?
클라라	무서운 상대지 누구는 누구겠어요.
박소영	누가 있다고 생각하면 더 못 가겠어요.
클라라	성모님도 하느님도 귀신처럼 등장하지 않아요. 다 아우라가 있으시거든요. 후광이죠. 절대 무섭지 않아요.
박소영	아이고, 네네, 원장수녀님. 어련하시겠어요.
클라라	여기 사무실에서부터 말을 걸며 내려가보세요. 그럼 덜 어색할지도 모르죠. 이제 저는 나가볼 테니 잘 부탁드려요.
박소영	네에.

클라라, 문을 열고 나간다.

박소영, 걸레를 들고 먼지를 닦기 시작한다. 탁자를 닦다 말고 잠시 들여다본다.

| 박소영 | 테이블 씨, 어쩜 모공 하나 없이 이렇게 반질반질하실까. 소파 님은 몇 살이세요? 가죽이 너무 늘어나셨다? 병원 좀 가셔야겠네. |

박소영, 십자가를 보지 않고 잠시 그것을 의식한다. 그러다가 무심히 청소
에 집중한다.

박소영   (결심한 듯) 이불이랑 같이 프라이팬도. 그것도 시
켰는데 장 보면서 계란만 사고 기름은 안 산 거
있죠. 몰라, 씨(발). 그냥 가스 불 켜고 프라이팬
올려서 계란 깨 넣었는데. 웬일이에요. 3중 코팅
아세요? 계란이 안 달라붙고 프라이팬을 빙빙 돌
아요. 그걸 다이소 그릇에다 담아가지고 아침으
로 계란프라이 먹었어요. 프라이팬 스티커는 나
중에 다 먹고 떼고. 무닌줄 알았지, 나는.

박소영, 한참 웃다 말을 이어간다.

박소영   (숨 가빠하며) 신나는데? 청소가 이렇게 기분 좋은
일이었어?

박소영, 청소에 점점 더 몰입해간다.

박소영   중학교 졸업이나 좀 했으면 좋겠어요. 요즘 세상
에 초졸이라니. 그래도 고졸은 해야 이력서 같은
걸 쓰겠죠? 카페 같은 데? 한 달 얼마 받으려나?
그런 데도 기술이 필요하나? 아, 씨발. 그럼 됐고!

박소영, 책상 위에 있는 작은 성모상을 직시한다.

| 박소영 | 돈 많이 벌 거예요. 수억 벌어서 황 실장 얼굴에 뿌리고 뒤도 안 돌아보고 제 갈 길 가는 거죠. 황 실장 오빠, 오랜만이다. 나야, 박소영이. 왜 못 알아봐. 그렇게 예뻐졌어? 됐고, 이거 받아. 오빠 그렇게 좋아하는 돈. 난 많아. |

박소영, 새침하게 걷는다.

| 박소영 | 어머, 이게 누구야. 미친 전 남친 새끼 아니니? 언제 적 길거리 생활을 아직도 하는 거야. 그래도 우리가 나이가 있는데. 이거 받고 국밥이라도 좀 떠. 꼴이 그게 뭐야. |

박소영, 팔을 휘저으며 원장실 안을 돌아다닌다.

| 박소영 | 어라라라. 이건 또 뭐야? 엄마네. |

박소영, 잠시 말을 잊지 못한다.

| 박소영 | (힘을 내며) 말도 못 하고 몸도 못 가누고 어째. 그냥 죽고 싶다고? 안 되지. 끝까지 힘을 내서 좀 살아 있어라. 나 할 말이 있거든. (귀에 대고 속삭이듯이) 나는 이 좋은 세상, 누리고 누리다 갈 거거든. (울컥하며) 죽지 말고 정신 줄 놓지도 말고 그렇게 계속 누워서 기저귀에 똥이나 싸! |

박소영, 벽에 걸린 십자가를 바라본다.

박소영　　들려요, 내 목소리? (짧은 사이) 후광 같은 게 어딨
어. 하나도 안 보이는구먼. 착한 삶은 너무 지루
해. 따분하다고.

박소영, 나가려는데 휴대폰 문자메시지가 온다. 발신인을 확인 후 청소 도
구를 들고 신나게 뛰어나간다.

8장

소영과 생선

클라라, 자리에 앉아 있다.

수녀복을 입은 이레네, 들어온다.

클라라   이레네 수녀님, 일찍 오셨네요. 피정의 집은 어떠
셨나요?

이레네   기도하고 침묵하는 좋은 시간이었습니다.

클라라   다행이에요.

잠시 사이

클라라   수녀복 입으라고 말한 적 없는데 어떻게 된 일이
지요?

이레네   진실돼야 한다는 생각이 들었습니다.

클라라   한 번의 상의도 없이 이 무슨. 세상에나.

이레네   죄송합니다, 원장수녀님. 기도하며 얻은 결론이
라 제 딴에는…….

클라라   원장은 나예요. 결정은 내가 합니다. 이런 기본적
인 규칙도 무시할 만큼 내가 우습나요?

이레네	절대 아닙니다, 원장수녀님.
클라라	이왕 입으시기로 결정한 거 강제로 벗기겠습니까? 이제부터는 상담이나 봉사활동에서 빠지시고 캠페인 활동으로 함께하세요.
이레네	네? 하지만…….
클라라	받아들이시든가 본원으로 돌아가시든가 선택해주세요. 분위기가 너무 무겁군요. 차나 한잔해요.

노크 소리가 들린다.

| 클라라 | 들어오세요. |

박소영, 들어온다.

| 클라라 | 어서 오세요. 소영 자매님. |

이레네가 돌아보는데 박소영은 그제야 이레네를 알아본다.

박소영	와! 이게 다 뭐예요? 완전 딴사람이네.
이레네	아, 소영 자매님!
박소영	예뻐요.
클라라	예쁘다는 말은 이상합니다.
박소영	그전 이 언니 옷이 더 이상했어요. 어디 갔다 온 거예요? 안 보이던데?
이레네	피정 다녀왔어요.
클라라	소영 자매님 바쁘신데 부른 거 아닌지 모르겠어

요.

박소영   모르시기는. 알면서 그런 말을 왜 하시는지 모르
겠어요.

클라라   내일은 수녀원에 피정 단체가 있어요. 거기 일도
좀 도와주세요.

박소영   단체? 미친다, 정말.

클라라   수녀님들이 다 같이 함께 일하실 거예요.

이레네   여기서 일해요?

박소영   재밌어요. 나 요리에 재능 있나 봐. 해본 적 없는
이게 왜 잘되는 거죠?

클라라   좀 짜요. 간은 맞춰야겠어요.

박소영   아…… 아직 멀었구나.

이레네   대단해요. 소영 자매님 멋져요. 그렇지요, 클라라
원장수녀님?

클라라   생선을 가져왔다면서요?

박소영   뭔 생선이요? 아! 전갱이? 맛있게 드셨어요? 저는
고소하니 괜찮던데.

이레네   생선을 가져왔어요? 뭐 하러 사셨어요.

박소영   왜 샀냐니요?

이레네   아니, 여기 통으로 식자재가 배달되잖아요. 주문
하면 다 오는데. 굳이 뭐 하러 돈을 쓰셨나 했지
요.

박소영   산 거 아니에요.

이레네   그럼요?

박소영   얻었어요.

이레네   어디서요?

박소영   좀 아는 사람한테서요.

클라라   아는 사람 누구요?

박소영   저 단골 중에 낚시맨이라고 있었거든요. 맨날 장
          비 메고 낚시 간다면서 우리 가게 오던 아저씨요.

이레네   그래서요?

박소영   그 아저씨가 나 나오고 나서 진짜 낚시를 하기
          시작하셨다잖아요.

이레네   만났어요?

박소영   한 번요. 낚시맨—.

클라라   그 낚시맨이 그거 주고 간 거예요?

박소영   철이라 하더라고요. 얼마나 좋아요. 다 같이 구워
          먹을 수 있고. 어찌나 많이 가져왔던지요. 그 정
          도면 그물을 던진 게 아닌가 싶어요. 구울 때도
          전기 팬 있잖아요. 큰 거. 그거 꺼내서 했어요.

클라라   식단이 있었을 텐데.

박소영   그거는 그거고요. 봉사자분들은 몰라도 수녀님
          들은 맨날 드시는 게 똑같잖아요. 언제 전갱이를
          그렇게 하모니카 불 듯이 드셔보시겠어요.

클라라   절약이 몸에 배어 있으시니까요.

박소영   그러니까요. 아니, 그게 뭐야? 사는 게 너무 재미
          가 없어.

이레네   왜 재미가 없어요.

박소영   그렇잖아요.

클라라, 다시 잠시 박소영을 바라본다.

클라라	수녀님들 사는 게 재미없어 보여서 그래서 가져 온 거예요?
이레네	원장수녀님, 소영 자매 말씀은 그런 게 아니 라…….
박소영	내가 뭐 잘못한 거예요?
클라라	다 그러신 건 아니고. 좀 이상하게 생각하고 계시 다는 이야기를 들었어요.
박소영	수녀님들이요? 뭐가 이상한데요?
클라라	여기 수녀님들이 불쌍해 보여요?
박소영	아! 진짜 뭔 소리야!
클라라	여기 식자재 충분히 많은데 굳이 생선을 가져와 구워서는 수녀님들 식탁에 말도 않고 올려놓은 게, 소영 자매님이 혹시나 수녀님들을 안쓰럽게 보고 그런 건가 하는 말씀이 있어요.
박소영	네? 하! 네, 맞잖아요, 솔직히. 결혼도 안 하고 남 자도 모르고, 안 그래요?
이레네	소영 자매님.
박소영	그냥 맛있는 거 있으니까 같이 먹자는 거였고. 많 이 있으니까 나누는 거고. 그것보다 낚시를 시작 했으니 오죽 즐겁겠냐고요. 사랑스럽잖아요. 아 니, 어느 대목이 문제인 거야. 난 그걸 모르겠네.
클라라	전갱이 말고 그럼 그 전에 가져온 주꾸미도 그 낚시맨인가 하는 사람이 잡은 거였어요?
박소영	아, 그러네요. 그것도 내 단골손님이 잡아준 거였 죠.
클라라	몇 번을 만난 거예요?

박소영	두 번! 두 번 만났어요. 왜요, 씨발. 이것도 수녀님들 들으시면 이상하다 하시려나요? 그렇죠. 수녀님들은 남자 안 만나죠? 이상하네. 이상하고말고.
클라라	생선만 받아 온 거예요?
박소영	그렇다니까요. 뭐야, 지금?
클라라	뭘요?
박소영	내가 그 아저씨 만나서 잤을까 봐?
이레네	소영 자매님! 원장수녀님은 그런 의도로 말씀하신 게 아니에요. 누가 그런 소리를 했다고요.
클라라	이레네 수녀님! (박소영에게) 정확하게 물어볼게요. 낚시맨에게 돈을 받고 관계를 했나요?

짧은 사이

이레네	원장수녀님, 무슨 그런 질문을…….
박소영	아니거든요.
클라라	거기 사람들 누구도, 아무도 보고 싶지도 않다더니 그 사람은 왜 만난 거예요?
박소영	그냥이요, 그냥. 그냥 만났어요. 내 덕분에 취미 찾았다고 신나하니까. 나는 그게 또 신나서 응원하고 싶어서 그래서 그냥 만났어요.
클라라	그냥? 세상에 인과 없이 일어나는 일이 있나요?
박소영	몇 번을 말해요. 그냥요. 씨발. 그냥! 원장수녀님은 그런 우연과 인연의 인생을 안 살아보셨나 보죠. 나는 매일이 버라이어티에 희한한 일투성이었

는데.

클라라　　흥분하지 말아요.

박소영　　그럼요. 그러지 말아야죠. 하라는 대로! 내 인생
은 늘 쫓기고 추궁당하고 의심받고. 내 의지가 어
디 있어요! 어쩌다 보니 그렇게 됐다 얘기하는데
아무도 들어주질 않아, 씨발!

이레네　　소영 자매님, 진정해요.

박소영　　그 낚시맨은 사람이 정말 착했어요.

클라라　　착한 손님도 있나요?

박소영, 클라라를 노려본다.

클라라　　다시 물어요. 소영 자매님, 그 사람이랑 관계를
했나요?

박소영　　한 번은 아니었고 한 번은 기였어요, 됐어요?

잠시 사이

클라라　　그랬군요. 왜 그랬어요?

박소영　　그냥 분위기가 그랬어요.

클라라　　분위기라니요?

박소영　　그냥 잤다니까요. 이해가 안 돼요? 그런 날이었
다고요.

클라라　　그런 날이라니요.

박소영　　보통 여자들은 그냥 하잖아요. 어쩌다가도 하고.
매일도 하고. 안 그래요? 한 놈이랑도 하고 두 놈

이랑도 하고. 한 놈이랑 내내 안 하는 여자도 있
고요. 여러 놈이랑 하는 평범한 년들도 다 나같이
추궁을 당하고 사나요? 대체 뭐가 문젠데요!

클라라 한 번은 아니고 한 번은 기라면 그럼 그 길 때 돈
받았어요?

박소영 아, 그렇구나. 지금 원장수녀님의 핵심은 돈이네.
그렇지요?

클라라 맞아요. 중요한 부분이에요.

박소영 그러네. 그게 내가 말하는 평범한 년이랑 차이인
거지.

이레네 원장수녀님 말씀은 소영 자매님 걱정이 되니 여
쮜보시는…….

박소영 그럼요, 이해해요. 나는 돈을 받고 해야 하는데.
그냥 하는 건 말도 안 되는 거니까요.

이레네 원장님 의도는 그게 아니에요. 아직은 적응기니
까 일부로라도 멀리해야 완전히 떨쳐낼 수 있
는 거고. 특히 돈은 늘 경계를 해야 하는 거니
까…….

박소영 왜요? 돈 경계하는 사람도 있어요? 누가 그러고
사는데? 다들 한 푼이라도 더 가지려고 그러잖아
요. 왜 나만 멀리하래요?

이레네 소영 자매님, 제 말은 그런 뜻이 아니에요.

박소영 지금 하는 얘기는, 죄다 그런 뜻이 아니라는 말뿐
이에요. 그럼 방금은 어떤 뜻을 가지고 말한 거예
요? 그런 뜻 아니면 아예 말을 말아야지 왜 하는
데? 수녀님도 원장수녀님처럼 내가 돈 받고 자놓

고서 개구라 친다고 생각하세요?

이레네   아니에요!

박소영   내가 가져온 생선 불쾌하다고 생각하시죠?

이레네   아닙니다.

박소영, 잠시 이레네를 본다.

박소영   나는요, 수녀님들. 그때도 엉망이었고 씨발, 실수
투성이었고 앞으로도 그럴 거예요. 그런 내가 여
기 좀 있었다고 갑자기 수녀님처럼 될 수는 없어
요. 될 생각도 없고.

이레네   절대 아니에요. 소영 자매는 소영 자매의 삶이 있
고 선택이 있는 거죠.

박소영   이놈의 걸레질 시킬 때 그런 의도 아니었어요? 조
금이라도 선해지고 부드러워지길. 하느님의 은총
이 내려 회개하길! 여기 수녀님들 생각이 그렇잖
아요. 난 성경에도 나오는 창녀니까.

클라라   말을 해도 그렇게밖에 못 하겠어요? 선한 의도를
가지고 소영 자매님을 돕는 분들의 생각을 비하
하지 마세요.

박소영, 클라라의 엄포에 서러워지기 시작한다.

박소영   언니는 누구 편이에요?

이레네   무슨, 편이 어딨어요?

박소영   나를 믿는다면 그럼 멈췄어야지요. 왜 나한테 원

장님의 생각이 넘어오게 이렇게 돼요?

클라라　억지 부리지 말아요. 오해를 풀자고 물어보고 있
잖아요. 돈을 받지 않았다면, 그게 사실이라면 나
역시 소영 자매의 말을 믿었을 거예요.

박소영　씨발. 이제 와서 믿는대.

클라라　소영 자매님!

박소영　지랄하고 말투 못 들어주겠어. 의심이 분명한데
이제 와서 질문이래. 어디서 개수작이야!

이레네　소영 자매님.

박소영　내 이름 부르지 마!

박소영, 앞치마를 풀어 던지고 나가려 한다.

이레네, 그런 박소영을 붙잡고 말린다.

박소영　사람 사는 데 어디는 좀 다른 곳이 있나 했는데.
여기나 거기나 뭐 별반 차이 없다. 색안경 끼고
보는 건 똑같고.

이레네　이러지 마요. 이렇게 포기하지 말고 그간의 노력
을 생각해서라도, 응? 원장수녀님 뭐라 말씀 좀
해주세요. 소영 자매님이 오해하고 계시잖아요.

박소영　포기라니요. 그럼 여기가 뭐 대단히 훌륭한 곳이
라도 되는 것 같잖아요. 죄다 잘난 척을 해대니
지겨워 미칠 지경이구먼. 숨 막혀요. 그래도 가게
언니들은 주제 파악은 하는 착한 사람들이었어.
그걸 알겠어.

박소영, 문을 열고 나가버린다.

이레네, 급하게 쫓아 나간다.

이레네   소영 자매님! 소영 자매님!

클라라, 깊은 한숨을 쉰다.

이레네, 다시 돌아온다.

이레네   원장수녀님! 잡아주세요.

클라라   무슨 수로요.

이레네   그럼 저대로 그냥 보내시겠다는 거예요? 대체 그
             생선이 뭐라고.

클라라   생선이 문제가 아니에요.

이레네   맞아요. 소영 자매님이 다시 성매매를 했을 거라
             생각한 원장님의 판단이 문제였죠.

클라라   나는 확인을 해야 했습니다. 어쩔 수 없는 질문들
             이 오갈 수밖에 없고요.

이레네   너무 편파적이셨어요. 이미 확신하고 계셨습니
             다.

클라라   단호했다고 생각은 해요. 그러나 소영 자매님이
             솔직히 말씀하게 할 유일한 방법이었습니다.

이레네   좀 더 부드러우실 수 있었어요.

클라라   나는 소영 자매가 돈을 받지 않았다고 확신하고
             있지 않아요.

이레네   그럼 더더욱 친절하게······.

클라라   내가 안 친절했나요? 그럼 어떻게 더 친절해야

했죠?

이레네　클라라 원장수녀님! 제 말씀은…….

클라라　당당하면 나갈 이유가 없어요.

이레네　화가 나니까 그렇죠. 믿어주질 않으니.

클라라　앞으로도 이런 경우는 수도 없이 일어날 겁니다.
소영 자매님은 버티고 이겨내셔야지 그럴 때마다
분노하며 그 자리를 피해서는 안 되지요.

이레네　그걸 차분히 일러줄 수 있지 않습니까.

클라라　나는 격양되지 않았어요. 다만 압박은 분명히 있
었지요. 추궁은 그런 거잖아요. 부드럽다면 언제
든, 얼마든지 쉽게 거짓말하며 위기를 넘길 겁니
다. 언니들의 성향을 파악하고 그에 맞춰 적절하
게 대응할 수 있어야 합니다. 그런 태도가 이레네
에게는 부족해요.

이레네　언니들을 의심부터 하란 말씀이신가요?

클라라　경계가 필요하다는 겁니다.

이레네　여태껏 그 경계에 내몰려 힘들게 살아낸 언니들
입니다.

클라라　그러니 사회생활도 인간관계도 힘들지요. 그건
배울 수밖에 없어요. 겪어야 하고요. 모든 게 서
툴고 어렵지만 그러면서 성장합니다. 이 또한 통
과의례입니다.

이레네　원장수녀님 말씀을 들으니 더 두려워집니다. 저
희는 그런 경험이 있다고 할 수 있나요? 저희가
언니들에게 충고할 자격이 있을까요?

클라라　어째 이러실까, 정말. 우리는 오랫동안 신학을 공

330

부하고 다양한 성격의 수녀님을 만나 함께 어울
렸습니다. 세상 더할 수 없는 고민과 실의에 빠진
성도들을 위로했어요. 험지에 가 선교 활동을 하
고 있고요. 그리고 하느님을 사랑합니다. 그 사랑
을 세상 사람들에게 전하고 있지요. 세상에나, 세
상에나, 이제는 기도도 소용이 없는 겁니까?

이레네 수도자의 삶과 현실의 삶을 비교하고 구분한다
는 게 가능한지 모르겠습니다.

클라라 돌고 도는 이야기. 이레네 수녀님, 지금 당장 본인
의 숙소로 돌아가 계세요.

이레네 네?

클라라 아무것도 하지 말고 가만히. 조용히 계세요. 내가
다른 지시를 할 때까지.

이레네 원장수녀님…….

클라라 마음 같아서는 이 순간부터 모든 업무에서 손을
떼게 하고 싶어요. 이건 이레네 수녀님이 미워서
가 아니에요. 이레네 수녀님의 일 처리는…… 지
금 이런 식이라면 더 큰 문제를 일으킬 거예요.
너무나 감정적입니다. 수녀님 행동과 말씀 하나
하나를 짚어보세요. 정말 하느님께 감사드리며
하느님이 기뻐하실 일을 하고 있다는 생각이 드
는지.

이레네 하느님 마음을 살피는 지금 제 마음은 지옥입니
다.

클라라 당장 숙소로 돌아가세요.

이레네, 목례를 하고 문을 열고 나간다.

클라라, 십자가 아래로 가서 무릎을 꿇고 기도한다.

클라라　　　　성부와 성자와 성령의 이름으로 아멘. 이레네 수
　　　　　　　녀님과 우리 모두를 보살펴주소서. 성부와 성자
　　　　　　　와 성령의 이름으로 아멘.

무대 어두워진다.

9장

유리방

붉은 조명과 함께 유리방이 보인다.

짧은 치마 차림의 박소영, 비스듬히 벽에 기대어 서 있다.

황진수, 박소영에게 다가온다.

황진수　　서 있을 만하냐?

황진수, 다리가 긴 의자를 가져와 박소영에게 내준다.

박소영, 의자에 기대듯 앉는다.

황진수　　다 늙어가지고 할 짓이 아니다. 이게 뭐냐, 쪽팔리게. 벌이야. 앞으로 한 달간은 이러고 서 있어. 너는 특히나 물어다주는 거 일절 없어. 신참들 죽이지? 요즘 애들은 팔다리가 어쩜 저렇게 기나 몰라. 지명도 없어, 단골도 끊겨, 일할 맛도 안 나, 괴롭지 뭐. 하긴 그런 각오도 없이 돌아왔을까. 야, 말을 좀 해. 사람이 말을 하는데.

박소영　　저리 좀 가. 오던 손님도 달아나겠어요. 실장 오빠가 얼쩡대면 누가 좋대요?

황진수	돈 벌 생각은 하고 있는 모양이네.
박소영	그럼 손가락 빨고 있어요?
황진수	정신 똑바로 차려. 넌 미운털이야. 웃기는 짬뽕이고. 안에서 따당하지? 그거야 당연하지. 누가 너를 끼워주냐. 그나마 나니까 옛정 봐서 여기라도 세워주는 거다. 알겠냐?

박소영이 대꾸하려는데 저 멀리서부터 시끄러운 소리가 들리기 시작한다. "뭐야, 재수 없게?" "이게 무슨 진기한 광경이래?" "실장 오빠! 좀 나와봐!" 등등의 말소리와 함께 웃음소리, 휘파람 소리가 들린다.
이레네, 유리방 골목으로 들어온다.

| 이레네 | 소영 자매님! |
| 황진수 | 와 ― 이게 뭐다냐! 수녀님 코스프레인가? 뭐가 뭔지 나는 도통……. 가만있어보자. 이상하게 안면이 익는데. 우리 어디서 봤지? |

황진수, 이레네를 유심히 살피며 다가간다.

박소영	(황진수를 막아선 채 이레네에게) 미쳤어요? 여기가 어디라고 이 복장으로 와요? 빨리 돌아가요.
이레네	소영 자매님, 나랑 이야기 좀 해요.
박소영	무슨 얘기를 해요?

황진수, 박소영과 이레네 사이를 다시 비집고 들어와 이레네 앞에 선다.

황진수　　우리 소영이랑 말씀을 나누시게요? 그럼 우선 나
의 허락을 받아야 하는데? 지금부터 이 몸과 이
시간은 다 제 소유라서요.

이레네　　비키세요.

황진수　　내 취향이 또 정복이라 비구니고 수녀고 안 가리
는데 어떻게? 내가 부리는 재주가 아주 요상해
요.

이레네　　소영 자매님이랑 할 얘기가 있어요. 황 실장님, 비
켜주세요.

황진수　　이거 봐라. 나를 알아? 그래서 세게 나오시나? 그
럼 나도 못 물러서지.

박소영, 주머니에서 5만 원짜리 두 장을 꺼내 황진수에게 준다.

박소영　　숏타임비, 됐죠?

황진수　　나야 뭐, 네가 비켜달라고 말만 하면 신사답게 비
켰을 건데.

박소영　　아, 씨발. 주접 그만 떨고 비키라고.

황진수　　아이쿠, 무서워라. 뭐 돈 받았으니까. 비켜드려야
지. 소리는 지르지 말고.

황진수, 주머니에 돈을 찔러 넣는다. 나가려다 돌아서서는 말을 덧붙인다.

황진수　　말씀 나누시다가 돌아가야겠다 싶으시면 날 부
르라고. 내 친히 에스코트해드릴 테니까.

황진수, 골목 끝으로 퇴장한다.

이레네   나랑 같이 돌아가요.

박소영, 웃는다.

이레네   돌아가자니까요.
박소영   10만 원 삥 뜯더니 한다는 소리 하고는.
이레네   미안해요. 지갑을 안 가지고 왔어요. 급하게 나와
                서 아무것도 없네요.

박소영, 이레네가 가방도 들고 있지 않은 맨몸이란 것을 인지한다.

박소영   휴대폰도 없어요? 그럼 여긴 어떻게 왔어요?
이레네   걸어왔어요. 돌아가요.
박소영   안 가요. 왜 가요?
이레네   오해예요.
박소영   오해한 거 하나도 없어요.
이레네   우리가 실수했어요. 내가 사과할게요.
박소영   사과? 왜? 돈 받았나 안 받았나 안 궁금해요?

짧은 사이

이레네   중요하지 않아요. 몰아세울 일 아니었어요.
박소영   이미 하셨는데?
이레네   정말 미안해요. 원장수녀님도 원칙을 중요시하는

분이라 질문이 다소 거칠었던 거지, 소영 자매님을 덮어놓고 의심부터 한 게 아니에요.

박소영 아닌 거 같은데. 그냥 언니 얘기만 해요. 알 수 없는 원장수녀님 마음 설명하려 말고요.

이레네 같이 돌아가요.

박소영 안 간다니까. 못 가요. 아, 진짜. 이미 집 꾸미느라 돈도 땡겼고. 나는 여기가 맞아요. 실장 새끼 말 보란 듯이 까뒤집으려고 했는데 안 되네, 씨발.

이레네 그렇지 않아요. 원하는 대로 살 수 있어요. 그걸 바랐잖아요.

박소영 이제는 뭐 바라는 것도 없어요. 그냥 하루 살고 또 하루 살다 보면 언젠가는 죽겠죠.

이레네 하느님은 소영 자매를 포기하지 않아요.

박소영 그래요? 그렇게 말씀하셨어요? 놀라워라. 어디 계시는데요? 나한테도 좀 들르시지. 그럼 내가 잘해드렸을 텐데.

이레네 보이지 않는다고 안 계시는 게 아니에요.

박소영 아이고, 네네. 알겠습니다요. 어딘가 계시겠죠. 내 인생이 막, 그렇게도 끔찍하게 구렁텅이로 치달 아갈 때, 그때 좀 나타나주시지. 왜 나는 이런 삶 을 살게 내버려두셨을까. 어떤 년이 몸 팔고 싶어 태어날까? 하느님한테 좀 묻고 싶기는 하거든요. 왜! 나에게는! 이런 삶이에요? 왜!

이레네 돌아가요.

박소영 안 가요.

이레네 돌아가요.

박소영   안 간다고요.

이레네   돌아가요.

박소영   아, 진짜! 짜증 나게! 징그럽게 이러지 말아요. 진
           짜 사람 미치는 꼴 보고 싶어 이러시나. 정도껏이
           지. 같은 말만 해대고. 정신병자예요. 이러는 거.

이레네   뭐라 하든 상관없어요.

이레네, 박소영이 앉아 있던 다리 긴 의자에 털썩 주저앉는다.

박소영   뭐 하는 거예요?

이레네   돌아갈 거예요?

박소영   안 가요. 실장 오빠! 실장 오빠! 수녀님 이제 가신
           대!

박소영, 일어나 유리방 안으로 들어가려 한다.

이레네   어디 가요?

박소영   왜? 혼자는 무서워요?

이레네   그럴 리가요.

박소영   그런데 어디 가냐고는 왜 물어요?

이레네   같이 있던 사람이 갑자기 일어나는데 그럼 안 궁
           금해요?

박소영   실장 오빠! 수녀님 가신다니까 뭐 해! 장사 안 할
           거냐고. 씨발, 나 돈 벌어야 하는데 이거 당장 치
           우라고! 아, 씨발!

박소영, 안으로 들어가버린다.

이레네   (박소영을 따라 일어나 쫓아가며) 소영 자매님! 소영

               자매님!

이레네, 차마 안으로 따라 들어가지 못하고 잠시 고민하다가 의자에 가서
앉는다. 손을 모으고 성호를 긋는다.
안경을 쓰고 가방을 멘, 학생 같아 보이는 청년이 이레네에게 다가온다.

청년   이런 옷은 어디서 구해요?

10장

이레네의 기도

이레네, 놀라며 앞쪽으로 나온다.

무대에는 이레네 혼자만 보인다.

이레네 성부와 성자와 성령의 이름으로 아멘. 하느님 부디 나약한 저에게 흔들리지 않는 담대함을 주시어 그 어떤 상황에서도 도망치지 않고 버텨낼 수 있게……. (마음을 다잡으며) 약한 자에게 손 내밀게 하시어 그들과 함께 맞설 수 있도록. 제발. 저에게 오시어. 오셔서. (눈을 뜨며) 하느님, 거기 계십니까? 무섭습니다. 어떤 일이 닥칠까 두렵기만 합니다. 지금 당장 여기에서 벗어나고만 싶습니다. 하지만 그런다면. 제 모든 행동은 제가 저지른 죄악을 만회하기 위해 그저 기를 쓰며 악착같이 인생 전체를 바쳐서 반성과 선함을 증명해내려 발악하고 있는 것뿐입니다. 명자 님을 향한 죄책감을 덜기 위해, 진심이 아닌 행동으로 저를 포장하고 있는 거 맞습니다. 제가 바로 위증자입니다. 거짓된 제자이자 창녀를 내몬 창녀입니다. (위를 보며) 제 인생이 가짜면요, 제가 소영 자매와 다를 이유도 없지 않을까요? 제가 가겠습니다. 저도! 저 자리로 저도 갈 수 있습니다. 소영 자매를 꼭 구하겠습니다. 하느님이 살아 계심을, 온전히 내 안에 계심을, 모든 것을 계획하심을 보이겠습니다.

이레네의 얼굴이 강렬하게 보이다 흐려지면서 무대 완전히 어두워진다.

11장

수녀와 포주와 신

무대 밝아지면 수녀원 원장실의 클라라와 이레네가 보인다.

두 사람은 한동안 말이 없다.

클라라   수녀가 소속 원장의 명령에 불복해 수녀원을 이탈하고 거기다 무단으로 외박까지 하다니. 어떻게 아셨는지들 수녀원 전체가 어수선해요.

이레네   죄송합니다.

클라라   대체 어디서 무엇을 했는지 자세히 밝히세요. 나는 우리 이야기가 다 끝나는 대로 수녀원의 원칙과 절차에 따라 다음 수순을 밟을게요.

이레네   네.

클라라   오, 하느님! 정말 힘들군요.

이레네   죄송합니다.

클라라   제발!

잠시 사이

클라라   내가 이레네 수녀님께 방에서 아무것도 하지 말

고 기다리라고 한 이후 수녀님께서는 어떻게 하
　　　　셨지요?

이레네　가만히 있을 수가 없었습니다. 무작정 숙소를 나
　　　　와 화성골로 향했습니다.

클라라　도착해서는 어디로 가셨나요?

이레네　골목 안으로 그냥 걸어 들어갔습니다. 그리고 유
　　　　리방 앞에 나와 있던 소영 자매님을 만났습니다.
　　　　길이 하나라 어렵지 않았습니다.

클라라　그래서요?

이레네　돌아가자고 말하려는데 황 실장이 나타났습니
　　　　다.

황진수, 무대로 들어온다.

이레네　나타난 건지, 거기 있었던 건지.

클라라　정확하지 않나요?

이레네　이미 서 있었던 것 같습니다. 제가 나중에 발견했
　　　　고요.

클라라　네에, 그러셨군요.

이레네　황 실장이 저를 향해 계속 딴지를 놓았고 그사이
　　　　소영 자매님이 안쪽으로 들어가버렸습니다. 따라
　　　　들어가야 하나 고민하고 있는데 한 청년이 나타
　　　　났습니다. 그 사람은 제가 진짜 수녀라고 생각하
　　　　지 않았습니다.

청년이 보인다. 청년은 황진수가 대신해도 무방하다.

그럴 경우, 황진수는 청년이 무대에 서 있는 듯 연기한다.

황진수   뭘 멀뚱멀뚱 쳐다들 봐. 인사라도 해, 서로. 이러니 초짜들은 뭘 하려고 해도 어려워. 그치? 겨우 용기 내서 왔는데 말이야. 보니까……. 딱 스물? 맞아? 형이 보는 눈이 좀 있지. 어떻게? 어떤 여자?

황진수, 이레네 앞으로 온다. 들으란 듯이 얘기한다.

황진수   경험 많은 여자가 좋아. 너무 어려봐. 헤맨다니까. 여기 이 언니는 어때?

황진수, 이레네를 가리킨다.
이레네, 청년과 황진수를 번갈아 바라본다.

이레네   청년은 겁을 먹고 있었습니다. 너무 앳돼 보였어요. 어쩔 줄 몰라 하더니 결국 그냥 가겠다며 돌아서는데 황 실장이 청년의 목덜미를 잡았습니다.
황진수   뭐 하자는 거야, 지금? 실컷 설명했더니 남의 시간이나 잡아먹고. 여기는 시간이 곧 돈인 동네예요. 어린놈의 새끼가. 진짜 사람 빡 돌게 하네.
이레네   그러면서 청년을 갑자기 때리기 시작했어요.

황진수는 보이지 않는 청년을 향해 소리치고, 이레네는 황진수를 붙잡아 말린다. 자연스럽게 두 사람의 몸싸움처럼 보인다.

황진수	안 그래도 날파리 때문에 장사 초 치고 있는데 어디서 무말랭이같이 생긴 새끼가! 이런 좆만이가 어슬렁대지를 않나. 오늘 기분이 더럽게 엉망이라고.
이레네	전 소리쳤어요. 그만해요!
황진수	여기 수녀님은 어때? 코스프레. 코스프레. 완전 죽이지? 왜 고개를 저어? 싫어? 별로야? 안 할 거야? 정말 안 해?
이레네	그만해요. 그만. 제발 그만해요!
황진수	어떻게? 지금은? 할래? 크게 말해야지? 이 새끼 봐라. 고집 있네.
이레네	제가 데리고 들어갈게요. (짧은 사이) 피가 흐르잖아요. 안에 씻을 데는 있나요?
황진수	오— 한다고?
이레네	청년은 그때까지 어떤 말도 하지 않았어요. 그냥 저를 한번 올려다봤어요.
황진수	착한 동생이네. 그렇게 하는 거야. 그래야 남자도 되고 형들 사이에도 끼고 그러는 거야. 이제 어디 가서 여기 얘기 꺼내지? 그럼 완전 다들 빽 가는 거거든. 내 이름 대도 돼. 황 실장! 어디든 아는 놈들 꽤 있을걸.

황진수, 지갑을 꺼내 열어본다.

황진수	뭐야? 현찰 뽑아 왔어? 콘돔도 있네. 준비성 있어. 우리 것도 있는데. (이레네에게 한쪽 방향을 가리키며)

그럼 데리고 들어가서. 즐거운 밤 되시고.

황진수, 사라진다.

이레네　　저는 피범벅인 청년을 부축해 유리방 안으로 들어왔습니다. 좌우를 살피는데 아주 좁은 복도예요. 황 실장이 가리킨 방향 쪽으로 문 열린 방이 하나 보였습니다. 들어가니 침대가 있었고 화장실도 딸려 있었어요. 청년을 침대에 기댈 수 있게 앉혔습니다. 피가 묻은 윗도리를 벗겨 옷걸이에 걸었고요. 얼굴도 온통 피라 샤워실로 들어가서 대야가 있기에 물을 받아왔어요. 수건으로 닦아주려는데 갑자기 눈물을 뚝뚝 흘려요. 가지 끝에 달린 무화과 열매처럼. 그 맑은 눈에 눈물이 가득 고였다가 뚝뚝 떨어졌어요.

청년, 나타난다.

청년　　치워요! 어디다 손을 대. 더러운 창녀 주제에. 그 눈빛은 뭔데? 내가 불쌍해? 왜 나를 불쌍하게 봐! 감히 나를? 도대체 왜! 씨발, 내가 못 할까봐? 사람 잘못 봤어. 나도 할 수 있어. 할 수 있다고.

청년, 문을 닫아버리고 사라진다.
이레네, 밀쳐진 듯 튕겨 나온다.

놀란 클라라, 문을 걸어 잠근다. 다시 원장실이다.

클라라	세상에! 저항했겠죠? 빠져나왔을 거예요. 그렇죠?
이레네	…….
클라라	누군가를 부르거나 뭐라도, 어떻게든!
이레네	그냥 그 순간이 지나가기만을 기도했습니다. 그리고 조금 멍했어요. 언니들이 말하던, 몸과 마음과 정신이 분리되는 것 같다던, 지금 이 순간이구나 싶었어요. 아, 여기 있는 나는 내가 아니다. 하느님을 외쳐 부르고 싶었지만 그럴 수가 없었어요. 혹시라도 지금의 나를 보신다면…….
클라라	그만! 그만 설명하셔도 됩니다.
이레네	죄송해요…….
클라라	아니에요, 이레네. 더 듣기가 힘이 들어서요. 미안해요.
이레네	알겠습니다.
클라라	그리고 바로 수녀원으로 오신 거예요?
이레네	성당으로 가서 기도를 드렸습니다. 그리고 숙소로…….
클라라	어떻게 숙소로 와요. 경찰에 신고를 했어야지요. 내가 어리석었군요. 이레네 수녀님에게 그런 모진 일을 당하게 하다니. 다 내 불찰이에요.
이레네	원장수녀님…….
클라라	분명히 잘 처리해나갈 수 있습니다.

짧은 사이

클라라　　신고보다도……. 우리 수녀원의 자문 변호사님
　　　　　께 먼저 상의를 드려볼게요. 그게 좋겠어요.

이레네　　자문 변호사님이요?

클라라　　네. 좀 연로하시지만 경험이 많으시니 충분히 잘
　　　　　해결해주실 거예요. 중재자로는 딱인 분이세요.

이레네　　여기 계시지도 않는 분 아닌가요?

클라라　　원주 사제회에서 휴양하고 계시다 하셨는데 전
　　　　　화를 드리면 되지요. 여기서 가까우니까요.

이레네　　원장수녀님…….

클라라　　이레네의 신변도 신변이지만 수녀원의 입장도 그
　　　　　렇고 교구에 알렸을 때 주교님들의 반응도 예상
　　　　　해서 대비해야 할 거 같아요. 이레네 수녀님! 모
　　　　　든 걸 종합적으로 살펴야 하지 않겠어요?

클라라는 이레네를 부르고, 이레네는 클라라에게 다가온다.

클라라, 이레네의 손을 잡는다.

클라라　　여기 잠시만 있어요. 누구도 만나지 말고 어디에
　　　　　도 전화하지 말고요. 미안해요. 당황하지 않아야
　　　　　하는데 내가 처음이라…… 처음이라서 그래요.

클라라, 문 쪽으로 간다.

이레네　　원장수녀님…….

클라라, 문 앞에 완강히 선다.

클라라   수녀원으로 바로 오신 이레네의 선택은 옳았어
         요. 그걸 상기하며 기도해요. 우리가 잘 해결할
         수 있을 거예요. 우리에게는 우리의 초목적이 있
         지 않습니까? 안 그래요?

이레네, 끄덕인다.
클라라, 성호를 그은 후 문을 열고 나간다.

이레네   원장수녀님!

긴 사이

이레네   원장수녀님이 모르시는 게 있어요. 말씀을 다 못
         드렸어요. 저는 그 어리고 유약한 젊은 남성을 보
         며 하느님 앞의 인간이란 늘 이렇게 보잘것없는
         존재겠구나 싶었어요. 그런 인간을 구원하시겠
         다고 목숨을 내놓으시다니.

조용한 음악이 들리기 시작하면서 이레네를 중심으로 작은 불빛이 번져
나간다. 성스러운 느낌이다.

이레네   나도 그럴 수 있을까? 내가 어떤 저항도 하지 않
         았던 것은 그 순간만큼이라도 그이가 자신의 감
         정을 맘껏 쏟아내길 바랐어. 왜냐하면 그이는 계

속 울고 있었거든. 나까지 눈물이 차올랐어. 광
기와 외로움이 그 속에 가득했고 내 안에는 영
광과 신비로움이 끝없이 차올랐어. 어떤 것도 해
서는 안 될 거 같은 마음이 들었던 거야. 마치 내
가…… 내가 바로…….

무대 가운데의 문이 벌컥 열리면서 강렬한 빛이 쏟아져 들어온다.
누군가 문 벽을 양쪽으로 짚고 서 있다. 십자가의 예수와 같은 모습이다.
박소영이다.

박소영   씨발! 이 뭔 좆같은 상황이야! 이 언니 좀 보게!
늙수구레 불쌍해서 봐줬더니 내 손님을 채 가?
정신 나간 거야? 쫓겨나고 싶어서 환장했어? 씨
발! 어이, 젊은 총각! 처맞았나 보네? 얼굴 꼬라지
가 그게 뭐야? 팥떡이야?

박소영, 미친 듯이 웃는다.

박소영   뒈져버려, 미친년아! 어딜 얼쩡거리는데! 나가. 나
가란 말 안 들려? 내 눈에 띄면 그때는 정말 뒈진
다. 알겠어?

박소영, 사라진다.
빛과 음악도 모두 사라지고 이레네만 남는다.

이레네   그러고는 소영 자매가 청년을 데리고 나갔어요.

거의 억지로 끌고 나가다시피 했어요. 저는 그렇
게 거길 나와 성당으로 왔고요. 성모님상 앞에서
한참을 기도했어요. 울음인지 비명인지 알 수 없
는 소리들이 튀어나왔어요. 소영 자매는 저를 구
하러 온 걸까요? 그저 돈을 벌려고 한 걸까요? 상
관없었어요. 소영 자매는 자신이 믿는 세상에 살
고 있었어요. 최선을 다해 그 삶을 이어가고 있었
고요. 믿음은 진실의 문제가 아니라는 걸 매 순간
저에게 보여주고 있었어요. 제 신앙을 고백합니
다. 저를 희생한다고 생각했던 모든 순간을 반성
합니다. 저는……. 나약하고 부족한 인간인 제가
본 그것은……. 우리가 모두에게 그러한 것처럼.
그 순간 소영 자매님은 나의 하느님이었습니다.

이레네, 천천히 베일을 벗고 밖으로 걸어 나간다.
무대 어두워진다.

막

기억으로 몸이 되는 장소들

장소(place)는 일종의 연장된 인간의 신체이다. 인문 사회적 관점에서 '장소'는 단순한 '공간'과는 다르기 때문에, 인간은 저마다 '장소'로 여기는 곳이 따로 있다. 하이데거에 따르면, "'장소'는 인간 실존이 외부와 맺는 유대를 드러내는 동시에 인간의 자유와 실재성의 깊이를 확인하는 방식으로 인간을 위치시킨다". 따라서 단순한 공간(space)에 역사와 인간의 경험, 시간 등이 켜켜이 쌓이면 그곳은 장소가 된다. 다소 추상적이며 삶의 영역에 직접적으로 엮여 있지 않았던 공간이, 사람들의 의미 부여와 실천으로 인해 장소로 변형˙되는 것이다. 다시 말해 그 공간을 오래 지켜온 사람들의 손때, 축적된 노동의 냄새, 그곳에서 흘러간 시간의 결은 공간을 단순한 배경이 아닌 삶의 일부로서 존재하게 한다.

특히 우리에게 장소가 중요해진 것은 팬데믹 기간을 통과하

● 정헌목, 「전통적인 장소의 변화와 '비장소(non-place)'의 등장」, 『비교문화연구』 제19집 1호, 2012, 8쪽.

면서부터다. 2020년 1월부터 약 3년 8개월 정도 되는 코로나-팬데믹 기간을 거치면서 전 세계는 다양한 방식으로 변해갔는데, 그중 하나가 '소속감'에 대한 필요성 증가였다. 이동이 제한되고 관계가 단절된 시기였기 때문에 사람들은 물리적 이동이 자유롭지 않을 때 자신을 지탱해주는 힘이 무엇인지 본능적으로 확인하게 되었다. 이전에는 하나의 공간을 단순한 기능적 장소로 여겼다면, 팬데믹을 거치면서 사람들은 머무는 장소가 곧 안전, 정체성, 소속감과 직결된다는 사실을 체감했다. 재택 근무의 장기화와 사회적 거리두기는 공간을 소비하는 방식뿐 아니라 '어디에 속해 있는가'라는 감각 자체를 변화시켰다. 이동이 멈춘 자리에 남았던 것은 결국 익숙한 장소와 그 안에서 반복되던 생활의 결들이었다. 장소는 더 이상 배경이 아니라 생존과 감정의 기반이 되었고, 이 시기 이후로 사람들은 특정 장소에 대한 애착, 장소에 대한 기억의 감정적 무게를 더 분명하게 인지하게 되었다. '소속감'을 원하게 된 것이다. 팬데믹은 결국 공간을 장소로 다시 읽게 만든, 전 세계적 규모의 체험이었다.

　　　이 희곡집의 '금성-수성-화성' 시리즈는 서로 다른 지역, 다른 시대, 다른 계급적 지형을 다루고 있지만, 모두 사라질 운명을 지닌 '장소'를 중심에 놓고 이야기를 펼치고 있다. 철거 통보가 내려진 성매매 집결지, 재개발의 진동이 골목마다 번지는 을지로의 다방, 팬데믹으로 고립된 산골 여인숙까지. 저마다의 방식으로 오래 버텨온 이 장소들은 모두 공통적으로 여성의 몸, 인간의 노동, 감정, 기억을 버팀목으로 삼아왔다.

구두리의 희곡들은 그것을 선연하고 생생한 방식으로 옮겨 극장이라는 공간을 또 하나의 장소로 소환하고자 한다. 연극이 결국 기원적으로 제의에서 파생되었던 것을 생각하면, 이는 사라져가는 것들과 잊혀져가는 것들에 대한 일종의 찬가이자 제의라고 볼 수 있다.

표제작인 「금성여인숙」은 팬데믹을 통과하고 있는 강원도 인제 산골의 오래된 여인숙을 배경으로 한다. 그곳은 그 자체로 시간이 층층이 쌓인 구조물이다. 수십 년간 덧댄 벽, 손으로 직접 다시 올린 마루, 한겨울을 버티기 위해 기워낸 이불까지. 이 공간은 강부민이라는 여성의 노동과 사소한 일상의 흔적들로 유지되며, 이곳에는 다양한 삶의 결, 노동자성과 정체성을 가진 이들이 모여든다.

사람 좋고 따뜻하던 공간 '금성여인숙'은 코로나 의심자가 나오면서 순식간에 '의심하고 분열하는' 모습을 보였다가 다시 봉합된다. 일용직 노동자로 일하던 최초 밀접 접촉자 박두홍에게 "번듯한 일을 했으면 왜 이런 일이 생기나"는 질문을 던지는 것을 시작으로, 누군가 톱질해 잘라놓은 난간 때문에 다치는 일까지 벌어지면서 여인숙에 머무는 사람들은 저마다 숨겨왔던 의심과 혐오를 발산한다.

하지만 그것이 정말 코로나 때문이었을까? 드래그퀸 황진수에게 "요새 뜨는 애들 많다, 정신 차리고 분발해라"라는 말을 하는 것이, "이놈의 노력은 언제까지 해야 하나 싶"은 괴로움이, "여자가 할 직업은 아니지"라고 쏘아붙이는 고지식함이, 정말 코로나 때문에 없다가 갑자기 생겨난 것일까? 물론 아니다. 각각의 인물들이 가진 해묵은 개인의 갈등은 결국 우리나라가 지나온 역사와 개발지상주의 바탕의 자본주의의 역사와 그 궤를 같이 하고 있다. 아마 이 희곡을 시작으로 '금성-수성-화성'

이 3부작이 된 까닭은, 핍진한 개인의 삶을 묘사하고 겹치는 것만으로도 우리는 거대한 모자이크 판화처럼 대한민국이 겪어온 역사의 흐름을 조망할 수 있기 때문일 것이다.

작품은 신적 존재들을 끌어들이며 여인숙의 시간성을 확장한다. 조왕신과 성주신의 대사들은 공간이 단순한 건축물이 아니라, 그곳을 살아낸 사람들의 감정과 기억을 흡수해 살아 있는 존재라는 점을 강조한다. 그 자체로 지문을 묘사하기에 '배리어 프리'적인 것은 물론이다. 신의 시선은 공간을 "지켜보는 자"로 설정하며, 사라져가는 여인숙에 대한 일종의 장례 의식을 준비하는 것처럼 느껴지기도 한다. 그만큼 공간의 죽음은 개인의 죽음과 맞닿아 있다.

두 번째 희곡 「수성다방」은 을지로라는 장소의 다층적 역사를 배경으로 한다. 을지로 골목은 오래전부터 기술자와 장인들의 손기술이 모여 있던 자리다. 세월과 기름과 금속 냄새가 섞인 이 골목은 한국 산업사를 버티게 해온 근육 같은 장소였다. 그러나 재개발이 시작되면 이 생태계는 '노후화된 도시 공간'으로 분류되며 빠르게 해체된다. 작품은 바로 그 과정을 다방이라는 작은 공간 안에 압축해 담는다.

재개발이 시작되며 다방의 벽이 부서지고 그 안에 다방의 주인 박복자가 애지중지해왔던 '자개함'이 드러나며 본격적으로 전개되는 이 이야기는 수성다방이라는 공간에 '깃들어' 있는 수많은 이들의 경험을 소환한다. 복자는 배달을 다니며 골목 구석구석을 누빈 덕에 그들의 실패와 성공을 함께 겪으며, 골목의 분위기를 누구보다 잘 알고 있는 인물이다. 그녀는 이 골목의 역사를 몸으로 아는 사람인 셈이다. 그러니 수성다방이라는 공간은 복자라는 여성의 몸과 다를 바 없다. 이 장소는 복자가 존재할 때 살아 있는 공간이기 때문이고, 그녀가 꽁꽁 감추고 있던 기억이 드러나는(벽에서 자개함이 드러나는) 순간부터 이야기가 시작되기 때문이다.

이 작품이 독특한 점은, 현실극의 리듬에 환상적 요소가 자연스럽게 낀다는 것이다. 황진수가 '외계인을 만났다'고 주장하고, 청계천 기술자를 모아 우주선을 만들겠다는 황당한 제안이 등장한다(이 설정은 당시 있던 우스갯소리—청계천 기술자들이 모이면 우주선 빼고 다 만들 수 있다던—로 출발했을지도 모른다). 그러나 이 장면들은 관객을 이탈시키지 않는다. 오히려 "현실보다 더 현실적인 상상"이라는 방식으로 작동한다. 사회적으로는 주변부로 밀려난 기술자들이 스스로의 가치를 환상 속에서 재구성하는 장치이기 때문이다. 그들의 손기술은 단순한 생업이 아니라 세계를 움직이는 힘이라는 상징적 선언으로 바뀐다. 환상은 이 공동체가 가진 존엄과 슬픔을 동시에 비춘다. 그녀의 여왕 즉위식 또한 마찬가지이다. 건물과 함께 그녀가 사라지길 택하는 것처럼 보이는 것은, 수성다방 자체가 그녀의 몸임을 생각하면 무리한 상상이 아니다. 그렇기에 그녀의 마지막 상상은 더 슬플 수밖에 없다. 지난하고 고통스러웠던 삶에 스스로가 주는 작은 축복인 셈이다.

세 번째 희곡 「화성골 소녀」는 공간 소멸의 폭력성을 가장 직설적으로 드러낸다. 성매매 집결지와 쉼터, 종교 시설이 겹겹이 맞물린 이 지역은 사회적으로 이미 '사라져야 할 공간'으로 규정된 곳이다. 하지만 희곡은 이 지점을 단순한 사회 고발로 처리하지 않는다. 오히려 이 공간을 살아가는 여성

박소영의 생존 방식과, 그 생존을 둘러싼 서로 다른 가치 체계들이 충돌하는 과정을 섬세하게 포착한다.

소영은 보호받아야 할 대상이라기보다, 스스로의 삶을 선택하고 책임지려는 인물로 그려진다. 그녀의 언어, 몸짓, 침묵, 거친 농담까지. 그 모든 것은 전부 장소의 구조적 폭력 속에서 길러진 일종의 생존 전략이다. 그녀가 '모두가 원하는 대로' 그곳을 빠져나오기 위해 상담을 받고 노력을 해도, 돌아오는 것은 결국 은근한 편견이었다. 그러나 원장수녀인 클라라의 입장에서는 '확실히 정리해야' 하는 부분이 있었을 것이고, 그렇기에 수녀 이레네는 그 사이에서 갈등한다. 그들의 신념은 선량한 의도에 기반하지만, 그 선량함이 오히려 소영의 삶을 다시 규율하려는 폭력으로 작동하는 것이다. 그 사이의 균열은 결국 장소의 균열과 정확히 겹쳐진다.

구원은 약속되지만 실현되지 않고, 폭력은 사라진 척하지만 구조적으로 유지된다. 이들의 장소를 깎아내거나 추방한다고 해결되는 문제가 아닌 것이다. 결국 구원은 신이 창녀를 구하는 방식으로 이루어지지 않았다. 오히려 창녀가 수녀를 구하며 신성(神性)을 획득한다. 모든 신이 가장 낮은 곳에서 임한다는 것을 생각해보면 소영이 신의 얼굴을 획득한 것은 너무나 당연한 일이다.

결국 세 작품을 관통하는 질문은 동일하다.

"장소가 사라질 때, 그곳의 사람들은 어떻게 기억되는가. 어떻게 기억할 것인가."

장소는 인물들의 삶을 지탱해온 물리적 조건이자 정체성의 일부가 된다. 따라서 공간의 소멸을 통해 드러나는 것은 결국

‘삶의 층위’다. 가장 먼저 밀려나는 존재는 대개 사회적 약자이며, 특히 이 희곡집에서는 여성들이다. 강부민, 박복자, 박소영과 같은 여성들은 자신의 노동으로 공간을 유지해왔음에도, 철거와 재개발 앞에서는 가장 취약한 위치에 놓인다. 그러나 그들은 결코 피해자나 보호받아야 할 존재에 머무르지 않는다. 직접 공간을 운영하고, 생계를 꾸리고, 관계를 이어가고, 공동체를 만들어 확장된 몸으로서 장소를 점유한다.

그들의 노동은 보이지 않는 경우가 많지만, 사실 공간의 역사를 유지해온 핵심적 동력이었다. 구두리의 희곡들은 이 ‘지워진 역사’를 무대 위로 다시 올려놓는다. 세 작품은 한국 사회에서 장소의 소멸이 얼마나 빠르게 그리고 얼마나 비가시적으로 이루어지는가를 비추며 그곳의 역사성을 바로 지금 여기 극장으로 소환하는 것이다.

사라진다고 해서 존재하지 않았던 것이 아니다.

연극은 결국 무대 위에서 일어나는 모종의 사건을 관객과 함께 목격하는 것이다. 희곡은 그 기록이다. 그것들이 여기에 있었음을. 존재 자체가 사건이었음을 함께 기억하자. 생생하게 만져지는 인물들의 대사들로 속절없이 밀려나고 있는 그들의 삶을 잠시나마 직접 감각해보았음에 감사한다.

신효진(극작가)

구두리×극단 미인 희곡집

금성여인숙

초판 1쇄 발행 2025년 12월 5일

지은이 구두리
펴낸이 김태형
펴낸곳 제철소

등록 제2014-000058호
전화 070-7717-1924
전송 0303-3444-3469
전자우편 right_season@naver.com
인스타그램 @from.rightseason

ⓒ 구두리, 2025
ISBN 979-11-88343-90-4 03810

이 책 내용의 전부 또는 일부를 재사용하려면 반드시 저작권자와 제철소 양측의 동의를 받아야 합니다.